Wolfgang Cordan

Medea

oder

Das Grenzenlose

Regenbrecht Verlag

Bibliografische Information der Deutschen Bibliothek
Die Deutsche Bibliothek verzeichnet diese Publikation in der
Deutschen Nationalbibliografie; detaillierte bibliografische Daten
sind im Internet über http://dnb.ddb.de abrufbar.

ISBN: 978-3-943889-741

Ungekürzter Nachdruck der Originalausgabe von 1952,
die Rechtschreibung wurde modernisiert.
Illustrationen von Kurt Craemer, Positano
(angefertigt für die Erstausgabe von 1952)

Herstellung: BoD – Books on Demand, Norderstedt

Der Mantel des Jason

Hier begann unendliches Schicksal. Medea wusste es, hinter ihrem Schleier, starr, ohne Speise, ohne Wort an der Seite des Vaters. Denn Frauen schweigen in der Runde der Männer. Auch berühren sie keine Speise: Wie dürften sie sich als Zehrende zeigen, als Hungrige also, sie, die – später – verzehren werden, ganz, die Speisenden, die Männer? Starr also hinter ihrem Schleier saß Medea und wusste: Hier beginnt unendliches Schicksal. Ob es Aietes, der Vater, wusste?

Mächtig thronte der im goldenen Königsmantel an der Spitze der riesigen Tafel, auf dem Sessel thronte er aus kaukasischer Eiche, dem braunen, mit den Rändern rot wie Blut. Rot waren auch die Hörner des jungen Stieres auf seinen Schläfen, zwischen ihnen aber strahlte golden die erlauchte Scheibe, golden glänzte sie, die ruhmreiche Zierde des Heliossohnes. Gleich der Sonne funkelte sie zwischen den Hörnern des jungen Stieres, wie die Sonne selbst zwischen den Felsentürmen des Hafenrundes, wenn sie die Ragenden purpurn färbt im Aufstieg und Untergang; und wie die Schatten der fliehenden Nacht waren die schwarzen Locken des Vaters, des Königs, des Heliossohnes, wild wogend um die goldene Scheibe.

Ob er wusste, ob er ahnte? Er lachte und hob den Pokal aus Bernstein mit dem Fuß aus Lazuli; Meer und Sonne erhob er gegen Telamon und lachte: »Gewiss missgönne ich euch nicht den Segen der Tafel, alles ist reichlich bereitet, wie Hermes es mir im Traume befahl. Sättigt euch, liebe Freunde, dort jene Schüssel von Wachteln ist noch ganz unberührt. Aber du, gewaltig an Stärke und auch, wie mir scheint, gewaltig an Worten: Ist nicht der erste Hunger gestillt nach langer, müdender Fahrt? Berichte. Nur zuwenig verrietet ihr uns von euren unsäglichen Abenteuern. Bedenke: Wenn auch Männer wohl schweigen und stumm miteinander trinken und stumm die Lenden zerreißen von gebratenem Getier – bedenke die Gattin an meiner Seite und dort Medea, und auch Chalkiope, die Schwester. Bedenke: Sie essen nicht, aber wie hungrig sind sie nach Worten.«

Telamon lachte nicht. Ernst erhob er seinen Becher: »Das danke ich dir, Aietes, diesen Zutrunk aus kostbarer Schale in Blau und Gold. Mein Becher ist schlicht, vom Holz einer dordonischen Eiche, keinen andren gebrauche ich je. Aus einem Stamme ist er des heiligen Haines wie auch der Kiel unsrer Argo, aus Dordona stammt er, von den Bäumen des Zeus. Lass mich meines Ahnen also gedenken, im goldenen Stein deines Pokales lasse mich seiner erinnern, des Herrschers der Himmel. Und die liebliche Ahnin auch, die wasserbewohnende Nymphe, die aus dem Blau mir spricht in deinen umschließenden Fingern. Die Ahnin also grüße ich und den goldenherrschenden Zeus.«

Telamon schwieg kurz und schaute in seinen Becher. Dann blickte er auf und sah Aietes fest an: »Das aber, was unsre Gefäße umschließen: den schwarzen kaukasischen Wein, möge den Vater mir rufen, Aiakos, den Unvergesslichen, den Gerechten hier auf der grünenden Erde, gerechten Richter nun im Reiche der Schatten. Also denn gelte der Trunk dir Sonnensohn, dass Zeus, der Schirmherr der Gäste, über uns walte und nie einen von uns zornig ins Dunkle sende, nach Streit und blutiger Fehde, gebrochenem Gastrecht, dass niemals gesenkten Hauptes wir vor den Vater unten im Hades treten müssen, dass er uns richte: dich und mich. Dem gelte dein Trunk, dem gilt mein Trunk.«

Wie aus einer Kehle brach der Lobschrei der Tafelnden auf. Auf sprangen alle Argonauten und alle kolchischen Helden; da sie aber die Waffen abgelegt hatten, als Freunde, und also zu freudigem Lärmen nichts hatten, stießen sie hart die getriebenen Gefäße gegeneinander, es hallte der Saal von edlem Metall und den Stimmen der Männer.

Nur Eine erschrak, Medea, und sie pries den Schleier, der ihr Erblassen verhüllte. Denn was wollte der Anruf des Hades, was die Anrufung des gastlichen Zeus? Hier begann unendliches Schicksal. Vielleicht entfaltete sich hier der Tod? Aber vorher entfaltete sich stets das Leben. Sie sah auf Jason und sah, dass sanfter rötlicher Flaum ihm Wange und Kinn bedeckten. Im ersten Flaum sind die Jünglinge am schönsten, sangen die Sänger an Vaters Kamin. Schnell blickte Medea zu ihrem Vater. Der ahnte wohl nichts, denn eben bat er zum zweiten Mal Telamon, von den Fahrten der Argo, von Fährnis und Triumph zu berichten.

»Denn ich kenne die Mühsal des Weges«, sagte Aietes, »die Widrigkeiten und Hinterlagen, flog ich gleich im Wagen von Vater Helios dahin, damals als wir Kirke, die teure Schwester, zu ihrer Insel versetzten, fern im tyrsenischen Meer. Erzähle denn, Enkel der wasserbewohnenden Nymphe.« Und lächelnd ließ Aietes seine Finger über den blauschimmernden Fuß seines Pokales gleiten.

Telamon antwortete nicht sogleich. Er hatte eine der angepriesenen Wachteln ergriffen und, ohne sie zu zerreißen, die weißen Zähne ins duftende Fleisch geschlagen. Thymian schmeckte seine Zunge, aber auch andere Kräuter, die er nicht kannte. Noch einmal grub er den Mund in den wohlbereiteten Vogel, dann warf er ihn achtlos zu Boden. Sogleich goss der bedienende Knabe kühles Wasser über die braunen Hände des Speisenden und neigte sein Haupt zu dem mächtigen Mann. Der antwortete endlich, während er seine Finger an den langen, weichen Haaren des Dienenden trocknete: »Willst du, dass ich prahle? Dass ich die Freunde, und mit ihnen mich, rühme und erhebe? Ich bin ein einfacher Mann. Über diese Erde gehe ich, solange meine Zeit reicht, sie zu reinigen, sie zu befrieden. Eingedenk vor allem der Oberen und der Unteren, die alle Wunder schufen, die wir Leben nennen. Ich bin ein einfacher Mann, und meine Zunge ist nicht geübt im Berichten. Und wenn ich spräche, würde es Unrecht an Jason und allen Gefährten. Denn einer wie ich spricht von dem, was ihm widerfuhr. Es sitzt aber der unter uns, der alles, in schönster Rede, in klingenden Versen gar, dir singen wird, wenn du es wünschst: Orpheus dort, der alles verklärt, was geschieht, und der schon sicher in seinem Geiste Verse trägt von uns, von sich und von allen. Er möge sprechen, singen vielmehr, aber später, wenn wir mit schwarzem Wein um das lodernde Feuer vereint sind. Er soll es tun, er kann es, nicht nur weil er es kann, sondern weil Dichter von jeglichem handeln, auch wo es sie selbst betrifft, aus unendlichem Abstand, ich glaube: Stets fliegt ihr Geist, wenn der Geist sie befällt, auf zu dem Helikon, wo ja die Musen wohnen und weithin schauen. Vielleicht gibt deine Mutter, o Orpheus, die Verse dir ein, die sehr zu verehrende Kalliope?«

Alle lachten, Orpheus wohl am lautesten, Telamon aber fuhr fort: »Es ist merkwürdig: Wenn du mich fragst, Aietes, sehe ich nur Bilder, einzelne Bilder von all den Begebnissen. Ich bin ein einfacher Mann. Von einem Kampf sehe ich nun eine Lanze, wie ich sie fing mit meinem Rundschild, und ein Schwert, das ich parierte. Und – da ich noch lebe – den Schleier, plötzlich geworfen über das Auge des Gegners, wenn ich ihn tödlich traf.«

Telamon trank aus dem Becher von Holz, ein Schluck war ein Becher. Und sogleich füllte der dienende Knabe nach. Diesmal hielt ihn Telamon fest und umspannte mit seiner riesigen Faust den Arm des Jungen.

»Um ein Held zu werden, musst du noch eifrig üben«, sagte er streng, aber mit einem Lächeln. Und zu Aietes: »Eines solchen gedenke ich, König. Das ist eines der Bilder. Und es war bei dem Aufbruch aus dem Hafen der Heimat, Pagasai. Jammernd standen die Weiber am Ufer und streckten verzweifelt die weißen Arme nach uns, den Enteilenden. Auf den Bergen aber erschienen die Nymphen und jauchzten, aus dem Himmel schauten die Götter aufs Schiff. Orpheus schlug die Leier, und nach seinem Takte warfen wir uns in die Ruder. Wie das Meer brauste, wie die bläuliche Salzflut aufschäumte am Bug! Hell glänzte im segnenden Licht deines Vaters, Aietes, alles Metall am Schiff, wie Flammen sprühten die Klampen und Ringe, und weiß leuchtete der Sog, wie ein Pfad, der hell im Frühling durch die Veilchen von Delphi läuft. Und da erschien Chiron, der Gewaltige, unsres Führers Erzieher, in atemlosem Galopp erschien er aus der Entrücktheit seiner Täler und Höhlen, durch die Wogen hin vernahmen wir den Viertakt seiner Hufe. Er trabte bis in den Gischt der Brandung. Und da wir alle, an den Rudern, ihm zugewandt waren, winkte er uns, mit seiner strengen Rechten, zum Meer wies er, ostwärts wies er, zu deinem Lande wies er, Aietes, und der Schaum netzte ihm die braune Brust. Ah, ich weiß, dass seine Augen glänzten, konnte ich sie gleich nicht mehr erkennen. Plötzlich aber hob er von seinem kentaurischen Rücken, ihn, der sich festhielt am Nacken des Göttlichen, den Knaben, einen Knaben wie diesen« – Telamon rüttelte den Dienstbaren, den er noch immer hielt: Es war gut gemeint, aber der Arme schwankte wie ein Rohr im Wind, stieß gar einen leichten Schrei aus, denn die furchtbare Faust hatte wohl kräftig zugepackt – »und hob empor und zeigte uns, hoch erhoben in beiden Händen, Achilleus, ihn, den Sohn des Peleus hier, unsres Genossen, und der Herrin der blauen Tiefe, der Thetis. O, Aietes, offen bekenne ich es, wild schlug mein Herz. Vor diesem musst du bestehen, rief ich mir zu, der nach dir kommt und auf dich sehen wird. Was ist Ruhm denn andres als der Blitz, der die Knaben erleuchtet, die an deiner Asche weinen werden? Möge mein Ruhm ihn entzünden, für den Gewaltiges planen die Moiren und alle Götter des schneeverborgnen Olympos. Denn sie erschienen ja alle zur Hochzeit des Peleus, alle Himmlischen, und Apollon, er selbst, rührte die Leier und kündete des Ungeborenen Glanz. So auch kündeten der Rauch von Delphi und die Wasser von Delos, so rauschen die Eichen im Hain von Dordona. Ihn also erhob der Kentaur, und der Knabe ballte die Fäuste. Dabei lachte er. Wahrhaftig, er lachte.«

Telamon leerte den dordonischen Becher aus Holz. »Habe ich geschwärmt?« fragte er rau. »Er wird größer als jeder von uns. Das sagen alle Orakel. Er wird der Blitz in der Seele der Knaben.« Herrisch hielt er dem Dienstbaren den Becher hin.

Größer als diese alle? dachte Medea, verhüllt hinter ihrem Schleier. Und sie ließ ihre Augen um die Tafel wandern. Größer als all diese Söhne von Göttern, Nymphen und Königen? Peleus dort, des Telamon Bruder, der Schwinger der riesigen Lanze, die keiner zu schleudern vermochte, Enkel des Zeus er und Gatte der blaulockigen Thetis. Mit dieser hatte er jenen also gezeugt, den Knaben, der größer werden sollte als alle Helden an dieser Tafel? Größer als Kastor und Polydeukes da, die unzertrennlichen Söhne des Zeus und der Leda? Größer als jene anderen Zwillinge, Zetes und Kalais, die Söhne des Nordwinds, von denen man sagte, sie flögen dahin wie die Winde? Sie hatte sie wohl bemerkt, Medea, beim Eintritt der Gäste, die schwarzen Flügel der Brüder, mit goldenen Riemen an die Knöchel der sehnigen Füße geheftet. Und Amphion da, der Theben erbaute? Und Argos, der Kundige, der Erbauer des Schiffes, das jetzt auf der Insel vorm Hafen ruhte, auf weißem Sande ruhte und gekommen war – zu welchem Ziel?

Es gab ein Ziel. Medea wusste es. Nicht ohne triftigen Grund waren jene so weit gereist und in solcher erlauchten Gemeinschaft. Das war ja alles, was Namen trug, dort in dem strahlenden Hellas, Mopsos, am Ende der Tafel, der alle Rede der Tiere verstand und Lynkeus zu seiner Rechten, der durch die Mauern sah und alles Metall in der Erde. Nur jener fehlte billig, der diesem Hause zu nahen wohl niemals gewagt, dessen Name ein Fluch hier war und Gedanke an blutige Rache: Theseus, schändlicher Taten auf Kreta schuldig, Mörder, Zerstörer der Ordnung, ein ganzes Reich verwüstend durch die blutige Untat, den labyrinthischen Mord, das Wunder tötend, das kostbare Wunder: Minotauros, an dessen Lager zu sitzen Medea immer geträumt hatte. Wie der Rohe in alle Ordnung gefahren war, alles verwirrte, Gesetze zerschnitt wie ein Garn, leichtfertig und unbedacht wie ein Knabe, nicht bedenkend, dass dort eine Welt ganz gewesen war. Eine Welt wie hier, wo noch Unten und Oben verknüpft, wo die Geister der Nacht noch wirkten in schönem Gleichgewicht mit dem Gold des Tages, wo die Wurzelgeister verborgen sich mühten, das Wachsende in das Licht zu treiben, grün und üppig, voller Blüten und Frucht, zu glücklicher Landschaft, wo die Dunklen dem Sohne des Helios dienten, Aietes, dem Vater. Also war es auf Kreta gewesen, und des Vaters Schwester hatte dort verknüpft, die allenleuchtende Pasiphae. Nun war sie entrückt, ihrem Sterblichen selbst den Tod gebend, das Reich war zerstört, Unordnung herrschte weithin von Knossos bis Gortyna, Schiffe mit Ratlosen waren von dort an dieser Küste erschienen, und sie hatten alles erzählt, beweint vielmehr, am lautesten des Minotauros Erschlagung.

O der blutige Tor, der Theseus. Was ahnte er, welches Geheimnis er da vernichtet und was da untergegangen! Er wäre frech genug gewesen, auch hier zu erscheinen ... Aber im Übermut war er zum Hades gestiegen, um Persephone selbst, sie selbst, ins Licht zu entführen. ›Jetzt herrsche das Licht‹, war ja sein Wahlspruch, als ob er den Schatten abschaffen könnte, der Narr. Im Dunkel drum, im schwärzesten Hades nun hielten sie füglich den Dreisten. Möchte er nie entkommen!

Der andere aber, der dieser Runde fehlte, erstaunlicherweise fehlte, von diesem sprach eben der Vater des künftigen Helden, sprach Peleus. Er hatte, gleich seinem Bruder Telamon, eifrig dem schwarzen Weine zugegeben, und so war er ausführlich. Den Anfang hatte Medea, in ihren Gedanken verloren, versäumt, aber nun lauschte sie aufmerksam. Vom Lande Mysa sprach er, vor der Durchfahrt des Bosporus, wie sie da gelandet waren, lagerten, opferten und speisten, Herakles aber in den Wald ging, sich einen Stamm zu suchen, denn mit übermäßiger Kraft hatte er just sein Ruder zerbrochen.

»Bei den Weihespielen hatte er es zerbrochen. Ein großes Opfer nämlich hatten wir gebracht, der Gewaltigen, ihr, der Allesumschlingenden, der herrlich thronenden Mutter aller Götter, Rheia, gepriesen sei ihr Name.«

Peleus tauchte zwei Finger in seinen Becher, und auf den Estrich spritzte er die Tropfen des schwärzlichen Weines.

»Werden von ihr doch, der Großen Mutter, Meer und Land und alle Tiefen der Erde umschlungen, selbst die Winde beugen sich ihrem Atem. Auch der beschneite Olympos zittert von ihrem Schritt, und steigt sie über die Berge empor zum riesigen Himmel, tritt selbst Zeus, der Herrscher, zurück, und auch alle anderen der seligen Himmlischen beugen sich ihrem Wink. Wie also sollten wir Jene nicht preisen und ehren, wo das Schlimmste unserer damals noch wartete? Auf einem Hügel dort ragte uralt und verwittert, knorrig und vielverschlungen, einsam ein Rebstock. Ihn fällten wir und Argos, der Kundige, glättete ihn und trieb dann – staunend sahen wir alle zu – aus dem formlosen Holz Arme erst und Schenkel, das lockenumwallte Haupt dann, drauf die erhabenen Brüste, die immernährenden, und, mit dem letzten Schnitt, den gewaltigen Schoß der Gebärerin. Auf einen Fuß von Stein stellten wir Argos Werk, und aus Steinen türmten wir vor ihm den Altar, umkränzten mit Eichlaub die Opfer, blökend und scharrend vor Angst im roten Staub. Dann ergriff Jason das Messer, das göttinschaffende Messer des Argos: Rot sprang das Blut in den rötlichen Staub, und rot erhob sich die Flamme. Da rief Jason die Gewaltige an, unser Leben zu schonen, sie, die Lebenspendende, rief er an, und den roten Wein goss er in rötliche Glut: Steil stieg der Rauch in den bläulichen Himmel, da jauchzten wir alle, denn der Wind war verstummt, und alle Winde und Wirbel, sagte die Göttin uns an, würde sie leiten und beugen. Alle jauchzten wir laut, am hellsten des Boreas' Söhne, die Gewänder warfen sie ab, mit ihnen alle Epheben aus unserer Runde, und wild tanzten sie nun um das Bild aus Holz und die Säule von Rauch, den heiligen Tanz tanzten sie, den Tanz der zeugenden Lenden für die gebärende Göttin, und Orpheus schlug strahlend die Leier. Da aber geschah die Verwandlung: Aus den Brüsten des göttlichen Bildes sprang köstliches Nass, zum Boden sprang es in silbernem Doppelbogen, und dort, wo es den Grund traf, öffnete sich die Erde und eine Quelle sprudelte auf, die fortan rinnt, die Quelle des Jason nannten wir sie. Die Flur aber war, bevor wir die Lider zweimal schlossen, von duftenden Blüten bedeckt, allerorten sprosste saftiges Gras, und die Zweige der Bäume ächzten unter der Früchte Überlast.«

Peleus, der im Rausch der Gesichte aufgesprungen war und mit beiden Fäusten sich auf die Tafel stützte, sah durch das Gewirr seiner Locken über Schüsseln und Becher hinweg, über Gold und Silber und Früchte hinweg, durch die bunten Blumen der ungeheuern Vasen hin zum König.

»Der schönste der Tänzer, Aietes, ist aber nicht mehr unter uns: Hylas, dieser Traum von Jugendzauber. Ah, hättet ihr ihn gesehen, bei den Spielen, wie seine goldenen Locken um seine Stirne wehten, wie seine Wangen voll zartem Flaum glühten, wie seine Flanken atmeten bei Sprung und Wirbel! Herakles geriet ganz außer sich, und er rief ihn mit den geheimen Namen, die er ihm gab, wenn sie liebend beieinander lagen: Den Schönsten hatte er sich erwählt, er, der Gewaltigste, und ich sah, wie seine Hände sich um die Keule schlossen, dass alle Sehnen spielten. Die Liebesglut loderte in ihm, und bei den Spielen, die, nach dem Gesetz, wir darauf der Göttin zeigten, übertraf er uns alle mehr denn je: Nie warf er den Stein so weit, im Sprunge ließ er uns alle wie Weiber hinter sich, und selbst meiner unerreichbaren Lanze blieb er nur um ein Geringes nach. Bei den Wasserspielen dann zerbrach er sein Ruder. Nur bei den Schwertern unterlag er: Mit Hylas war er angetreten, und wir lächelten alle. Sie haben die Klingen gekreuzt, gewiss, aber nach wenigen Schlägen fiel klirrend die Waffe des Gewaltigen zur Erde. ›O Starker du, Überwinder‹, rief Herakles, und zu Boden stürzte er und umfasste des Hylas Knie, wie der Besiegte, der um sein Leben bittet.«

Hier erhob sich großes Gelächter. Es lachten die Männer von Kolchis und alle Argonauten, es lachte der König, und selbst Medea lächelte hinter dem Schleier, trotz ihrer Ahndung lächelte sie. Peleus indessen, den Becher leerend, berichtete nun des Hylas Hingang. Wie, nach den Spielen, Herakles in den Wald gegangen, eine Fichte zu suchen für ein neues Ruder, und wie Hylas, durstig nach Tanz und Waffenspiel, sich von ihm gesondert und eine Quelle gesucht. Es war schon Abend geworden, Nacht vielmehr, aber reich an silbernem Licht. Und da geschah es, dass die Nymphe der rauschenden Quelle das Antlitz des Jünglings im vollen Monde erblickte, das Rund seiner Lippen und den Fall der goldenen Locken im Herzen erbebend erblickte und den sich Neigenden rasch in die sprudelnde Tiefe hinabzog, mit weißen Armen ihn greifend. Einer der andern hatte es wohl gesehen, aus der Feme, durch die Stämme hin, und laut rief er nun Herakles, verzweifelt die Quelle umkreisend.

»Der erschien rasch«, berichtete Peleus, »eine entwurzelte Fichte auf den Schultern, und sein Schweigen muss furchtbar gewesen sein, als er den Raub vernahm. Schweiß trat ihm auf die Stirn und rann über die zuckenden Wangen, dunkel wogte das Blut in seiner ehernen Brust. Und dann schmetterte er zu Boden die Fichte, hin warf er sie mit entsetzlichem Schrei, stürzte ins Wasser sich, rüttelte an den Felsen und schleuderte riesige Blöcke, als seien sie Kiesel. Als er triefend dann wieder ans Ufer stieg, schrie er aufs neue, wie ein Koppel von Stieren schrie er, fürchterlich mit weithinschallender Stimme. Und er lästerte auch die Große Göttin so schändlich, dass ich es nicht hier sagen kann. Wir waren ja alle herbeigeeilt und umstanden den Tobenden. Er aber höhnte uns laut, ob noch einmal wir die Opfer vollziehen, die Spiele und Tänze der Großen Mutter darbringen wollten, die ja so herrlich ihre Nymphen regiere und Leid den Frommen erspare. Dabei zog er sein Schwert, schlug in die Wellen und schwor, nicht eher den Ort zu verlassen, ehe nicht Hylas ihm wiedergegeben. Bis dahin aber werde er dieses begehen und dieses und dieses – er nannte furchtbare Greuel und drohte, er werde die Göttin selbst an ihren Flechten packen und zu Tränen und Erfüllung zwingen. Deshalb also«, endete Peleus, »ließen wir Herakles dort zurück. In derselben Nacht noch hoben wir die Ankersteine und stachen in See. Denn es grauste uns allen.«

Erschrocken plötzlich von seinen eigenen Worten setzte sich Peleus, es erstarrten die Tafelnden, nur die Wasser rauschten durch das Schweigen, die berühmten Wasser des Palastes, die unermüdlich in schneeweißen Rinnen durch Gänge, Säle und Kammern des ungeheuren Baues liefen. Und auch das Harz der Fackeln in den Kupferringen der Mauern knisterte; denn es war ja Nacht geworden, auch hier, bei diesem Mahle, das nicht endete. Wie Sterne durch jagende Wolken leuchteten die Stirnen der edlen Gäste durch den Rauch der Fackeln, eine jegliche trug, dem Sehenden sichtbar, das Zeichen des Vaters: der dort, sah klopfenden Herzens Medea, war wahrlich ein Sohn des Poseidons, und jene beiden des Hermes Sprossen. Welch eine Runde! Aber der Stolze mit rötlichem Flaum an den Wangen, der Jüngste fast und doch der Führer, Jason, er, den sie kaum zu betrachten wagte – er allein hatte gegen alle Sitte Herkunft und Ahnen kaum genannt. Den Vater zwar, einen König aus Hellas, Aison, hatte er flüchtig erwähnt, doch ganz die Mutter verschwiegen. Nur von der Höhle des Chiron hatte er lange gesprochen und wie er dort wahrlich zum zweiten Male geboren, wie der Kentaur ihn erst zu dem gemacht, der er war und ihm auch den Namen verliehen, den er jetzt trug: Jason, des Lebens Kraft. O, sie strahlte aus ihm, die Kraft unsterblicher Jugend ... hinter dem Schleier senkte Medea errötend die Augen, wiederum fragend: Was führte diese wohl her, diese Reihe leuchtender Stirnen?

Da geschah es, in die noch immer lastende Stille hinein geschah es: Ein Knistern erst im Gebälk, ein dumpfes Rollen der Erde drauf, und dann der Schlag, der den Palast traf, dass die Mauern erbebten. Die mächtigen Flügel der Doppeltür sprangen auf, klirrend fielen die Riegel zu Boden. Draußen, im vollen Licht des Mondes, zitterten die roten Säulen der Vorhalle. Und jetzt hörten alle, wie die felsigen Flanken des kaukasischen Gipfels knirschten, schwarz erhob sich die Wand in den sternendurchwanderten Himmel, ein Rasseln von Ketten ging durch die Nacht, die den Atem anhielt, aber droben strömte ein Atem aus, ein Titanenatem unsäglicher Qual: Prometheus schrie. An seinen Ketten riss er, die Felsen erschütterte er, mit seinem Schicksal rang er unter dem Licht des vollendeten Mondes.

Jene, denen er die Geräte gestiftet hatte, das Feuer im Kamin und die Flamme der prasselnden Fackeln, verhüllten in ihren Hütten ihr Haupt und griffen nach einander in ihrer Angst. Im Saal aber waren alle aufgesprungen und starrten durch die schwankenden Säulen der Vorhalle zum schwärzlichen Gebirge. Nur des Königs Familie saß starr, Aietes inmitten in goldenem Mantel, wie Blut leuchteten die Hörner des Stieres auf seinen Schläfen, und aus der dunklen Flut seiner Locken strahlte die goldene Scheibe.

Noch einmal rasselten die Ketten aus nachtumhüllter Höhe, ein Steinschlag prasselte hernieder, dann ward es still, nur einige verspätete Blöcke stürzten noch donnernd nach.

Aietes sprach: »Die Erde erbebt, die Nacht ward zerrissen, der Titan bewegt sich, Zeichen geschehen. So sagt mir, Fremde, die ich gastlich aufnahm an meiner Tafel, ihr, mit denen ich die Speise teilte und den dunklen Wein: Was führt euch hierher? Von den Beschwernissen eurer Fahrt vernahmen wir vieles, von Streit mit barbarischen Stämmen und von der Bezwingung des tobenden Meeres. Sagt mir nun, was euch trieb, dies alles zu bestehen. Wenn Titanen sich rühren, ändert sich eine Welt.«

Jason legte den Kopf zurück, fest sah er den König an: »Die Nacht bewegt sich, der Titan erhebt seine Stimme. Dunkel sind die Zeichen in deinem Lande, Aietes. Auch wir erfuhren Zeichen der Mächte auf unsrer Fahrt. Das größte von allen war – und ich gedenke dessen in dieser Nacht beim Titanenschrei – als uns der Goldene erschien, Letos Sohn, Apollon, er selbst, auf dem thynischen Eiland, in frühester Stunde, da nicht mehr Nacht war und noch nicht Tag, nur rötlicher Schimmer breitete sich rings. Da erschien er, der Goldene, aus Lykien eilend zum Land der Hyperboräer. Wie Traubendolden umwallten die leuchtenden Locken die Wangen des atmenden Gottes, in seiner Linken trug er den silbernen Bogen, von seiner Schulter glänzte der Köcher mit Pfeilen. Auch da, Aietes, bebte der Grund, die Insel erzitterte, wild erhob sich das Meer an den Küsten. Wir blickten zu Boden, wie er uns streifte, denn keiner wagte das Auge zum Gott zu erheben. Er aber schritt dahin, in goldenem Donner schritt er dahin, über das weite Meer und durch die singenden Lüfte, zum Land der Hyperboräer. Auch das war ein Zeichen, Aietes.«

Mit einer Bewegung schob er Teller und Schüsseln zur Seite, löste die goldene Agraffe an seiner Brust und warf den purpurnen Doppelmantel über die dunkelglänzende Platte aus kaukasischer Eiche. Der Saum war mit kunstvoll verschlungenen Szenen verziert, und dem König wies nun Jason Bild nach Bild: die Kyklopen, wie sie die Blitze des Zeus schmiedeten; Apollon, wie er mit seinen unfehlbaren Pfeilen den

Titanen Tityos durchbohrte; Aphrodite auch, wie sie sich lachend im Schilde des Ares spiegelte, es fiel ihr von den schimmernden Schultern, die göttliche Brust entblößend, das Gewand; lachend spiegelte sie sich im Schilde des Ares, als fasste sie jetzt den Entschluss zu Leichtsinn und üppiger Lust. Auch Taten der Helden waren am Saum gebildet, und lächelnd den Amphion anblickend, der neben ihm stand, zeigte Jason das Bild, wo dieser die Leier schlug, auf dem Hügel von Theben, so dass sich die Steine selbst bezaubert zur Mauer fügten.

»Solcher Art sind meine Gefährten«, sagte Jason, »und solches geschieht in Hellas, das wir alle, die wir hier um deine Tafel stehen, mit der Kraft unsrer Arme und Herzen bauen, ein Land des Lichts, voll grüner Wiesen und runder Frucht, voller Getier auch und reich an sprudelnden Quellen. Diesem Lande dienen wir, König, und das Licht unserer Tage dient uns nur, Hellas zu bauen, den Menschen zur Lust und den Göttern ein Wohlgefallen.«

Jason hielt einen Augenblick inne, und dann legte er den Finger auf jene Stelle des Saumes, wo Phrixos gebildet war, dem goldenen Widder lauschend, dem mit Sprache und Weisheit begabten, den ihm Hermes einst schenkte.

»Ich brauche ihn nicht zu nennen«, fuhr Jason fort, »du erkennst ihn gewiss, der zu dir kam, durch die Lüfte auf goldenem Widder, Chalkiope dort an deiner Seite gabst du ihm zur Gattin, und in deinem Palaste schied er dahin. Des Widders Fell aber, das Phrixos treulich bewahrte, nachdem er das göttliche Tier dem Gott des leuchtenden Himmels geopfert, das du nun hütest, Aietes, das Goldene Vlies, befahl uns Apollon selbst, durch Dampf der Erde und stammelnden Mund seiner Priesterin zu Delphi, heimzubringen nach Hellas, der Heimat. Darum kamen wir her und trotzten Stürmen und Feinden. Ich weiß, wir bitten um Großes, doch die Söhne der Götter müssen als erste den Willen der Väter erfüllen.«

Zum zweiten Male an diesem Abend breitete sich tödliches Schweigen, nur die Wasser rauschten in den schneeweißen Rinnen durch Gänge und Säle des Palastes. Endlich sprach Aietes, noch immer sitzend, aber umwölkter Stirn schon:

»Hier, wo die heiligen Wasser strömen, wo Freundschaft gerne den Freund empfängt, werden des Gastrechts Gesetze keinen Schimpf erfahren. Hättet ihr nicht zuvor an meiner Tafel gesessen, wahrhaftig, ich handelte anders. Aber so geht hin, geht schnell hin, besteigt noch diese Nacht euer Schiff und lichtet die Ankersteine. Denn wenn der Morgenstern über dem Berg dort erblasst, erlischt auch das Recht des Herdes und werdet ihr mir als Räuber und Plünderer gelten.«

Sehr langsam zog Jason seinen Mantel zurück, warf ihn über die Schultern und, während er die goldene Spange auf seiner Brust schloss, erwiderte er: »Auch dies scheint Gesetz zu sein, Aietes, dass nie das Alte dem Neuen kampflos weichen will. Mit Kampf drohst du, ich sagte die Bitte, und ohne Gegengeschenk wären wir nicht geblieben –« Jason wies mit einer weiten Geste auf seine Gefährten. »Die Arme von diesen allen hätten dir gerne gedient, für eine Frist, die Arme von Söhnen aus Göttern, zu deinem Ruhme hätten sie dir gedient. Doch wenn es sein soll, kannst du sie anders erproben.«

Jason stieß seinen Sessel um, trat einen Schritt zurück; und mit ausgestrecktem Arm wies er auf die Krone des Königs: »Ein Weltjahr ist um. Du weißt es genau und trachtest gleichwohl zu halten, was längst nicht mehr dir gehört. Gewiss, du König des östlichen Endes, birgt sich noch immer dein Vater hier in den dunklen Fluten des Meeres vor seinem erneuten, dem unermüdlichen Aufgang, aber die Zeit des Lebens, des Blühens, des schwellenden Samens, den farbentrunkenen Frühling kündet er längst nicht mehr aus jenem Hause da droben –« Jason wies, vom König lassend, mit der ausgestreckten Rechten durch die Säulen der Vorhalle zu einem Punkt des flimmernden Himmels – »das nach den Stieren heißt, jetzt kündet er Freude im Widder. Solltest du die Wege deines Vaters nicht kennen, Aietes, hast du vergessen, du Sohn der Sonne, dass sich die Götter nur selten zeigen, aber durch Zeichen reden? Du hast ja Augen, Aietes, und gewiss sähest du, als du damals Kirke, die Schwester, mit dem Wagen des Vaters zur westlichen Insel brachtest, gewiss warfst du einen Blick hinab auf das blühende, auf das Frühlingsland, auf unser Hellas. Und magst du uns drohen, wir werden nicht die Ankersteine in dieser Nacht lichten, wir werden nicht als Räuber beschimpft und unvollbrachter Tat dies Land verlassen. Dein Weltjahr ist um und Streit soll sein. Streiten wir denn um das goldene Vlies. Es gilt für uns beide: Sieger wird, wer das Schutzbild birgt in seinen Marken, und Herr der Zukunft, wer sich wandeln kann.«

Auch Aietes war jetzt aufgesprungen. Der Zorn drohte ihn zu übermannen. Gleichwohl hielt er an sich und erwiderte, mit zuckendem Munde freilich:»Das sind große Worte. Himmel und Erde bewegst du, und selbst am bestirnten Zelt deutest du pfiffig herum. Und dabei hatte ich recht, wenn ich dich einen ganz gewöhnlichen Räuber nannte. Denn schon hast du dich verraten, du Herr der Zukunft: Zu nichts anderem kamt ihr her, als mir Krone und Szepter zu rauben.«

Aietes war sehr großartig in diesem Augenblick. Zwar zuckte es in seinem Gesicht und war seine Stimme schneidend, aber, ein König wirklich, stand er an der Spitze der zerrütteten Festtafel. Blutrot leuchteten die Hörner an seinen Schläfen, und im Lichte der Fackeln flimmerte die goldene Sonne. Mit der Hand zerteilte er den Rauch, den ein Stoß nächtlichen Windes um ihn geworfen hatte, und fuhr fort:»An dieser Tafel werden wir nicht entscheiden, wer dieses Streites Meister ist. Auch werden wir nicht prüfen, ob Söhne der Götter zu deinem Raubzug sich gesellen. Dir sei die Probe auferlegt, da du das große Wort führst. Gehe ungehindert jetzt, Jason, zu deinem Schiff. Nur morgen auf dem heiligen Acker werden zwei Stiere auf dich warten. Ehern sind ihre Hufe, wütend ihr heißer Atem, niemand konnte sie je bezwingen. Mit den Stieren werde ich dich erwarten und mit ehernem Joch. Wenn du göttlichen Ursprungs bist, und wenn der allwissende Kentaur wirklich dich aufzog, wirst du jene bezwingen und leicht ihren Nacken unter das eherne Joch beugen. Dies sei das Erste. Und wenn du das vollbracht, werde ich dir den kupfernen Kessel reichen mit den goldenen Körnern des Weizens. Treibe dann die Stiere, Jason, mit ehernem Joch und ehernem Pflug durch den Acker, streue die goldene Saat – und gerne wollen wir sehen, ob sich das Wunder vollzieht, von dem uns Peleus so blumig erzählte, gerne werden wir sehen, ob sich die Herrin der Tiefe, die lebenspendende Mutter, zum andern Male dir gnädig erweist. Ob aus den braunen Schollen segnend die Saat entsprießt.«

Aietes hatte am Schluss sehr ruhig, fast ohne Vorwurf gesprochen. Jetzt blitzte es noch einmal in seinen Augen, wie er hinzufügte: »Zeige denn Widder, ob du den Stier besiegst!«

Jason erwiderte kein Wort. Noch einmal ließ er den Blick durch die Halle gleiten, und Medea war es, als hefteten sich seine Augen für die Zeit eines Herzschlags forschend auf ihren Schleier. Er konnte sie doch nicht sehen, nicht durch das Gewebe dringen, gleichwohl setzte ihr Herz aus. Was ist das Herz? Sie wusste es nicht, sie hatte es nie erfahren, es war da, in ihr, gewiss, aber bis heute hatte sie nicht gewusst, dass es ein eigenes Leben hat, dass es erstarren kann in unbegreiflichem, süßem Entsetzen und dann jagen kann, bis zum Schmerz, und atemlos macht, wo man doch sitzt, und seiner nicht bedarf, man hatte doch nichts getan, kein Wort gesagt, kein Glied geregt – und plötzlich war kein Atem mehr da, und das Herz jagt in der schmerzenden Brust. Ach, wie er jetzt um die Tafel ging und das Licht der Fackeln noch einmal bei einer Wendung des Hauptes den rötlichen Flaum seiner Wangen erblühen ließ, wusste sie: Was es ist, weiß ich nicht, aber dieser hat Macht über mich, für ihn könnte ich alles begehen, blind könnte ich ihm folgen, soll ich ihm folgen? Der Vater wird ihn verderben, nie besteht er das, der Vater ist grausam, alles ist dunkel hier, Jason ist hell, ich muss ihn retten, o mein Herz, mein Herz ...

Jason schritt, von den Gefährten gefolgt, durch die Doppeltür. Seit dem Schrei des Titanen hatte sie niemand geschlossen. Die roten Säulen standen im Licht des vollen Mondes. Ein Nachtwind vom Meer schlug Jason entgegen. Aufrauschte sein Purpurmantel, und die Bilder des Saumes schimmerten. Ah, er war von den Göttern und umhüllt von göttlichen Taten. Medea atmete schwer, und sie wusste nicht, dass sie es wirklich sagte, hinter ihrem Schleier leise sagte: »Dein Mantel ist weit, nimm mich mit.«

Die Nacht der Hekate

Das Gebirge dauerte an. Die schwarze Wand über Palast und Acker. Der Schattenfels mit dem Zorn aus Ketten und Blut. Mit der zerfetzten Leber im Trümmerfeld eines unsterblichen Leibes. Der Titan schwieg jetzt. Ruhig und rund stand des Mondes Scheibe über den dunklen Rätseln, die sich selbst verhüllten. Auch die Sterne waren da, in der gesetzten Ordnung, mit allen Bildern. Stier und Widder; auch sie. Was geschah zwischen ihnen? Geschah zwischen ihnen? Worte, Worte ... Die Berge fallen nicht hin, die Ströme gehen zum Meer, die Welt ist im Gleichgewicht. War die Welt im Gleichgewicht?

Die Berge fallen nicht hin, die Ströme gehen zum Meer – aber das Herz! Wenn das Herz jagt, verändert die Welt. Die Tage sind nicht dieselben, und gar die Nächte! Da kreisen Gedanken in immer wilderem Strudel, Furcht, Hoffnung, Verzweiflung, Zweifel, Lust ... Dachte Medea das Wort Lust? Sie sprang nur von ihrem Lager, vor den Silberspiegel trat sie, der sie ganz umfing: Sie streckte sich, prüfte sich, streng wie eine Feindin, im Licht des runden Mondes. Blau schimmerte ihr Haar und weiß ihre Schenkel, schön war das Rund ihrer Brüste. Wenn er mich so sähe, dachte sie, und sogleich glitt sie voll Scham aus dem Spiegel. Aber auf dem Lager fühlte sie ihre Brüste, schwer wie Granatäpfel. Die Äpfel der Hesperiden, dachte sie atmend, wenn er doch gekommen wäre, diese zu pflücken.

Das Goldene Vlies. Was kümmerte sie das Goldene Vlies. An den Einen dachte sie, dessen Wangenflaum rötlich im Licht der Fackeln und wie ein Hauch war, dessen Mantel purpurn flatterte zwischen den Säulen der Halle. Wieder spürte sie den stechenden, den süßen Schmerz, da sie dies dachte. Der Pfeil des Eros, wusste sie plötzlich. Das also ist es. Das also ist es. Und sie sah sich um im Gemach, als ob er irgendwo stünde mit seinem unfehlbaren Bogen. Das also ist es. Hatte sie nicht die Tollheit der Liebenden belächelt? Hatte sie nicht mit stiller Verachtung auf die kolchischen Männer gesehen, wenn sie das Blut in ihnen spürte? Und nun wollte sie, dass dieser Fremde bei ihr wäre, hier in diesem Gemach, heiß wie die kolchischen Männer, und sie bedrängte. Wohin gingen ihre Gedanken? Ins Grenzenlose. Und abermals erschrak sie, wie vor dem Spiegel. Sie wusste noch nicht, dass alle Gedanken ins Grenzenlose gehen, bei jedem, dass unerhörte Wünsche sich in den Gedanken vollziehen, dass im Gespräch von Ich und Ich keine Satzung gilt und die Welt sich entblößt, wie sie war vor Göttern und Satzung. Dass Scham nicht gilt und Sitte und Sittung. Schämte sie sich vor dem Spiegel? Sie prüfte sich ohne Scheu, sie prüfte das Fleisch, das zum Fleische wollte, und sie sprang erst zur Seite, als die Sitte dazwischen sprang und sie, Medea, sich sah, als sei sie Jason. Doch wollte sie, dass Jason sie sah. Aufrecht saß sie auf ihrem Lager und fühlte: Sie wollte es. Atemlos wollte sie ihn und bittend zuerst, den Starken bittend, fürchterlich drauf, Wahnsinn weckend.

Nur ungenau wusste sie, was sie sich wünschte, vor allem – in den Pausen, wenn sie dachte: mein Fleisch, es rast mein Fleisch – wusste sie nicht, noch nicht, die Jungfrau, dass es die Seele war, die sie meinte, ihre Seele und die des Jason, dass es immer die Seele ist, die erglüht, auch wenn man aufs niedrigste handelt und nur im Fleische zu handeln vermeint. Dass es die Seele ist, die Verdoppelung will, den Spiegel vielleicht, das Nicht-mehr-allein-Sein will, dass es die Seele ist, die das Fleisch entflammt, in dem sie wohnt. Und dass das Fleisch der Seele nur dient, wie ein Griffel dem Geist gehorcht. Sie wusste das alles nicht, sie wusste nur, dass sie liebte.

Dies Wort dachte sie ganz, sie flüsterte es auch vor sich hin. Liebe. Das also war Liebe. Diese Trunkenheit, vor der alle Grenzen fallen, dieses Wollen über alle Grenzen hinweg – es war, als ob das Leben erst begänne. Was war das Leben bisher gewesen? Sitte und Gesetz, Pflicht der Tochter, Verehrung der Mächte, der Oberen und der Unteren, getreuer Dienst an den Allvermögenden, die das Leben geschaffen. Aber nie das Leben selbst. Begann nun das Leben? Begann nun für sie, was ihr nur eine Ordnung gewesen war, durch Kult und Riten geheiligt: Geburt und Tod, Frühlingsfest und Erntedank, Lob der Gestirne, Scheu der Unterirdischen. Es war eine Ordnung gewesen, in der sie das Ordentliche getan hatte. Sie hatte es für das Leben gehalten. Jetzt begann das Leben. Und sogleich sah sie ein: Das wogt ja gegen die Ordnung, wie ein Fluss gegen den Deich, das will ja frei sein, der Begrenzung ledig sein, das will ja ins Ungebundene. Was sie jetzt erfuhr, das riss mit Atem und Herzschlag an der Ordnung ihres Leibes, das flutete über ihre Gedanken, nein: trieb ihre Gedanken ins Unerhörte. Rissen die Zügel des Lebens im nämlichen Augenblick, da man das Leben erkannte? Verwirrung. Verwirrung.

Sie fand keinen Schlaf, da der Leib, der bis heute geschlafen hatte, erwacht war. Der Mond glitt dahin, bald würde er hinter den Bergen versinken, dann musste sie Hekate beschwören, die Herrin der Tiefe, die Mächtige, dass sie Jason beistehe im Kampfe morgen.

Medea sprang von dem Lager. Sie war ja schon mitten im Unerlaubten, im Ungehörigen, stieß es ihr heiß durch den Sinn, schon gedachte sie dem Fremden zu helfen gegen den eigenen Vater. Und alles, weil er das Haupt gegen die Fackeln wendete, weil er den Blick, vielleicht, einen Herzschlag lang auf ihren Schleier geheftet? Bedurfte es so geringen Geschehens, um alle Bande zu sprengen und besinnungslos zu handeln? Besinnung. Besinnung.

War dieses also der Wahnsinn des Eros? Aber man sagte doch, dass hinter dem Wahnsinn eine Bestimmung stehe. Was war ihr bestimmt? Was dem Fremden? Was wollte Eros, wenn er sie so dem Kentaurenzögling zutrieb? Was war das Gemeinsame, das sie vollbringen mussten? War das Vlies nur ein

Anfang? Zu welchem Weg? Zu welchem Ende? Was begann, wenn sie Hekate rief, um gegen die Stiere zu helfen? Denn dann trat sie ja handelnd in eine gesetzte Welt, spielte sie Ordnung gegen Ordnung aus. Das Wie kannte sie genau, sie war wissend, und erfahren in den Verflechtungen des Daseins, wo alles miteinander, ineinander webt, wo vom Korn bis zum Stern ein kunstvolles Netz der Bezüge waltet, wo einer dem andern zugeordnet oder gegengeordnet ist, einander stärkend, einander tragend, einander störend nur, wenn Ungemäßes gegeneinander stieß. Sie kannte die Kunst des Gemäßen, Medea, was war ihre Zauberkunde, was war Zauber überhaupt anderes, als das kundige Häufen von soviel Gemäßem, dass es übermächtig wurde und in seiner Macht grenzenüberspringend handeln konnte. Das Unmögliche war ja nur das kluge Verbinden von vielem Möglichen. Man musste nur die Elemente kennen. Medea kannte sie; die Beschwörung der Wurzelgeister, der mächtigen Hekate gar, kannte sie, sie konnte Jason helfen. Aber was begann dann? Eine Gottesenkelin war sie, aber Göttin nicht. Sie sah nicht, was dann folgte. Durfte man über die Grenzen hinaus handeln, durfte man Ordnung mit Ordnung klug überlisten, ohne zu wissen, was als Drittes darauf folgte? Medea war ohne Rat. Furcht befiel sie. Furcht vor dem eigenen klopfenden, dem anarchischen Herzen: Sie brauchte gar nicht bis zu den Sternen zu denken – schon die einfachste menschliche Satzung zerbrach sie, wenn sie dem Fremden gegen den Vater half. Dem Fremden? Wie konnte er fremd sein, wenn er solchen Aufruhr in ihr erweckte? Wenn das wahr war, was sie glaubte, nein – woran sie nicht zweifelte, da es sich tausendfach täglich bewies, am Himmel wie auf Erden, wenn den Dingen, den lebenden wie den ruhenden, ein Atem innewohnte, eine Seele, die zu Gleichem strebte, mächtig entzündend und Kräfte erweckend, wo Aura auf Aura traf – wenn das alles so war und es war so, dann war sie, Medea, zum Element geworden, sie selbst, die der Elemente Kundige, und der Größte aller Schöpfer, Eros, hatte sie in den goldenen Kessel der Schöpfung geworfen, zu magischer Mischung, sie und den Fremden. So musste es sein, sonst bliebe ja alles unerklärlich: Es war ja so wenig – dies eine Wenden des Hauptes zu den Fackeln und der Hingang durch die Säulen der Vorhalle. Es musste so sein, und dann hatte sie zu gehorchen. Sie hatte nicht zu fragen nach den verborgenen Zwecken des Eros: Sie hatte dem gewollten Weg zu folgen, blind, und sehend nur da, wo sie sehend war: in dem, was sie beherrschte und was dem unerkennbaren Wege diente. Das führte in eine Zukunft. In welche Zukunft? Gleichwohl. Es galt das Jetzt.

Das Jetzt, das war diese Nacht, die noch blieb, bis der Jüngling im Purpurmantel vor den Stieren stand. Es war diese Nacht, da sie das vollziehen musste, worin sie Meisterin war: die Beschwörung der dunklen Kräfte für die morgige Probe, das Ausrichten des Gleichgewichtes, die reine Verteilung der Gewichte, so dass der ungestüm Wollende die Gewichte verschieben konnte – zu seinem Heil. Und sie dann? Wurde es ihr Heil? Führte sie Eros nicht in Verrat und Abfall gleich der Ariadne, die sie verachtet hatte – bis zu diesem Augenblick? Aber konnte Eros Niedriges wollen? Gab es Gesetze über den Gesetzen? Verhülltes über dem Erforschbaren?

Medea schlug ein Gewand um. Sie hatte Rat nötig. Chalkiope musste ihr raten. Sie trat in den Vorsaal ihres Gemaches. Wie es die Herkunft wollte, ruhten dort zwölf Jungfrauen, Hüterinnen der Helios-Enkelin. Sie ruhten auf ihren farbigen Lagern von buntgewebten Stoffen, heiß waren auch die mägdlichen Wangen im Schlaf, sanft hoben sich die jungfräulichen Brüste. Diese Brüste, die nur warteten, dass einer sie pflücke, diese halbgeöffneten Lippen, die warteten, dass einer sie schlösse, diese verhüllten Schöße, die warteten, dass einer sie entblöße. Sie warteten nur auf sie, auf Medea, dass sie sich entscheide – und hatten gewiss, alle zwölf, die eigene Entscheidung schon längst im Herzen, gewiss lag auf seinem Lager, vielleicht schlaflos, für jede, ein kolchischer Jüngling und wartete, dass sich Medea entscheide.

Ein Widerwillen durchfuhr plötzlich Medea. Sie trat ins Gemach zurück. Das Gewand warf sie ab und stand wiederum vor dem Silberspiegel. Ja, ja, ich will ihn, gewiss, furchtbar über mir, und doch will ich mehr als das süße atmende Fleisch des Vorsaals. Was will ich? Wo bin ich mehr als eine brünstige Hindin?

27

Der Sagenmantel, dachte sie plötzlich erleuchtet, der Mantel, der eine Welt umschließt – ein Weltjahr, hat der Rotflaumige gesagt, das ist es. Ich begreife noch nicht, wie könnte ich begreifen in so kurzer Zeit und nach solchem Übermaß der Ereignisse. Aber da ist die Erklärung, das ist das Gesetz über dem Gesetz, und mein Weg beginnt in dieser Nacht, wo es dem Gewollten zu helfen gilt. Mein Weg? Mein Leben! Möge es mein Leben sein ...

Diesmal ging sie rasch durch den Vorsaal, und rasch glitt sie durch die Gänge, in denen, in schneeweißen Rinnen, die Wasser rauschten. Im Gemach der Chalkiope fand sie diese wach, in Tränen und mit ihren Söhnen.

Sie saß da, in Tränen, zerrauften Haares, und rang die Hände. Jedenfalls tat sie es, als Medea eintrat – wohl, weil sie aus den Versen der Dichter wusste, dass Frauen in großer Verzweiflung die Hände ringen. Medea bereute sogleich, hierher gegangen zu sein: Weit entfernt, hier Rat und Stärkung zu finden, würde sie selber Trost zu spenden haben. Und in der Tat hatte der Vater später, als Medea schon in ihrem Gemach war, einen großen Ausbruch gehabt, die Schale des Zorns hatte er über die Söhne der Chalkiope geleert, die er für die Ankunft der Fremden verantwortlich machte. Sie waren ja vor kurzem, nach endlosen Bitten, aufgebrochen gen Westen, um einmal die Heimat des Vaters zu sehen. Dass sie dann Schiffbruch erlitten hatten, von den Argofahrern gerettet waren, mit diesen zurückgekehrt waren und ihnen somit den Weg gewiesen hatten – das alles hatte Aietes in einem furchtbaren Zornesausbruch wie eine Kette von böswilligen Handlungen verflucht, wo es doch eine deutliche Kette von Fügungen war.

So Chalkiope, unter viel Gewein und häufigem Ringen der Hände. »Meines eigenen Blutes bin ich sicher«, hatte er gedonnert, »aber das Los der Phrixossippschaft werden wir regeln, wenn erst der Prahler Jason seinen Teil empfangen.« Das hatte Chalkiope noch wörtlich behalten. Jetzt sah sie Medea durch ihre zerrauften schwarzen Locken hin kläglich an.

Bei dem Namen Jason hatte es einen kurzen heißen Schmerz in Medeas Brust gegeben. Zugleich aber, beim Anblick der Jammernden, festigte sich Wille und Entschluss in der Jungfrau. Wie hatte sie nur glauben können, hier Rat und Hilfe zu finden ... Was der Starke nicht selber findet, kann keiner ihm geben. Und Medea fühlte wieder, in diesem Augenblick, das seltsame, beinahe körperliche Gefühl, nein: wirklich körperliche Gefühl, wenn der Wille zurückgekehrt und wärmend wie dunkler Wein durch die Glieder rinnt.

Der jüngere der beiden Neffen, Phrontis, sagte: »Jason muss mit seinen Gefährten noch diese Nacht entfliehen, und uns soll er mitnehmen, die Mutter will es auch so.«

Indem sie den Jüngling ein wenig verächtlich ansah, erwiderte Medea: »Ich habe Jason nur an der Tafel gesehen – ihr reistet mit ihm durch Stürme und Gefahren, auf seinem Schiff wart ihr: glaubst du wirklich, dass er vom Vorgenommenen, vom Aufgetragenen doch, lassen wird?«

Dies war Chalkiopes Moment: Sie stürzte zu Boden, umschlang die Knie der Schwester wie eine Schutzflehende und bat, von Schluchzen unterbrochen, Medea möchte, wenn es so wäre – und gewiss habe sie richtig gesehen – Medea möchte das Einzige tun, was nun noch helfen könne: die dunklen Mächte rufen, die Beschwörungen vollziehen, damit Jason morgen vor den Stieren bestünde. Den Namen Hekate wagte Chalkiope nicht auszusprechen, aber er war gemeint. Die Phrixossöhne standen ein wenig töricht dabei und schwiegen.

Seltsam, dachte Medea, wie manchen alles so fraglos ist, wie sie nur sich selbst und ihre Nöte sehen und zu allem bereit sind, nur um sich selbst zu retten. Was war nicht alles auf sie gestürzt, auf Medea, an diesem Abend und in dieser Nacht! Der Glutatem des Eros war über sie gekommen, brannte auf ihren Wangen, sie fühlte es, trieb sie von ihrem Lager. Gleichwohl hatte sie weiter gedacht, höher gedacht, das Künftige bedacht, den Sinn zu finden getrachtet. Der Titan hatte geschrien, Jason in Sternbildern geredet, Ungeheures bewegte sich in dieser Nacht und Unabsehbares musste folgen, wenn sie die Macht der Unteren beschwor. Diese jedoch, ihre Schwester, dachte an nichts von all dem: Sie hatte nur die bösen Worte des Vaters im Ohr und zitterte um ihre Söhne. So sind die Menschen, dachte Medea, sie opfern und beten, sie vollziehen die Riten, sie leben nach Gesetz und Sitte, bis sich etwas gegen sie kehrt. Dann plötzlich werden sie uferlos wie die Frühlingsströme, nichts gilt ihnen mehr außer dem eigenen Ich und dem Gefälle des eigenen Herzens. Das ist die Unzulänglichkeit der Menschen, dachte Medea, ich beginne zu lernen in dieser Nacht, das ist ihre Schwachheit, das ist ihre Verstrickung, daher kommen die Strafen der Götter: Immer wenn es gilt, wenn eine Ordnung zu schwanken scheint, vergessen die Menschen das Ganze, halten sich selbst für das All und sind bereit, das All hinzugeben für die Eingebung des Augenblicks. Der hier, und ihren Söhnen, hätte es obgelegen, über den Augenblick hinauszudenken, sie standen ja in der Mitte der Verstrickung. Chalkiope hatte den Widder gesehen, als er golden aus den Wolken stieß, damals, als Medea noch nicht geboren war. Hatte sie ihn gesehen? Sie hatte wohl nur den Phrixos gesehen, der von seinem Rücken stieg, und hatte sich nicht gefragt, was dies alles bedeute. Und wenn jetzt nach zwanzig Jahren das Wunder zu neuen Rätseln führte, wandte jene keinen Gedanken daran: Sie dachte nur sich und die Söhne. Der Fremde, Jason, er hatte höhere Gründe, er hatte sie auch genannt, wenngleich manches verhüllt blieb. Nicht einmal das überdachte die Schwester. Er sollte fliehen, wünschte sie sich, und, wohl einsehend, dass jener es nicht täte, sollte nun sie, Medea, dem kleinen Herzen dienen und die großen Ordnungen miteinander ringen lassen. Ja, die Schwester hatte ein kleines Herz, ein Dutzendherz, und von da kam die Schwäche der Söhne; denn über Phrixos war ein Glanz gelegen, ein fremdartiger Glanz wie – ja wie ihn die Argofahrer hatten, wie ihn Jason hatte.

Medea schob die Jammernde von sich fort, wartete, bis jene ihren Sessel wiedergewonnen hatte, dann trat sie zwischen die Arkaden, die Chalkiopes Gemach schmückten und sah in die Nacht hinaus. Sie wunderte sich selbst, wie ruhig sie sagen konnte: »Ich werde die Mächte beschwören. Der Mond versinkt. Die Stunde beginnt. Ich werde alles tun, was ich vermag. Meinen Wegen wird niemand folgen. Aber du gehe zum Vater und beschäftige ihn mit deinen Tränen; dulde seinen Zorn, aber beschäftige ihn. Denn Phrontis soll sich zur

Argo schleichen und Jason zum Tempel der Göttin führen – wenn das Bild des Orion hinter der Wand des Titanen dort versinkt, soll er mit Jason beim Tempel sein und mit dem Fremden mich dann allein dort lassen. Fragt nichts Weiteres, tut das Notwendige – oder ihr werdet alle zugrunde gehen.«

Medea wartete keine Antwort ab; war sie atemlos gekommen, fest und ruhig schritt sie durch die Gänge zurück, gefasst stand sie in ihrem Gemach, das sich jetzt rasch verdunkelte. Sie zündete die Öllampen an, und vor dem Silberspiegel schmückte sie sich für das Gespräch mit der Göttin. Mit Bändern aus dunklem Brokat raffte sie die Fülle des rötlichen Haares; mit duftendem Öl salbte sie sich am ganzen Leibe; mit Wein reinigte sie die Hände; die goldenen Sandalen legte sie an, den silbernen Schleier warf sie ums Haupt und dann, nach einem letzten Blick in den Spiegel, den schwarzen Mantel um ihr duftendes, atmendes Fleisch.

Streng war Medea zu den Mägden des Vorsaals, die sie aus dem einfältigen rosa Schlaf rief und die erschraken, als sie die Herrin zu nächtlichem Dienst geschmückt sahen, die Zedernkassette in der Hand, die magische Kräuter und andre Geheimnisse verschloss. Streng befahl ihnen Medea, nun zu wachen und ihrer zu gedenken, die hinginge zu großer Beschwörung.

Draußen war die Nacht. Noch stand Orion am Himmel, und wer jetzt noch auf den Wassern kreuzte, richtete das Steuer nach ihm aus. Alle Wanderer schliefen jetzt und auch die Liebenden alle. Der Vater freilich war wach: Medea sah Lichter in jenem Teil des Palastes. Chalkiope würde ihn mit ihren Tränen beschäftigen ...

Medea schritt rasch durch den Park, an dem heiligen Acker vorbei, der nächtlich dampfte, und ihr war, als ob die Stiere sich rührten. Sie eilte schneller. Schon war sie im Hain der Göttin und dort, wo am Fuß der Titanenwand der Pfad sich dreimal teilte, stand der Tempel der Hekate. Ohne Zögern trat Medea ein, entnahm Feuer dem ewigen Licht, entzündete die Lampen und die drei Fackeln bei dem Altar, dann das wartende Harzholz auf diesem. Und indem sie Weihrauch und Kräuter aus der Zedernkassette in die Flamme warf, warf sie den Mantel ab, warf sie zu Boden sich, flehend, nackt wie ein Neugeborenes, zur Herrin der Tiefe flehend, sie bei ihren arkanischen Namen rufend und sie preisend: als die Älteste der Göttinnen, die Einzige, die aus titanischem Anfang der Welt Rechte und Macht gewahrt, nie von den Olympiern gedemütigt, von Zeus geehrt vielmehr die dunkle Hälfte der Welt regierte, aus dem Schatten allmächtig handelnd, hochgeehrt sie, gleich der Rheia. Vielleicht war sie der Rheia gleich? Medea hatte es schon erwogen bei der Erzählung des Peleus. Jetzt dachte sie nichts dergleichen. Die Herrin der Tiefe rief sie, in uralten Versen rief sie sie und, indem sie siebenmal Weihrauch in die Flamme warf, raunte sie das, in den uralten Versen immer, worin die Nächtliche mächtig war, worin sie Macht beweisen sollte, wenn des Jason Prüfung begann: die Hilfreiche also nannte sie sie, die dem Manne beisteht in Kampf und Wettkampf; die Vielvermögende, die einen Mann erhöhen kann über alle anderen; die Erwirkerin des Preises, der einem Siegreichen winkt.

So hatte sie es gesagt. Das Goldene Vlies hatte sie nicht genannt, aber es war im Kern von Bitte und Beschwörung – die Göttin wusste gewiss, was sie meinte. O, sie hatte gehört und erhört, denn jetzt rauschte es durch den Tempel wie von Geistern, und draußen am Dreisprung bellten die Hunde, die unsichtbaren Hunde der Nächtlichen.

Medea erhob sich, schlug den Mantel um, mit einer Fackel trat sie hinaus in den Hain. Was sie suchte, war eine der Unerklärlichkeiten dieser Welt, war die Notwendigkeit zugleich, dem Jason zu helfen. Es war die Pflanze aus dem Blut des Prometheus, entsprossen damals, als der Geier zum ersten Male den Schnabel in den Leib des Titanen grub und das unsterbliche Blut zischend aus der Felsenhöhle zur Erde sprang. Dort, wo es den Boden getroffen, war jene Blüte entsprossen, von Ellenhöhe, dem Krokos gleich, mit rötlicher Wurzel.

Medea fand sie sogleich, die seltsam Duftende, siebenmal rief sie die geheimen Namen der Hekate, und dann, den Titanen selbst um Verzeihung rufend, tauchte sie das goldene Messer in die Nachterde.

Es folgte, was folgen musste, und was Medeas Schattenhandlung nur darum nicht verriet, weil es schon einmal in dieser Nacht geschehen war: Der Titan der Höhe schrie auf, das Gebirge erzitterte, die Erde antwortete mit dumpfem Grollen.

Jetzt lag Chalkiope sicher zuckend am Boden, mit reichlichen Tränen, jammernd und bittend lag sie gewiss vor dem Vater. Medea dachte es flüchtig, ganz drinnen in ihrem Tun, in dem äußersten Tun, wo sie mit goldenem Messer mehr als eine Pflanze: wo sie unsichtbare Bande durchschnitt zu anderer Bindung. Alles Tun ist ein Zerreißen, ist ein Zerstückeln von Ganzheit, Zusammenschluss und Gleichgewicht. Zerschneiden ist leicht getan, schwer zu verantworten – aber noch schwerer ist das Vollbringen des neuen Sinnes, das Knüpfen der neuen Bezüge: Nur dann heilt die Wunde und folgt Heil.

Die titanische Wurzel also schnitt Medea aus der zuckenden Erde, siebenmal wusch sie sie an der Quelle, die dort aus den Felsen trat, siebenmal rief sie die dunkle Herrin, eilte zurück in den Tempel, und in kupferner Schale auf der Glut des Altars trieb sie die Wurzel, ihre düstere Kraft preiszugeben: Schwarz rann es, in der kupfernen Schale, aus der rötlichen Wunde, rötlich gleich durchschnittenem Fleisch. Kräuter gab sie nun hinein und Öl und, am Ende, da die Mischung zu erstarren begann, drei Tropfen des eigenen Blutes. Denn wer in das Geformte das Messer taucht, wer Form zerschneidet – sei es gleich für neue Form – hat als Selbstopfernder teilzunehmen an der Verwandlung, hat sich zuzufügen, was er zufügte, hat einen Teil seines Selbst opfernd hinzufügen zum notwendigen Unrecht, um das Rechte zu schaffen.

Also Medea. Sie sah die Tropfen fallen, die roten Tropfen ihres mägdlichen Bluts, und wie sie dies sah, begriff sie auf einmal in heißem Erschrecken, was sie da tat: wie sie Weiteres knüpfte, als nur das Gleichgewicht von Kraft und Kraft für den morgigen Tag. Mit dieser Salbe würde sich Jason salben – und in der war ihr eigenes Blut! Band sie ihn? Band sie sich? Was folgte aus diesem? Immer weiter trieb, was nicht mehr aufzuhalten war. Ach, schon wusste sie, dass sie nichts mehr aufhalten wollte.

Da waren sie schon, die unwiderruflichen Schritte, draußen am Dreisprung. Medea trat auf die Stufen des schmalen

Tempels, und das Feuer, das hinter ihr lohte traf durch die offene Tür auf die beiden, in schwarze Mantel Gehüllten. Phrontis, die Nacht, den Dreisprung, Hekate, die Begegnung, schlechthin alles fürchtend, glitt sogleich in die Schatten, seitwärts, gewiss war er zu bang, um zu lauschen. Aber was gab es zu sagen? Sie sahen sich an: Jason und Medea – dieser erhellten Antlitzes, durch die Fackeln drinnen und das Opferfeuer, sie schwarz ragend im Viereck des Eingangs, silbern nur am Haupte leuchtend durch den silbernen Schleier. Was gab es zu sagen?

»Orion versank hinter der Wand des Prometheus«, sagte Jason. Und als Medea noch immer stumm dastand: »Wie soll ich dir danken?«

Diese Stimme, dachte Medea. Wie war sie tönend gewesen am Fest, ehern drauf, als sich alles zerrüttete; wie war sie sanft jetzt! Konnte ein Starker so sanft von Stimme sein?

»Du folgst dem Auftrag deines Gottes«, sagte sie, »und meine Göttin hat nicht widersprochen. Es gibt vieles, was wir nicht begreifen. Was wir wissen, ist nur: gehorsam sein und fromm vollziehen.«

»Man sagt, du habest Sinn und Einsicht einer Göttin«, sagte Jason, immer mit derselben sanften Stimme. »Wenn du mir hilfst, siehst du gewiss weiter als ich und kennst Grund und Folge von allem ...«

Es war kein Zweifel, dass Medea zitterte. Was ging in dieser Jungfrau um? Jason trat nahe zu ihr und ergriff ihre Hand – die war heiß und lag wie leblos in der Hand des Mannes.

»Alle Frauen von Hellas, alle Mütter, Gattinnen, Bräute von Hellas werden dir danken, Medea«, sagte Jason jetzt, sehr leise, beinahe flüsternd, »alle, die vielleicht in dieser Stunde schlaflos auf ihrem Lager unsrer gedenken, die sie tot wähnen, oder nie wiederkehrend, gänzlich verloren, unsichtbar jedenfalls für den Rest der Tage. Sie werden dich preisen, Orpheus wird deinen Ruhm singen und ich, ich werde dich nie vergessen. Denn da du hilfst, werde ich alles bestehen und heimkehren in die geliebte Heimat.«

Er sagte die Worte falsch, er traf nicht das Rechte, denn Medea zitterte noch stärker. Das war nicht Furcht der Nacht und nicht Scham der verletzten Sitte – diese Jungfrau war eine Herrin, entschlossen, wenn sie sich entschloss, kundig im einen, unbeirrt im anderen, gleichwohl zitterte sie. Es war ein Zittern der letzten Gründe, sah Jason ein, ein Zittern für fernste Folgen. Sie war ja im Außerordentlichen, beide waren sie mitten im Außerordentlichen. Da konnte nicht gelten, was man herkömmlich sagt, es war unter dem Ernst der Stunde geblieben, was er soeben gesagt, ungeschickt zudem, er durfte die Worte nicht wägen, jetzt, er musste reden jetzt, wie es aus dem Herzen kam, elementarisch, ohne Rücksicht und Absicht, er durfte nicht unter dieser Stunde bleiben. Und so, während er immer Medeas Hand hielt, sprach Jason: »Unter den schwarzen Bäumen Asiens stehe ich. Unter dem Fels des geketteten Titanen bin ich. In die Nacht der Sonne geriet ich. Unsichtbare Hunde heulen am Dreisprung. Zwischen Geistern wandle ich, mit denen ich nicht erfahren. Am Anfang der Welt bin ich, bei den Rätseln der Welt bin ich, umgeben von Rätseln und wie ein Blinder zwischen lauter Mächten, die mich vernichten können. Die Ausfahrt war leicht: Durch die Brandung stampfte da Chiron, es lachte der Knabe Achill, und alle Nymphen sangen. Jede Ausfahrt ist leicht und voller Hoffnung. Leicht sind auch die Beschwernisse der Fahrt, denn es gilt das Ferne, es gilt das Ziel, nichts ist mächtig genug, das Ziel zu verlegen. Aber dann! Wenn man vor dem Gemeinten steht, wenn man schon im Gemeinten ist ... Was Entwürfe! Was Pläne! Was Besinnung! Es geschieht, es geschieht. Und schon weiß man kaum mehr, was man tut, ob man handelt. Mir ist, als würfe mich die Nacht leicht wie einen Ball in ein Schicksal, das keiner bedachte. Wie ein Trunkener bin ich, in dem der Wein zur Herrschaft kam. Noch tue ich dies und das, noch gehorchen die Glieder, aber Regent ist der schwarze Rausch. Wie schwarzer Wein sind die Rätsel, die Schatten, die klirrenden Ketten, die fremden Geister in mich gestürzt, eine Wolke von Übermacht hüllt mich ein. In meinen Schläfen sind noch die Vögel der Heimat und auf dem Grund meiner Augen das Veilchenfeld von Delphi, aber die Vögel singen sehr leise, die Veilchen sind blass, kaum weiß ich noch den Himmel von Hellas. Unter den Bäumen

Asiens stehe ich, die Nacht deckt alle Bilder zu und ist voll unerforschlicher Handlung. Du begreifst, was ich nicht begreife, du beherrschst, was ich nicht beherrsche, du ließest mich rufen – sage mir: Was soll ich tun? Denn ich muss es vollbringen, ich muss bestehen, heimführen muss ich die Blüte von Hellas. Rede ich wie ein Mann? Ist es männlich, deine Hilfe zu leihen? Gleichviel! Ich muss es vollbringen. Und du bist Herrin in diesem Schattenbereiche. Der Mond ging hin, die Sonne ruht in den Wassern, im Herzen der Dunkelheit sind wir. Leuchte aus dem Herzen der Finsternis, Blume der Nachtsonne, erleuchte meinen Weg, so dass ich ihn sehe: Gehen kann ich ihn dann.«

Medeas Herz schmerzte. Sie wollte ihn hören, reden sollte er, unaufhörlich, ohne Pause wie die Wasser des Palastes, schmerzte auch jedes Wort; denn er sprach nur sich, und die Aufgabe, und die Heimkehr. Er beschwor sie und war doch so fern von ihr, hielt er gleich immer noch ihre Hand. Sind so die Männer, dass sie nur sich denken und das, was sie wollen? Sind die Frauen so, dass sie den andern denken, erfühlen, das Herz auf das Herz legen? Hatte Jason ein Herz? Dachte er an ihr Herz? fragte er sich nicht, warum sie hier stand und seine Nähe erduldete? Nannte er sich blind? Nun, er nahm sie blind, wie ein Gerät, dessen man sich bedient, wie ein totes Gerät, das man nicht sieht, das man nimmt. Ach, er nahm sie. Würde er sie zur Seite legen, danach, wie ein Gerät, ohne weiteren Blick? Seine Wangen waren rot im Schein der Fackeln und rötlich schimmerte der Flaum seiner Wangen. Medea zog ihre Hand zurück. Mit großer Anstrengung sagte sie: »Deinen Weg erleuchten? Es gibt Wege, die das Schicksal entwirft. Es gibt Wege, die der Sinn errät. Es gibt Wege, die das Herz weiß. Keinen habe ich dir zu erhellen. Ich kann nur das Nächste tun – sagt man nicht, dass wir Frauen stets das Nächste tun? Ich kann dich läutern für den kommenden Tag und den wartenden Kampf, was dann folgt, ist auch mir verhüllt.«

Sie nötigte Jason in den heiligen Raum, sie ließ ihn den Weihrauch streuen, sie nahm ihm die furchtbaren Schwüre ab, die den Menschen an die Mächte binden, sie lehrte ihn

Reinigung, Gebet und Ritus – noch diese Nacht zu vollziehen – erklärte ihm List und Macht der Stiere ... mit klopfendem Herzen, aber fester Stimme läuterte sie ihn, feite sie ihn für die Probe. Dann reichte sie ihm die Salbe, in kaspischer Muschel reichte sie sie, in der ihr Blut war.

»Das wird Kraft verleihen, deinen Atem stärken, dein Herz festigen«, sagte Medea. »Gebrauche sie, wie ich dir riet. Und nun gehe hin, der Morgen ist nicht mehr fern.«

Jason wusste kein Wort zu erwidern. Aber als er sie, in einem Überfluss des Dankes, an den Schultern ergriff, spürte er, dass sie ohne Schutz war unter dem Mantel. Sogleich und in großer Verwirrung ging er davon, vergaß des Phrontis gar und verwirrte sich bald in der Nacht, die sich schwarz in ihre letzte Stunde drängte. Es raschelte von Getier, Eulen schrien, die Lüfte verhielten den Hauch, wie vor einem Sturm. Dann stieß er an Schwankendes, Widriges, das schwarz von den Zweigen der schwarzen Bäume herniederhing, wie riesige Früchte. Aasgeruch traf ihn, er wusste: Das waren die Leichen der Männer, ausgesetzt an den Zweigen wie faulende Frucht, denn die Frauen einzig durften im Tode heimkehren zum Schoß der gebärenden Mutter, der fruchtbaren Erde. Es grauste ihm und, zu den Sternen blickend, gewann er endlich die Küste, die salzige Flut, das Schiff, die Gefährten. Und er sagte nur dies: »Hier gilt es zu siegen. Es gilt ein Weltjahr. Das alte fault an den Bäumen.«

Geburt der Sage

Der Strand war leuchtend weiß und makellos. Das Meer hatte ihn über Nacht gewaschen, sanft waren die Wellen darüber hingegangen und hatten zu Gruß und Erinnerung ihr Dagewesensein im Sand zurückgelassen: Viele zartgeschwungene Bänder liefen am Gestade entlang, so weit das Auge reichte. Das war die Seele des Meeres, die ihren Hauch noch eine Morgenstunde lang erinnert wissen wollte – hernach würde der Wind kommen und die Glut, Möwenschwärme würden niederstreichen, die reinen Linien würden zerstieben.

Jetzt war der Strand noch makellos und leuchtend weiß. Auch die Häupter des Kaukasus waren weiß, von wirklichem Schnee. Eben noch hatte er im frühen Lichte rötlich geglüht, nun blendete er schon, in riesigen weißen Flächen das Licht des Lichtes verdoppelnd. Blau aber, veilchenblau war das Meer und ohne Wellen zu dieser Stunde.

Auf dem Bug der Argo stand Jason, mit hellen Augen nahm er die Morgenwelt in sich hinein, diese wundersame, herrliche Welt, die mit Farben und Düften sich innig entfaltete, als sei es ihr erster Tag, da der Gott vor den Göttern sie lächelnd erlaubte, so dass sie war. Zur Kimme ging Jasons Blick, wo hinter Wassern und Wassern die Heimat lag, zu den Gipfeln voll Schnee ging der Blick, auf den Wäldern des Festlands ruhte der Blick. Atmend hob er die Arme zum Zeichen: Telamon und Peleus traten an seine Seite, an den Händen ergriffen sie ihn, hoben ihn empor über die Reling und senkten ihn langsam in die kühle Flut. Er ließ sich sinken, geschlossenen Auges, bis es in den Ohren brauste und die Tiefe nach ihm griff. Ohne Hast stieg er wieder empor, sehend diesmal, das Wachsen des Lichtes wollte er sehen, da war es, das goldene Licht, da war die Luft, das Geschenk der Luft für die Brust, nach Salz schmeckte sie und nach frühem Morgen. Wollust von Licht und Luft strömte in ihn, mit langen Stößen glitt er dahin, um die braunen Schultern den blauen Mantel des Meeres.

Ja, dies hatte Medea gemeint, als sie bei Schwur und Opfer am Altar ihm aufgetragen, er solle zuvor in den blauen Mantel sich hüllen, ehe das Geheimnis der Muschel löse. Bedurfte er denn noch der Muschel? Schon war er selig in sich selbst, wie eine Liebkosung gab das Meer sich an seine Schultern, an seine Hüften, schon fühlte er seine junge Kraft im jungen Morgen, ja er sang, keine Worte: Silben, Laute sang er über das Meer dahin, jauchzend vor Glück und Kraft. War das Rechte so einfach, dass man es nur in Bildern sagen konnte? Die Jungfrau war wahrhaft weise: welch Zauber der blaue Mantel! Bedurfte er noch der Muschel?

Indessen glitt er nun doch zum Strand. Das Salz schmeckte er auf den Lippen, in den Poren spürte er es, als er am Ufer sich erhob. Von den Schultern fielen die Tropfen, über die Schenkel rannen winzige helle Bäche, andächtig setzte er Fuß um Fuß in den makellosen Sand, wie der Erstgeborene am ersten Tage der Welt schritt er dahin, die Spur des Menschen schrieb er ins Unbeschriebene.

Es ist ein erster Tag, dachte er glücklich, eine neue Welt beginnt in der uralten Welt, heute geschieht es, durch mich geschieht es ... und jetzt streifte er die Purpurschnur mit der kaspischen Muschel vom Hals, er löste das verschließende Wachs von den Rändern, er öffnete sie. Süß und wild zugleich duftete es aus der Perlmutterschale.

Medea hatte ihm hierzu nichts aufgetragen, kein Gerbet, keine Beschwörung, keine Weihehandlung. Es galt nur noch das Handeln selbst an diesem Tag, der sich kristallen öffnete, dass an ihm geschehe.

Die Fingerspitzen also tauchte Jason in den dunklen, duftenden Schmelz, andächtig salbte er sich am ganzen Leibe, bis er glänzte, an Schultern, Brust und Schenkeln, dunkler glänzte, wie es ihm schien. Und da drang es auch schon durch die Haut in die Tiefen des Fleisches, drang ins Blut, rauschte mit dem Blut durch das Labyrinth des Leibes, wärmend, glühend alsbald, Glut in den Wangen weckend, Lust in den Armen weckend, den Atem erregend, im Haupt aber zaubernd. Im Haupte geschah etwas Nie-Erfahrenes: schwerelos schien es Jason, durchsichtig schien es ihm – es war, als ob alle Bilder des Morgens in sein Haupt stürzten, um dort zu haften für die Zeit seiner Tage, und auch die Bilder seines Lebens, seines jungen Lebens waren da, durchsichtig und strahlend, alle zugleich und doch ohne Verwirrung, er hörte die Vögel der Heimat in seinen Schläfen, er spürte den Duft der Veilchen von Delphi, er hörte die Brandung von Pagasai und den Gesang der Nymphen auf den Hügeln, er sah den geliebten Meister, Chiron sah er, in die Brandung trabend und den Knaben Achilles ins Blau des Himmels hebend.

Jason schrie laut auf. »Meister«, schrie er und »Vater, Höhlenvater, Menschenerwecker, Erwecker der Taten!« Die Höhle sah er, den Wind in den Locken spürte er, wie Chiron mit ihm durch die Täler jagte. Schon jagte er selbst dahin, quer über die Insel, quer durchs Gebüsch: Oleander schlug ihm ins Antlitz mit purpurnen Blüten und Lorbeer mit gelben Sternchen, weiß der duftende Schaum des Jasmin, alles blühte ja, alles duftete ja, die Welt war ein Fest, das All war die Lust. Rauschte das Meer? Sangen Vögel? Da lag die Argo. An den Tauen zerrte sie im erwachenden Wind, auf stieg und ab der weinrote Bug im veilchenblauen Wasser, der weinrote Bug mit den riesigen Augen am Steven, rechts und links, dem Schwarz der Pupille im weißen Oval. Die Argo sah ihn an.

»Sieh mich an«, schrie Jason, »sieh mich an, ich bin bereit, möge Chiron meiner gedenken an diesem Tag, er wird meiner gedenken nach diesem Tag, für diesen Tag schuf er mich, ich bin bereit. Sieh mich an, Argo.«

Nach den Freunden rief er nun und um Schild und Schwert. Sie kamen an Land, Schild und Schwert reichten sie ihm, schweigend traten sie im Kreis um ihn. Jason aber jauchzte, taumelnd vor Lust und Kraft, springen musste er, tanzen musste er, mit den Fersen schlug er den stiebenden Sand, wie ein Ross sich bäumt und den Boden schlägt mit den ungeduldigen Hufen, vor Wettkampf und Kampf, sich wiehernd bäumt die Ohren spitzt und den Nacken wirft, wie der Kentaur stampfte, wenn er berauscht war von Freude des Meisters, von Wein oder von Liebeslust; so wirbelte Jason im Kreise der schweigenden Freunde, den Schild erhob er ins Blau und das blinkende Schwert, dabei rief er Worte kentaurischer Sprache.

Er hätte Atem genug gehabt für einen langen Tanz, er hätte den Morgen durchjubeln und durchtanzen können, aber die Probe rief. Die Probe? Sie war schon bestanden, sie war innen bestanden, es galt nur noch auszuführen.

Jason sprang zum Schiff, die Gefährten sprangen zum Schiff, sie zerrten die Ankersteine empor, sie ergriffen die Ruder, zum Festland rauschte die Argo.

Jason stand am Bug, hochaufgerichtet, den goldenen Helm auf dem Haupt, den Schild zur Linken, die Rechte fest am Griff des Schwertes, dessen Spitze er ungeduldig von Kraft in die Reling getrieben hatte. Der Doppelmantel aus Purpur mit dem Sagensaum flatterte weit im immer stärkeren Wind.

So kam er daher, so sah ihn das kolchische Volk, zusammengeströmt auf Strand und Ufermauer, und es verschlug der Menge den Atem, wie er da stand, strahlend über der Argo blutrotem Steven mit jenen riesigen Augen, die starr und wimpernlos wie die Augen der Götter aufs Land Kolchis sahen, wuchsen und wuchsen, mitleidslos, unerschütterlich, jenseits von Zorn, jenseits jedes Zweifels – vollkommen sicher. Würde die Argo jetzt sprechen? Man raunte, sie könne reden. Die Argo aber schwieg. Sie sah nur an. Und kam immer näher.

Auf dem Bug also stand er, der die Tafel des Königs zerrüttet hatte, dem Untergang beschieden war. Wartete seiner ein Untergang? Angst befiel die Wartenden, wie er nahe an ihnen vorbeiglitt, denn Orpheus am Ruder lenkte das Schiff in den Fluss, der hier ins Meer trat und Stadt und Palast schied. Zwischen den Häusern rechts und den Gärten des Königs links glitt das Schiff seinem Ziel entgegen. Die Wartenden wussten schon einige an den Rudern: das waren die Dioskuren, Söhne des Zeus, und diese des Nordwinds Söhne, jener dort Peleus, Gatte der Göttin des Meeres ...

Man raunte sich die Namen zu, ehrfurchtsvoll und bangend, um die größere Angst zu verschweigen, wenn man auf den schaute, dem alles galt.

Über den furchtbaren Augen der Argo stand er. Seine Augen waren verdeckt, sein Antlitz war verdeckt, denn der fremdländische goldene Helm verhüllte Wangen und Nase. Nur den Mund gab er frei: einen schmalen, entschlossenen Mund, der indessen rätselhaft zu lächeln schien. Diesen Mund sah man. Und den Leib, da der Wind mit dem Mantel spielte. Einen vollkommenen Leib, bronzen und glänzend wie ein Standbild im Tempel, das man mit Öl salbt.

Man sah, dass das Herz heftig schlug ... aber das war nicht die atmende Angst. Die Angst war am Ufer: finster blickten die Männer vor sich, und schon schlugen Weiber kreischend zu Boden, warfen den Arm vor die Augen; andere eilten davon, plärrende Kinder mit sich reißend.

Links waren jetzt die weiten, weißen Treppen des Palastes da, die gelassen zum Fluss hinabstiegen; war der Palast da, mit Säulen, Zinnen, Fenstern. Hinter einem der unzähligen Fenster stand jetzt Medea, dessen war Jason gewiss, sah Medea herab auf die Argo, auf ihn. Ob auch sie voller Furcht war? Jason wusste: wenn sie ihn ansah, verließ sie der Zweifel, falls sie zweifelte.

Dies eine Mal wendete er das Haupt, zu den Fenstern des Palastes wendete er es. Sein Lächeln war jetzt ganz deutlich, auch legte er den Kopf zurück, dass die Sonne ihn ganz umhüllte. Licht häufte sich auf Licht, es flammte und flirrte über dem flatternden Mantel, im Feuer aber von Gold und Gold, inmitten metallischer Glut war ein Lächeln aus warmem Fleisch, war ein sanfteres Rot von halbgeöffneten Lippen. So fuhr Jason vorüber.

Wo die Gärten des Palastes aufhörten, lag der heilige Acker. Es gab dort eine kleine Mole, für das Tempelschiff, wenn die Frühlingsfeiern und Herbstfeste begangen wurden, auch fanden da beim Hinscheiden eines Königs die Totenspiele statt. Die Mole war von Kriegern besetzt, und um den Acker herum stand es, in doppelten Reihen, mit Langschild, Schwert und Doppelaxt. Jasons Lächeln verschwand. Schweigend ging er mit den Genossen durch die Mauer von Waffen. Am Rand des Feldes wartete, inmitten seiner Edlen, Aietes, auf dem vergoldeten Streitwagen, im Königsmantel und goldenem Helm. Auch an diesem fehlten die blutroten Hörner des Stieres nicht. Mit der Linken zügelte er die ungeduldigen Rosse, des Sonnenvaters Geschenk; sie waren nicht gewöhnt, reglos zu verharren und scharrten wiehernd in der grünen Grasnarbe. Der Acker war ohne Wuchs, braun und festgestampft. In seiner Mitte stand der Pflug, vor ihm lag das eherne Joch mit den Ketten aus Eisen. Es gab nichts zu sagen.

Langsam, wie am Abend zuvor, löste Jason die Spange an seiner Brust, Orpheus warf er den Mantel zu, dann ging er übers Feld. Beim Pflug wandte er sich um und sah Aietes an, er lächelte, aber diesmal war es ein Lächeln voller Hohn.

Der König hob die Hand. Dort, wo das Gebirge eine letzte Drohung von schwarzem Granit in das Land trieb, am anderen Ende des Ackers, sprang rasselnd ein Gatter auf vor dem Mund einer Höhle. Und da erschienen sie, blinzelnd gegen das Licht des Tages, die beiden Stiere, blauschwarz war ihr Fell, und ihre Flanken bebten vor Wut. Blinzelnd standen sie im Licht, bis sie ihn sahen, den einen, den Fremden, den Nackten inmitten des Feldes, mit einem Haupt von Gold, das ihren Augen Pein tat. Brüllend griffen sie an.

Sie konnten nicht beide zugleich handeln: rechts deckte der riesige Pflug den reglos Erwartenden. Jason hatte die Fersen gegen die Pflugschar gestemmt, vorwärts gebeugt empfing er den Stoß, mit dem Schild fing er ihn auf. Er hielt stand, indem er zur Seite sprang, als die Gewalt der blauschwarzen Masse übermächtig wurde. Es war der Entschluss eines Augenblicks, und augenblicklich schlug Jason den Rundschild dem rasenden Stier auf die Augen, auf die Nüstern schlug er ihn mit aller Kraft dieses Morgens, und mit der flachen Klinge schlug er ihn hinter die Ohren, einmal, zweimal, dreimal, und dann trat er ihn, rückwärts springend, in die Gelenke. Mit einem Laut wie ein Seufzen brach das Tier zusammen, verwirrt ratlos im trägen Hirn, zum ersten Mal selbst erfahrend, was Kraft ist. Ein Ohr blutete, aus dem Innern des Hauptes rann es dunkelrot über das blaue Fell, auf den kargen Acker tropfte es. Zu diesem Ohr neigte sich Jason und leise, ganz ohne Zorn, besänftigend eher, raunte er ein kentaurisches Wort. Das Tier sah nicht auf, ein Zucken ging durch den mächtigen Leib und, seufzend zum zweiten Male, bettete es sein Haupt zwischen die Hufe. All dieses geschah in der Zeit weniger Atemzüge.

So blieb der Zweite. Der verhielt stumm, mit peitschendem Schweif, die Hufe fest in den braunen Grund gegraben. Sie sahen sich an, Jason und der andere Stier.

Mein Helm blendet ihn, dachte Jason, ich bedarf keines Vorteils, alles geschieht, wie es entworfen ist, aber ich vollziehe es. Er streifte den Schild vom Arm, das Schwert stieß er in die Erde, dann setzte er den Helm ab. Sogleich fuhr der Wind in die weichen, die hellen Locken.

Jason tat die zwei Schritte bis zum Stier. Der wartete unbeweglich. Wieder tauschten sie Blicke, wie die eines Einverständnisses. Jason ergriff die Hörner. Er war dem Tiere nicht feind, aber er musste es bezwingen, für höheren Sinn. Und der Blauschwarze, Mächtige, fühlte, dass es nicht Feindschaft galt, sondern ein Messen, wie denn die Tiere unbeirrbar sind im reinen Fühlen, da ihnen jene zweideutige Gabe gebricht, die der Empfindung Widersacher ist, und die in der Sprache des Jason »Logos« hieß.

Sie maßen sich also, stumm und ohne Hass. Es schwoll der blaue Nacken des Stieres, es spannten sich Muskeln und Sehnen des Jason, mit Muskeln und Sehnen verriet jetzt der Jüngling den Bau seines Leibes, deckte er auf, mit Schatten und Sonnenflecken, was ein vollkommener Leib ist, zeigte er, dessen nicht gedenkend, sondern atmend bei den Hörnern der Prüfung, wie der Gott vor den Göttern des Menschen Leib geträumt. Es spielte die Sonne mit Schatten und Gold auf den ringenden Schultern.

Wie lange verhielten sie so? Schon rann der duftende
Schweiß von Nacken und Schulter in das sanfte, edle Tal der
Wirbel – nach den Rätseln der Welt duftete der Schweiß, nach
Prometheus und auch nach der Jungfrau. Aber das wusste Jason nicht. Er rang. Und langsam, Zoll um Zoll bezwang er
den furchtbaren, den anderen Nacken, Zoll um Zoll rang er
das mächtige Haupt zur Seite, bis es geschah: wie vom Blitz
getroffen stürzte der Stier in die Knie und sah den keuchenden Jüngling an. Der rang nach Luft, gewiss, aber er war der
Stärkere. Er stieß ein Wort heraus, ein kentaurisches wiederum, ein freundliches war es, und der Stier verstand. Er erhob
das Haupt und, keuchend auch er, rieb er die roten Nüstern
an der Rechten des Jason. Der kniete nieder, legte die feuchte Wange an feuchte Wange und die leuchtenden Locken
strömten über die breite, die blauschwarze Stirn.

Jetzt kamen die Dioskuren übers Feld, hoben das eherne
Joch mit dem rasselnden Geschirr, Jason stand auf, die Stiere
standen auf – grummend der eine, Schaumflocken ums Maul;
ruhig der andere, wenngleich mit zitternden Flanken – auf
die mächtigen Nacken sank das metallische Kummet, Jason
ergriff die Zügel und trieb mit leichtem Schnalzen die Tiere
an.

Die zogen geduldig den Pflug, braun brachen die Schollen zur Seite, siebenmal furchten sie das Feld, Jason und die
Stiere.

Dann war es getan. Die Dioskuren traten wieder hinzu,
schirrten die dampfenden Tiere ab, warfen das hallende Joch
zu Boden und lachten.

Sie waren ein wenig älter als Jason, aber knabenhaft im
Herzen und voller Übermut der Knaben. Unter dem kasta-
nienbraunen Haar glänzten fröhlich die braunen Augen, ihr
Gesicht zuckte von verhaltenem Spott, und nun lachten sie
aus vollem Halse.

Jason nickte ihnen zu, mit kleinen Lichtern in den Augen auch er, gab ein Zeichen, rief ein Wort zu den Stieren.
Und diese ließen sich willig leiten: mit kleinen Schlägen der
flachen Hand, immer lachend dabei und wie Tänzer über
die Schollen springend, führten die Zwillinge das entlassene

Gespann zum Felsenstall zurück, krachend fuhr das Gatter hernieder.

Der König hatte inzwischen das weitere befohlen. Ein kolchischer Krieger reichte Jason den kupfernen Kessel.

Dir verhielt einen Augenblick, denn innen sandte er ein kurzes Stoßgebet zur Großen Mutter, erinnerte sie an das Frühlingswunder im mysischen Land und bat sie, noch einmal gnädig zu sein. Dann schritt er aus und warf mit weitem Schwung die goldenen Körner in die wartenden Furchen.

Rheia ließ ihn nicht warten. Er hatte kaum die erste Reihe durchschritten, da stieß es schon mit kleinen grünen Lanzen aus den braunen Schollen, wuchs und wuchs, verfärbte sich, wandelte sich in das Licht des Tages – als Jason die siebte Furche beendete, da stand es schon hüftenhoch, strahlend-gelb und rauschte, im Winde rauschte es und wogte: das Erntefeld.

Ein warmer, glückhafter Stolz stieg in Jason auf, ein unerhörtes Gefühl von Triumph durchflutete ihn. War das ein Kampf gewesen, eine Probe? Es war ein Spiel gewesen. Noch das schwerste Tun wird wie ein Spiel, wenn die Mächte es wollen. Sie hatten es hier gewollt, die Zeichen der Heimat und der Fahrt hatten nicht getäuscht – die Mächte wollten das hier, und aut allem Handeln im kolchischen Land ruhte ihr Segen. Dass er es vollbracht hatte, blieb sein Stolz, denn der Entwurf, die Weissagung, selbst der Segen sind ein Ding – das Vollbringen ein anderes. Man muss dem Heil entsprechen. Er hatte dem Heil entsprochen.

Langsam wie er am Morgen ins Meer geglitten, tauchte nun Jason in dies gelbe Meer, klirrend vor Reife schlugen die Ähren um Hüfte und Schenkel. Nicht nur die ausgestreute Saat hatte die Mutter der Tiefe gesegnet, ein ganzes Feld hatte sie den Wurzelgeistern befohlen, ein reifes Erntefeld mit allen Blumen dabei, tiefrotem Mohn also und meerblauer Kornblume.

Jason bückte sich und wand sich behende einen Kranz aus den blauen Blüten. Dann richtete er sich voll auf, erhob die Arme zum leuchtenden Himmel, im goldenen Feld stand er mit goldenem Haar, mit glänzenden Schultern und feuchter

Brust, im Schweiß des Siegers, mit dem Lachen des Siegers stand er da, und über das klirrende Feld rief er jetzt, nur dies rief er: »Nun, König?«

Der war noch immer, starr wie ein Bild, auf seinem Wagen, unergründlich war sein Gesicht. Er antwortete nicht sogleich, er verhielt reglos, nur die Linke am Zügel verriet durch ein leises Zittern den Sturm in seiner Brust.

»Hole dir morgen, was du begehrst«, rief er endlich, zugleich gab er die Rosse frei, riss den Wagen herum, in einer Wolke von rotem Staub polterte er davon.

Jason sah ihm nach, dann bückte er sich zum anderen Male und pflückte, einen ganzen Arm voll des goldgelben Wunders pflückte er.

Und so stieg er aus dem Feld, so ging er zur Mole. Die Dioskuren trugen ihm Helm und Schild und Schwert, Orpheus warf ihm den purpurnen Mantel um und schloss die Spange auf der feuchten Brust. Jason ließ es mit sich geschehen. Er stand auf der Mole und sah die Argo an. Die Argo sah ihn an, aus weißen wimpernlosen Augen.

Dann fuhren sie zurück. Sie glitten den Fluss hinunter, ohne Ruder diesmal, mit dem Wind im gewölbten Segel. Auf dem Bug stand Jason, unverhüllten Hauptes, helläugig, rötlichen Flaum an den Wangen, des Siegers Lächeln auf den Lippen. Blau leuchtete der Kranz im goldenen Haar, purpurn flatterte der Mantel.

Als sie am Palast vorbeitrieben, wandte Jason das Haupt nach rechts. Und vom klopfenden Herzen nahm er, was er mit beiden Armen umschloss, den Preis dieses Tages, das Versprechen der Zukunft, das Weizenwunder: Die rauschende Garbe hob er hoch in den leuchtenden Himmel.

Das Goldene Vlies

Ach, sie hatte ihn gesehen, wie er dahinfuhr, über den wimpernlosen Augen der Argo; sie hatte sein leuchtendes Haar gesehen und die Garbe im leuchtenden Himmel. Auch sein Lächeln hatte sie gesehen, diese atmenden Lippen in einem Überfluss des Lichtes. Dieses Lächeln war es gewesen, darum stand sie nun hier zwischen den Bäumen der Nacht, allein in einer Nacht, die tiefer und verlassener war als je eine vordem. Denn es war nicht die Schwärze der Schatten, das Verborgensein des Mondes hinter der Titanenwand, das sie so ausgesetzt machte zwischen den Toten an den Zweigen, den Stimmen der Geister, dem Rascheln niederen Getiers – entehrt war sie schon, pflichtvergessen, treulos, verräterisch, landesflüchtig. Ja, schon war sie landesflüchtig: Nackten Fußes war sie aus dem Palast geschlichen, vor dem Lager hatte sie die Sandalen gelassen, vor dem Silberspiegel den Schmuck, auf ihrem Lager als letztes unwiderrufliches Zeichen für die Mutter eine Locke, die Locke der Magdschaft. Von diesem Gang gab es kein Zurück. Von Gängen der Liebe gibt es kein Zurück. Sie sind, die großartigen, ohne Berufung. Wer zum Geliebten geht, liefert sich aus. Alle Süße eines Herzens, alle Kraft einer Stirn, alle Macht eines Willens sind hingegeben an zwei Hände. Weiß man, ob diese nehmen werden, wie sie nehmen werden? Medea wusste es so wenig wie je ein Liebender auf dieser verzauberten Welt. Aber wie jeder wahrhaft Liebende gab sie sich hin, lieferte sie sich aus, ohne Bedacht, ohne Reue. Mit Furcht gewiss vor dem Unabsehbaren, aber, wie jeder Liebende, voll wilder Entschlossenheit; für den einen Augenblick des heißen Glückes, wo man sagt: Da bin ich, das tat ich, alles verließ ich um deinetwillen, nimm mich hin, wirf mich fort, dein Wille geschehe.

So also stand Medea auf der Wiese, genannt das Lager des Widders, dort wo das Schicksalstier aus den Wolken niedergestiegen war und alles begann, was nun zum Äußersten trieb. Mit nacktem Fuß stand sie im Nachttau der Gräser, Nacht war es um sie, und was es an Licht gab, kam von dem Vlies an der Eiche: Wie eine goldene Wolke schimmerte es durch die Schattenschwärze. In goldenem Licht badete die Stunde der Hingabe.

Die Wächterin Schlange schlief. Medea streifte sie mit dem Fuß, das Tier rührte sich nicht. Auch das habe ich getan, dachte Medea, und sie musste sich am Altar stützen. Ihre Hand griff in Ruß und verkohltes Holz. Hier wird es keine Opfer mehr geben, dachte Medea, und wieder schwankte sie.

Eine Eule schrie jetzt, sie schrie dreimal. Das war Phrontis, geflohen auch er diese Nacht, für immer, und er brachte Jason. Laub raschelte, ein Zweig brach, ein Schatten löste sich aus dem Schatten und trat in die Lichtung.

Einen schwarzen Mantel hatte er umgeschlagen und das Haar, sein Sonnenhaar, mit dunklem Tuch verhüllt. Als er vor ihr stand, erkannte sie sein Antlitz: Es war blass und schmal, fiebrig die Augen, im Widerschein der goldenen Wolke erkannte sie es.

»Ah –«, hauchte Jason, aber seine Augen waren nicht auf Medea, sie waren auf das Vlies geheftet. Er machte einen Schritt, erschrak, trat zurück und sah zur Erde.

»Die Schlange schläft«, sagte Medea. Und da brach sie auch schon nieder, vor Jason stürzte sie hin, umklammerte ihn, legte die Stirn an seine Knie, und wie er nach ihr fasste, um sie aufzurichten, griff sie nach seinen Händen, ungestüm, nein – verzweifelt wie ein Ertrinkender sich an Tragendes wirft.

»Nimm es dir, es gehört dir«, stieß Medea hervor. Ihre Stimme war zerbrochen, auch ließ sie ihn nicht los. Wie konnte sie ihn loslassen? Sie hielt ja kein Holz zwischen ihren zitternden Fingern, sie hielt die Hände des Jason, die breiten mit den Sehnen aus Erz, die an den Hörnern der Stiere unüberwindlich gewesen waren. Sie hielt die Hände fest und fühlte das Blut in ihnen klopfen – oder war es ihr eigener Puls? – sie hielt fest, so meinte sie wohl. Sie hatte aber bereits die Gebärde der Hilfesuchenden verlassen, schon hielt sie nur Jasons Rechte, ertastete die Hügel und Täler der Knöchel, suchte sie den Flusslauf der Adern auf dem Handrücken, verlor sie sich in der Landschaft aus warmem Fleisch, hartem Knochengebirge und klopfenden Blutflüssen. Ja, sie war verloren. Als sie es zuckend einsah, überantwortete sie sich ganz: Der Regen ihrer Tränen fiel auf die Flüsse und Täler aus Fleisch und Blut, der Wind ihres Atems strich über den sanften Flaum der Ebenen, ihre Lippen schmeckten das Salz der eigenen Tränen. Mochte er immer zum Goldenen Vlies schauen – sie schwamm in der erlauchten, in der goldenen Wolke der Hingabe.

Jason ließ der Schluchzenden seine Hände, gerührt gewiss, aber noch eher ungeduldig, wo er am Ziele war. Da hing es, da flimmerte es. Es war ihm leicht gemacht worden – vielleicht hätte er lieber um diese Beute mit der Schlange gekämpft, oder den versprochenen Lohn von dem König empfangen, feierlich, im Palast, an den Stufen des Thrones.

Als ob Medea seine Gedanken erriet, flüsterte sie: »Der Vater wird keinen Schwur halten, er sinnt auf dein Verderben. Nimm es dir, nimm es dir – solange noch Zeit.« Aber dabei ließ sie seine Hände nicht, sie presste sie stärker, unter neuen Tränenfluten, und stammelte: »Nimm es dir, gehe dann rasch, löse die Ankersteine, fahre davon ...« Meinte sie, was sie sagte? Der sich Verlierende liebt die Verzweiflung, liebt das Verlorensein, der Tod ist ihm nahe als süße Lust. Der sich Verlierende spielt nicht: Er ist bereit, sich zu opfern, ja er entzückt sich an der Opferung, jauchzend-todestraurig wirft er sich auf den Altar der Liebe, das Messer des Schicksals erwartend. Er ist ganz aufrichtig. Aber das Leben in ihm, das sich nicht aufgibt, spielt voll List gegen den Sieger: Der Einsatz gilt, wahrlich, aber dem Gewinnenden wird er auferlegt wie eine Last. Edelmut unter Tränen, Selbstaufgabe mit nassem Lächeln, freiwilliger Abschied – lebe wohl, lebe wohl, Geliebter, dein Leben sei gesegnet, ziehe ins Helle, ziehe in blaue Tage, ziehe ins Glück, gedenke meiner nicht, achte meiner nicht, meine Tränen sind mein Teil, achte sie nicht, deiner ist das Lachen, auf dass du lachst, will ich untergehen, ziehe hin, ziehe hin, leuchtend seien deine Pfade, o du unendlich Geliebter, gern will ich untergehn ...

Wer aber will, wer kann das Messer des Schicksals sein? Wer widersteht der Salzflut auf dem Rücken seiner Hand?

»Ariadne«, sagte Jason mit seiner hellen Stimme, »zweite Ariadne du, wenn ich mich Theseus vergleichen darf. Helferin ...«

Stoße nur, stoße nur Messer des Schicksals mit dem verhassten Vergleich. Die Opferung vollzieht sich. Von der Klippe zu Naxos warf sich Ariadne, von welchem Felsen werde ich mich stürzen?

Aber nun spielte, was sie nicht wusste, was kein sich Verlierender weiß, das Leben selbst um das Ganze, listig und der Verwirrung Meister, warf es die Last dem Gewinnenden zu, durch Medeas Mund, aus einer tränenerstickten Kehle, die eines Schreies bedurfte, um der Worte mächtig zu werden.

»Du! ... Ich ließ eine Locke auf meinem Lager.«

Das war die Preisgabe. Das Opfertier brach an dem Altar zusammen. Medea ließ die Hände. Sie warf sich ins nachtfeuchte Gras. Sie tastete nach Jason. Sie umschlang seine Knöchel, auf den Spann seines Fußes legte sie ihre Lippen, die Tränen flossen.

Wer will das Messer sein? Jason beugte sich nieder, er packte Medea an den Armen, mit seinen Händen aus Erz zwang er sie empor, so standen sie: Antlitz gegen Antlitz, im Schimmer der goldenen Wolke, und, immer die furchtbaren Hände um Medeas Arme, sagte Jason: »Dachtest du, dass ich dich lasse wie ein gebrauchtes Gerät? (›Mein Vergleich, mein Vergleich‹, sang's in Medea innen ...) Nach all dem?«

Jason senkte die Stimme: »Beim Haupte meines Meisters, ich schwöre es dir, diese Nacht bindet uns. Keine andere Frau hat nunmehr Recht an meiner Seite. In der Heimat werden wir das besiegeln. Bis dahin aber – mein Höhlenmeister möge mir in die Augen schauen – soll die Locke auf deinem Lager ein Versprechen sein: das Versprechen meiner Heimkehr, deines Einzugs in die neue Heimat – Veilchen und Rosen werden die Frauen der Heimat vor deine Schritte schütten, Medea.«

Spricht so ein Liebender? Oder Einer getrieben von höherem Sinn, adlig drum, großmütig? Spricht so Einer, dem ein Antlitz zugewandt ist, ganz nahe, tränennass, zuckend, offen jedem Einbruch? Medea hörte, taumelnd, nur das Versprechen. Sie empfing, selig, den Kuss auf ihrer Stirn. Sie litt es, berauscht, dass er sie ließ, die Schritte zur Eiche tat, das Vlies ergriff. Das hatte sie oft gesehen, sie hatte es nie so gesehen, als er es vom Stamme löste.

Es fiel über ihn, bedeckte ihn, einen Augenblick lang, hüllte ihn in ein rötliches Feuer, es sprühte um ihn, ganz Licht war Jason. Die Erfüllung tauchte ihn in Licht.

Dies dauerte nur kurz, wie alles Erhabene. Der in der Sage war, der das Gewollte vollzog, Jason, er handelte nur, er gedachte des Fernsten: der Heimkehr, tat so das Nächste. Er löste sich aus dem gleißenden Fell, er warf den schwarzen Mantel ab und schlug ihn um das teure Licht. Sogleich ward es ganz Nacht.

In dieser Pause sann Medea, zum einzigen Male in der Stunde, über sich selbst hinaus. Ein Weltalter versank, wusste sie klaren Sinnes, Nacht war auf Kolchis gefallen, nie mehr würde sie enden, das Licht wanderte westwärts.

Auch das dauerte nur kurz wie ein Blitz. Es war ausgelöscht, als sie Jason neben sich spürte, als sie ihn atmete, denn von seiner Haut wehte noch immer der Duft der Salbe, die sie bereitet. Er stand neben ihr, Schatten in dem Schatten, und raunte nur ein Wort: »Geschwind.«

War das die Stimme eines Liebenden? Wo blieb die Geste des Verlangenden, suchend in der Schwärze? Wo blieb die Hand? Aber er trug ja die kostbare Last, und Eile war geboten, hatte sie selbst nicht zur Eile getrieben? Er hatte vollbracht, für sie fing alles an, er hatte gelobt, beim Haupt des Kentauren hatte er geschworen, ihre Zukunft hatte er entworfen, er war ein Mann, Männer sind kurz angebunden, wenn alles abgemacht ist. Es war alles abgemacht. Geschwind, hatte er gesagt. Sie folgte.

Wo der Wald anfing, gesellte sich der Schatten Phrontis zu ihnen, mehr Schatten als je, er würde immer schattenhafter werden. Ihr war das Licht entzündet – es schien noch schwach, wie jedes beginnende Licht, aber es war da, vor ihr, in der Dunkelheit, an die sich das Auge gewöhnte. Es war das Licht des Mannes Jason, der vor ihr schritt, mit der kostbaren Bürde auf seinen Schultern. Ihr Auge gewöhnte sich, das Schimmern des Leibes nahm zu. Im strahlenden Licht des Tages hatte sie ihn gesehen, auf dem Fluss, über den Augen der Argo; und eben, einen Herzschlag lang, im Schein der goldenen Wolke. Einen Herzschlag lang – es war lange genug gewesen, so lange nämlich, als ein Herz stocken kann, ohne zu brechen.

Der Anblick des Geliebten – wer ist da nicht dem Tode nahe? Wer ist nicht hingeworfen an den Altar der Opferung? Aber wenn das Messer nicht zustößt, wenn es die Mächte abwenden, sei es auch nur für heute, wenn sie ein Wort sprechen lassen, sei es auch nur das Wort »geschwind« ... O Vater Helios, o Mutter der Tiefe! Welchen berauschenden Trank mischt ihr den Atmenden!

Das Messer war vorübergegangen. Medea folgte dem Leben, das vor ihr schimmerte. Einmal löste sich das verhüllende Tuch um ein geringes, zwei Flechten des Vlieses glitten hervor, und sogleich strahlte die Schulter des Jason in lauterem Gold. Es war gut, dass der Schatten Phrontis neben Medea war und sie stützte.

Dies war Medeas letzte Schwäche. Was Weltalter! Was Verrat! Was Flucht! Was unbekannte Fremde! Alles Tödliche war überwunden. Sie folgte dem Leben: einem Leib, der vor ihr schimmerte. Sie ging zur Küste des Lebens, aus dem Wald wollte sie, an dessen Schattenästen die Toten hingen.

Da war der weiße Strand. Und Jason, heller jetzt vor Sand und Meer, wandte sich um. »Geschwind«, sagte er.

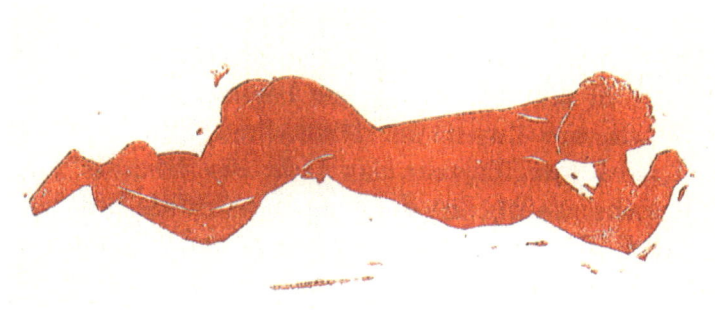

Das Meer

Unendlich waren die Wasser, unendlich war der Himmel, Zeit gab es nicht und keine messbare Strecke von hier bis dort, wer misst die Wogenkämme? Sie fuhren dahin durch das unendliche Blau, zeitlos, raumlos – auf ein Ziel hin gewiss, aber das hieß bloß »Westen« und war fern, irgendwann und irgendwie; jetzt gab es nur ein Heute, drauf noch ein Heute und noch eines, niemand zählte, sie waren alle im Glück des Hier und Jetzt. Sie fuhren dahin, die Sonne lag auf ihren Haaren, der Wind lag im rostbraunen Segel, die Bugwelle warf weißen Schaum, Delphine sprangen ums Schiff. Nachts die Sternenwelt, reine Wölbung von Horizont zu Horizont, ohne verdeckende Schatten von dunklen Wäldern, ohne furchtbare Felsenwände mit dem Rasseln von Ketten.

Das Segel war dann niedergelassen, der Wind schlief dann, alle schliefen, nur Medea wachte, seit dem Aufbruch – wie lange war dies her, ach, was gilt die Zeit? – hatte sie nicht geruht. Die Glücklichen bedürfen des Schlafes nicht.

Einmal als sie so wachend war, zu den Sternen blickend, die Arme um den Mast geschlungen, war Jason zu ihr getreten. Lange hatten sie geschwiegen. Endlich sagte Medea: »Welch ein Entwurf, diese Welt! Am Tage überfällt sie uns mit Farben und Düften, mit allen Verführungen der Sinne, wie eine Woge geht sie über uns hin, kaum können wir Atem schöpfen, besinnen können wir uns nicht. Aber nachts, wenn sie das Nahe schweigen lässt, wenn sie das Bewegte still sein heißt, aus unfasslicher Ferne schweigend ihre Ordnung zeigt: zahllose Funken, Flamme bei Flamme, unzählbar, unpeilbar, maßloser Reichtum und doch Gesetz bei Gesetz – wie müssen wir da bewundern, Jason, wie müssen wir da danken, dass wir in dieser Welt sind, dass wir gewürdigt wurden, in dieser Welt zu sein. Ja, dass wir gewürdigt wurden. Denn wir sind ja ein Nichts vor dem da droben. Was sind wir, Jason?«

»Du fragst mich, du, die aller Geheimnisse Kundige?« Jason sah zu den Sternen auf; erst nach einer Weile fuhr er fort: »Wer sind wir? So kann ich nicht antworten. Ich weiß nicht, was die Mächte mit ›den Menschen‹ wollen. Man kann nur von sich sprechen, Chirons gedenke ich, meines Höhlenmeisters. Er weiß alle Geheimnisse, der Sinn der Welt ist ihm erschlossen, er ist selbst einer, der den Sinn der Welt ausdrückt. Er ist unsterblich – er bedurfte meiner nicht, was konnte ich, der Flüchtige, ihm bedeuten? Dennoch trug er mich davon vom Herd meines Vaterhauses, aus dem Kreis meiner Kameraden, in seine Höhle trug er mich. Er mühte sich mit mir, er war strenge mit mir, er war zärtlich zu mir, er lehrte mich vieles, was den Menschen verborgen ist. Er tat mir viele Schleier von den Dingen. Medea – dir darf ich es sagen, der Eingeweihten, der Priesterin – er weihte mich. Darum bin ich, der Jüngste fast, auf dieser Fahrt der Führer von Männern, der Führer von Söhnen der Götter und Nymphen. Sie haben ihre Geburt, alle sind sie über den Menschen. Aber ich habe die Doppelgeburt. In des Kentauren Höhle wurde ich abermals geboren, und höher, nicht nur aus der Lust eines Gottes. Als er in einer großen Stunde, in der Stunde, seinen Mund auf den meinen legte, trank ich von seinen Lippen den Atem der Welt, den Atem der Sterne ...«

Jason schwieg wiederum lange. Er sah nicht, dass Medea fester den Mast umklammerte, dass sie die Wange an das Holz legte, er sah vor sich hin, wo das Meer phosphorisch leuchtete, er spürte das Schwanken des Schiffes, er hörte den Schlag der kleinen Wellen an Luv und Lee, er atmete den Duft des Meeres.

Endlich sagte er: »Gleichwohl war er mir fern wie die Sterne. Nicht immer. Aber im Tiefsten. Er deutete vieles, er lehrte mich vieles; er gab mir meinen Sinn, er enthüllte nicht den Sinn, nicht sich und nicht die Menschen. Er bereitete mich für meinen Weg, für meine Aufgabe. Am Morgen vor der Stierprobe wusste ich es: Dafür hat er mich gemacht. Das ist viel, Medea, das von sich zu wissen, Unzählige wissen nichts von sich, und dann noch dienen dürfen für eine Wende der Zeiten, größte Entwürfe ausführen, wie wir es taten, du und ich, wie wir es zu Ende führen noch in eben diesem Augenblick.«

»Aber das Ganze –« sagte Medea, tonlos, mit der Wange am Holz. »Das Ganze!« Jason seufzte. »Was sind wir? Du meinst: Warum sind wir? Glaubst du, ich hätte es den Kentauren nicht gefragt? Er sah mich nur an, mit dem Fernenblick der Göttlichen, und antwortete: ›Das geht dich nichts an, mein Kind.‹ Kurz darauf, als ich am Strand übte, mit Speer und Diskus, kam er dazu und sagte, spöttisch wie er oft war: ›Warum tust du das?‹ Ich erwiderte ohne nachzudenken, aber ich weiß es noch genau: ›Werde vollkommen, hast du mir aufgetragen, bringe zum Blühen, was die Götter dir verliehen – ich bin gehorsam!‹ Da lachte er und rief: ›Blühe denn – das ist dein Warum.‹ Am selben Abend, beim Feuer, während wir Kastanien rösteten, sagte er noch: ›Solche wie du sind das Maß für die Menschen!‹ Mehr hat er nie gesagt, aber damit lebe ich, damit gehe ich durch meine Tage, Medea.«

»Also bedurfte er deiner, der Kentaur, alles im All ist bedürftig, auch die Götter.« Medea hatte die Hände vom Mast gelöst und sich Jason zugewandt. Der fiel ihr rasch ins Wort. »Nie«, sagte er entschieden. »Torheit. Und deiner unwürdig. Denk an die Opfer. Lasse die Menschen dumpfen Sinnes glauben, dass sich die Götter von dem Gespendeten nähren. Torheit. Wir wissen es besser. Warum bekränzen wir den Altar mit taufrischen Rosen? Warum wählen wir aus den Herden das makellose Tier? Das Lamm, die Geiß, den Widder... Um den Göttlichen zu zeigen, an der Stelle zu zeigen, auf die sie sehen: So herrlich ist das von euch Entworfene, von euch Gestiftete, sehet wie schön, und Dank euch, Dank. Wir vernichten es dann, töten es dann, das Vollkommene im Augenblick der Vollkommenheit, ehe es verdirbt, an unreine Hände gerät. Das Vollendete gehört immer den Göttern. Sie bedürfen des Opfers nicht, alles kommt ja aus ihrer Hand, wie könnten sie bedürftig sein, wer könnte ihnen schenken? Nur das kann der Fromme tun: Ihnen Freude bereiten, indem er die Geschenke achtet und übervollen Herzens zurückschenkt, was ihm gegeben wurde. Wenn er sehr fromm ist, und wenn er glaubt, dessen würdig zu sein, schenkt er sich selbst zurück. Mit seinen Taten. Mit seinem Tod.«

»Opfer. Und Tod ... Das wäre der Sinn? Das hast du beim Kentauren gelernt?« Medeas Stimme war bitter. Jason lächelte. In der hellen Nacht konnte sie sein Lächeln sehen, bis er antwortete: »Das habe ich nicht gelernt, und das habe ich nicht gesagt. Du fragst: Was sind wir, warum sind wir? Und ich sagte, nur von sich selbst könne man sprechen. Ich spreche von mir. Von uns. Von denen auf diesem Schiff. Wenn wir Besondere sind, durch Geburt oder Berufung, so gilt für uns das Besondere. Wir müssen uns vollenden durch unser Leben, durch unsere Taten, Sinnbild müssen wir sein den Menschen, Freude den Göttern. Durch strahlendes Vollenden müssen wir es sein. Und selbst wenn wir Dunkles tun sollten, Böses, Unrechtes, wenn wir in Verhängnisse geraten, die stärker sind als wir – wir werden noch das Verhängnisvolle sinnbildlich tun: furchtbar vielleicht, aber nie klein und ekelerregend. Auch im Furchtbaren würden wir Sinnbild sein. Das freilich würde mit Tod enden. Wie immer Tat, Untat und Heil sich da vermischten – Sinnbild würde es werden für die Sterblichen, sichtbar gar wie dort im Äther das flimmernde Mal, die Sternenkrone, der Kranz Ariadnes genannt.«

Jason, in seinen Worten verloren, bemerkte nicht, wie Medea zuckte. »Ob wir einmal dort oben leuchten? Und für welche Vollendung? Ich weiß es nicht. Ich weiß nur, dass dieses Schiff voller Schicksal ist.« Er machte eine Geste zu den schlafenden Gefährten hin. »Ein Schiff voller Gleichnisse, die grade beginnen, sich zu entfalten. Warum sollten es dunkle Gleichnisse sein?«

Ja, warum sollten es dunkle Gleichnisse sein? Wo Jasons Stimme so hell war, wo seine Haare in der hellen Nacht schimmerten, wo das Meer leuchtete und tausendfach der Himmel. Sie musste der Zukunft glauben, wie Jason glaubte. Er führte sie ja.

Lange blieben sie jetzt stumm beieinander, am Mast, in dieser Nacht.

*

Die Nächte gingen dahin, die Morgen kamen herauf, einer nach dem andern, mit der Purpurröte im Osten, mit dem ersten Wind am Segel, mit Scharen von fliegenden Fischen, die um die Argo jagten. Den metallisch-blauen Leib warfen sie ins Licht, ihre durchsichtigen Libellenflügel schwirrten, wie Blitze zuckten sie dahin, kleine blaue Lebensfunken, Übermut des Morgens, sie schossen empor, sie tanzten hinunter, waren es immer dieselben, waren es immer neue?

»Wann fliegt ihr?« rief Medea den Boreas-Söhnen zu. »Tut es denen nach. Zeigt eure Kunst!«

»Wenn der Vater uns trägt«, gab Kalais munter zurück. »Der jetzt von Osten unser Segel füllt, ist Apeliotes, unser Vetter. Ein freundlicher Junge, er hilft uns ja all die Tage. Hübsch ist er auch, aber nicht ganz so hübsch wie wir. Er ist immer eifersüchtig. Er würde uns fallen lassen.« Kalais lachte, die Dioskuren an der Reling lachten. »Fliegen können wir nicht«, riefen sie spöttisch, »aber so weit wie die blauen Dinger springen wir schon, auch ohne Flügel. Und die Argo fährt uns nicht davon.« Damit warfen sie sich mit kühnem Bogen in die Flut, lachend tauchten sie auf, mit langen Zügen und ganz ohne Mühe folgten sie dem Schiff. Um sie schwirrten und blitzten die fröhlichen Tierchen.

Heiterkeit regierte an Bord. Und unbegreifliche Freiheit. So heiter war es in Kolchis selten gewesen. Niemals so frei. Ohne Scheu waren diese Männer vor ihr, der Frau. Sie warfen die Gewänder ab, wie es ihnen dünkte, sie kneteten die Muskeln einander, sie salbten sich, sie rangen mit einander, sie sprangen ins Meer. Manchmal, des Abends, tanzten sie seltsame Tänze: Sie hielten sich an den Händen, taten schwierige schnelle Schritte mit den Füßen, Orpheus gab Melodie und

Maß aus seiner Leier, Jason stand in der Mitte des Kreises und rief Worte, die sie nicht verstand. Es gab vieles, was sie nicht verstand. Sie musste sich sehr gewöhnen. Das hatte man wohl bemerkt. Und einmal, als Apeliotes schwieg, in einer stillen Stunde, da alles schweigend im Sonnengenuss auf den Planken lag, in den Himmel träumte oder zur Kimme schaute, da war Telamon zu ihr getreten, hatte sich auf eine Taurolle gesetzt und gesagt: »Das ist alles anders, als du es kennst, Medea. Du fährst in ein Land der Freiheit, in ein Land des Lichtes. Wir baden im Lichte des Helios. Nur das Kranke, das Hässliche, das Missformte, das Verfallende verbergen wir gebührend. Das Gesunde, das Schöne gar – warum sollten wir es verhüllen? Ein Frühlingsland sind wir, hat Jason an jener Tafel zu deinem Vater gesagt. Wahrlich, die Jugend erblüht uns, noch im kleinsten Flecken wirst du ein Feld, eine Wiese finden, auf der unsere Jugend sich übt, Knaben und Mädchen, ohne Scheu. Wir wissen, dass wir das Rechte tun, wir sind stolz darauf, dadurch unterscheiden wir uns von allen anderen, die wir Barbaren nennen. Gewöhne dich, Medea.«

Klar und geradezu wie die Sache selbst waren die Worte gewesen. Aber er hatte nicht alles gesagt. Es gab die Lust. Wie galt sie, wo galt sie bei den Hellenen? Gewiss, Telamon hatte zu ihr davon nicht sprechen können. Aber warum sah sie keiner von diesen an? Eine Frau unter so viel Männern. Sie war die Braut von Jason. Gleichwohl – ein Blick, eine winzige Bewegung beim Zureichen der Speise, ein Etwas in der Stimme ... Wäre sie mit kolchischen Männern auf solcher Fahrt, zu einem Gatten sogar, den der Vater bestimmt: schon in der dritten Nacht.

Sie hatte die kolchischen Männer verachtet, diese hier verwirrten sie. Keiner sah sie an. Gehörten sie zu denen, die der Frau nicht achten? Peleus war der Thetis verbunden, aber die andern? Vom jungen Achill schwärmten sie alle, des Herakles Liebesschmerz hatte man gleich am ersten Abend berichtet. Von Orpheus wusste sie, dass er den Knaben zugetan war, dass Lieder solcher Art von ihm umgingen, und dass sich Jünglingsbünde auf seinen Namen verschworen. Was Wunder, wo sein Vater Apollon selbst durch den Tod des Geliebten, des Hyakinthos, beinahe von Sinnen geriet.

Freilich gab es auch andere Geschichten, wie die von der Insel Lemnos. Keiner hatte sie ihr erzählt, aus Anspielungen hatte sie es erraten, das Fehlende nachts gehört, wenn sie abseits unter ihrem Zelt auf dem Heck des Schiffes lag und die Männer miteinander raunten. Natürlich waren es die Dioskuren gewesen, die zu laut geredet hatten und sich mit unterdrücktem Lachen in den Erinnerungen verloren. Wie, beim Höllenhund, sich diese Insel aller Männer ledig erwiesen, da die Frauen vor Jahren kurzerhand alles Männliche vertilgt hatten (das Warum war Medea nicht ganz deutlich geworden: mitgebrachte thrakische Beutejungfrauen spielten da eine Rolle, die waren wohl auch umgebracht worden). Wie nun zu späte Einsicht und Reue die lemnischen Weiber verzehrte, die Landung der Argofahrer zum Triumph wurde: Blumen, Cymbeln, Tanz und die Feste der Aphrodite, ohn Unterlass. Bis sie Herakles mit bösen Worten in die Schiffe zurückgetrieben. Jason selbst, so vernahm die unfreiwillige Lauscherin, hatte man vom Lager der Königin reißen müssen. Hypsepyle hieß sie und war eine Enkelin des Dionysos. Es gab Medea wieder einen Stich, wenn sie jetzt daran dachte.

Verwirrend waren die Genossen dieser Fahrt. Man müsste sie versuchen, ging es Medea durch den Sinn, um sie zu kennen, um Jason zu reizen, der bei Königinnen gelegen hatte – und bei wem noch? – zu ihr aber wie ein Bruder war.

Medea sah vom Heck hinunter. Im Kielsog der Argo folgten noch immer, obwohl nun der Ostwind ins Segel drückte, die Dioskuren mit ruhigen, weitausholenden Zügen der braunen Arme. Als Medeas Blick sie traf, hoben sie die Stirn mit den verwirrten nassen Locken aus dem weißen Schaum, weiß leuchteten ihre Zähne im lachenden Mund, brüderlich lachten die Augen ihr zu. Polydeukes hob grüßend die Hand.

»Nun: springt heraus wie die blauen Fische«, rief Medea.

»Das musst du uns lehren, Zauberin«, lachte Kastor zurück. Nein, diese waren nicht zu versuchen. Medea wollte auch keinen versuchen. Sie war nur unruhig und voller Erwartung. Nach dem Einen, der ihr anders als Bruder sein sollte. Am Bug dort stand er und eben erhob er den Bogen, entließ er den Pfeil. Ein Seefalke schlug zuckend auf Deck. Jason traf, wo er zielte. Aber kam denn schon eine Küste?

*

Eine Küste kam, aus braunem und gelbem Gestein, mit Grün an den Höhen und in den Schluchten, die Doppelküste des Bosporos kam auf, und viele Vögel flogen der Argo entgegen. Nur gab es noch anderes als Vögel.

Nämlich es kreuzten Schiffe vor der Einfahrt, schwarze schlanke Schnabelschiffe. Es waren kolchische in großer Zahl, schon schwenkten einige rechts und links zur Umzingelung aus, es gab kein Entkommen. Sie mussten Tag und Nacht gefahren sein, mit Segeln und Rudern, unermüdlich, um hier die Durchfahrt zu verlegen.

Medea hatte längst gesehen, was jetzt Phrontis mit schriller Stimme herausschrie: »Apsyrtos führt sie.« Dabei zitterte der Held. Auf der ganzen Fahrt hatte er den Mund nicht aufgetan, nur immer rückwärts geschaut; jetzt schrie er, da die erwartete Verfolgung vor ihnen war. Indessen hatte er recht gesehen: Von jenem Mast dort flatterte der schwarze Wimpel mit dem roten Stern – das Zeichen ihres Bruders, Medea hatte es längst gesehen.

Wäre Apsyrtos in jenen Tagen dagewesen – alles wäre anders verlaufen. Er hatte nicht den zornig-düsteren Sinn des Vaters. Aber er war im Gebirge gewesen, zur Jagd; mit Rauchsignalen hatten sie ihn wohl drauf gerufen, die Verfolgung ihm aufgetragen, die er geleistet hatte, wie es seine Art war: schnell, klug, fehlerlos. Nun lag er vor der Einfahrt und würde nicht weichen. Würden einander erschlagen, die ihr lieb waren?

Denn auch die Argofahrer hatten die Rüstung angelegt. Peleus wog prüfend die riesige Lanze in seiner Rechten, jedes Lachen war aus der Dioskuren Antlitz gewichen. Und Jason hatte das goldene Visier schon geschlossen, als er das Haupt zu ihr wendete, wie auf dem Fluss, nur ohne Lächeln jetzt, auch er. Seine Stimme war traurig: »Dass nun doch Blut fließen soll! Dass sich die Heimfahrt verdüstert ... Was gäbe ich drum, dass dies nicht sein müsste. Wir scheuen den Kampf nicht – haben wir ihn auf der Herfahrt gescheut? Aber nach der Probe, nach dem Aresfeld hätte es nur die schöne, die glückhafte Reise sein sollen. Gesang, Tanz, reiches Herz ... Nun Blut aus uns und den Deinen.«

Sie war gelähmt gewesen, Medea, dumpf und gelähmt und ohne Willen. Sollen die Männer sich messen, hatte sie gedacht, sofern sie dachte. Aber diese traurige Stimme rührte an ihr Herz. Es war Jasons Stimme. Und augenblicklich fand sie Entschluss, Willen und Rat zurück. So viel vermag Liebe.

»Lasse Orpheus auf den Strand dort zuhalten«, sagte sie rasch. »Aber erst soll er nahe, so nahe wie möglich an dem Schiff vorbeifahren, das den roten Stern im schwarzen Wimpel führt. Es ist mein Bruder. Halte die Deinen zurück. Kein Kampf wird sein.«

Sie wartete die Antwort nicht ab, sondern ging sogleich zum Bug und stieg auf die Plattform. Der Wind zerrte an ihrem purpurnen Gewand, das mit weißen Lilien bestickt war: Zu der Nacht des Raubes hatte sie es angetan, für die Stunde der Entscheidung, sie hatte ja kein neues seither, und so flatterte das Prunkgewand im heftiger werdenden Winde. Auch ihr goldenes Haarnetz hatte sie verloren – in den üppigen schwarzen Haaren wühlte der Wind. Das Boot holte über, Schaumflocken sprangen ihr ins Gesicht. Ich stehe, wo Jason stand, als er auf dem Fluss fuhr, dachte sie und stemmte sich gegen die Planken.

Orpheus hielt auf das Flaggschiff zu, so nahe trieb sie dann eine Welle, dass die Argo fast die kolchischen Ruder streifte. Auf dem Heck erkannte Medea den Bruder Apsyrtos. Auch er war gewappnet, im dunklen Lederkoller, den schwarzen Helm trug er mit der kleinen goldenen Sonne zwischen den blutroten Stierhörnern. Sie konnte sein Gesicht erkennen: Bitter war sein Mund und verhängt seine Augen.

Sie hob beschwörend, abwehrend die Arme, wies zu dem Strand, dann auf Jason, als sie auf gleicher Höhe waren, rief sie: »Sprich mit Jason.« Apsyrtos antwortete nicht. Er warf ihr einen Blick zu, dann nickte er. Und schon riss sie der Wind auseinander.

Kein Pfeil war geflogen, keine Lanze geschleudert. Die Schiffe zogen ihre weiten, kundigen Bogen: Mit stiller Drohung die kolchischen, durch Signale geleiteten, zum Strande die Argo. Man ankerte in gemessenem Abstand. Dann also die Worte. Es gingen Jason, Telamon und Peleus.

Medea sah ihnen nach, unbeweglich am Stamm einer alten Olive, abseits von den andern, in ihrem Lilien- und Purpurkleid, mit gelöstem Haar, in dem der Wind wühlte, der Wind riss auch an dem Gewand, die Silberblätter des Ölbaumes rauschten, Wolken waren am Himmel, die rasch wieder vergingen: Eben noch ballten sie sich drohend, der nächste Blick fand sie nicht mehr, aufgelöst waren sie im reinen Blau, kurzlebig sind die Wolken des Südens, woher kommen sie so plötzlich? Wohin gehen sie so plötzlich? Die Sonne duldet sie nicht, o Helios, verjage die Wolke des Herzens, löse sie auf, lasse sie nicht zu; die Angst, die Angst, was wird man beschließen, was werden die Männer ausfeilschen? Welchen Preis zahlt wer? O Wolkenschatten über dem Herzen, denn es ist die Probe des Geliebten. Ist er der Liebende? Hat er ein Herz?

Die Wolken kamen und gingen im Herzen Medeas. Die große Probe, sie wusste es. Für alle Zukunft. Wird er sie bestehen? Spielend wie auf dem Aresfeld? Dieser Mann, Jason genannt, stand jetzt auf dem Aresfeld der Liebe. Eine Weltzeit hatte er gewonnen – würde er die Lebenszeit gewinnen, für sie und sich?

Wie lange stand Medea so am alten Ölbaum? Sie fühlte es nicht, Wolken wurden und gingen. Aber sie wusste sogleich, als die Männer über den Strand zurückkamen und Jason allein zu ihr ging, sie wusste sogleich, was sie nicht wissen wollte, was sie deuten, auslegen, zum Guten erklären würde, wie man ja alles ins Tröstliche wenden kann – sie brauchte gar nicht in seine unsicheren Augen zu sehen, um zu wissen, dass da kein Sieger zu ihr trat. Wappne dich, Herz; bereite deine Tröstungen, gefälliger Sinn.

Der Vergleich also. Das Vlies, Rechtens erworben nach bestandener Probe, wenngleich drauf räuberisch entführt – »»nach offenem Wortbruch‹, habe ich eingeworfen«, sagte Jason. Er pochte zu sehr darauf, dass er sich in der Verhandlung kräftig gezeigt hatte, die Schwäche musste er wohl gleich gestehen. Medea wartete darauf, während Jason fortfuhr, Rede und Widerrede genau zu berichten. Freier Abzug deshalb, kein Streit. »Kein Kampf wird sein, wie du es voraussagtest.«

»Nur? ...« fragte Medea. Ihre Stimme war ohne jeden Ausdruck. Jason suchte nach Worten.

Die Rechte des Vaters, die von Apsyrtos beredt geschilderten Tränen der Mutter, die Empörung im Palast, die Niedergeschlagenheit des kolchischen Volkes – all das war nicht zu widerstreiten. Und man durfte, wo es um Höchstes ging, nichts verderben, die Oberen nicht erzürnen, die Vollendung nicht beflecken ...

»Also?« fragte Medea mit der gleichen Stimme.

Es sei hier ein Tempel der Artemis, hinter jenem Kap dort. Die Priesterinnen würden Medea aufs sorglichste aufnehmen, bis ein Orakelspruch – es sei der samo-thrakische, oder der Apollons zu Delos – bestimmt, wem Medea gehöre: dem Vater, dem Gatten.

»Aber ihr indessen?« fragte Medea noch.

Die rascheste Heimkehr natürlich, der große Zug nach Delphi, das Niederlegen des Vlieses im Heiligtum. In Apollons Heiligtum natürlich. Das Orakel dann? Könnte man zweifeln, was Apollon beschlösse, entschiede? Natürlich würde man auf Delos bestehen. Noch einmal erschiene drauf die Argo an dieser Küste, mit Girlanden, und dem weißen Segel des Festes ...

Wie er dasteht, dachte Medea. Es sind dieselben Schultern, dieselben Arme, dieselben Hände ... Aber wie sein Blick flackert, und dieser Zug am Mund – Wappne dich, Herz. Gib ein wenig von deinem Zorn frei, damit du nicht erstickst. Gewiss Zorn, denn ein Starker, eine Starke, ist zornig, auch wenn Todestraurigkeit einzieht, Angst sogar, die durch den Leib schneidet, aus den Knien die Kraft saugt, Angst, tiefste Angst, ich bin verloren (nicht wegen eines Spruches, nicht wegen einer gefürchteten Heimkehr, sondern weil ein Traum, an den man sich hielt, zu blassen beginnt, wie Sterne im fahlen Morgen). Bereite deine Tröstungen, gefälliger Sinn. Doch erst der Zorn, ein Tropfen Zorn, um jenes unwürdigen Zuges wegen, der den Mund entstellt.

»So vergleichen sich also Männer«, sagte Medea jetzt, »um nichts zuverderben. Um zu vollenden, um das Bild zu runden. Um das Gleichnis hinzustellen. Fällt dir nicht bei, ist keinem von euch in den Sinn gekommen, dass höherer Sinn, dass Gleichnis sich aus den wirklichen, aus den kleinsten Handlungen entfaltet? Dass du alles gefährdest, was du in dieser Fahrt vollbringen willst, mit deinem unsicheren Blick, mit dem falschen Zug an deinem Mund? O ja – das Vlies liegt verhüllt in der Argo, soeben hast du es gerettet fürs Heimbringen. Es wird in Apollons Halle hängen. Aber es wird ein Schatten auf ihm liegen, es wird nicht fleckenlos strahlen, weil ein Mann eine Frau verriet, weil am Anfang dessen, was einmal Sage sein wird, ein Treubruch steht.«

Sie hatte getroffen. Auch sie wusste zu treffen. Jason zuckte zusammen, aber Medea fuhr rasch fort: »Was ich tat, wo ich Gesetze brach, wo ich Herkommen und Sitte verletzte – das ist kein Schatten auf dem Vlies. Was ahnst du von meinen Nächten, der du mich in einer Mittagsstunde preisgabst? Was spürst du von den Gewichten, die auf meiner geringsten Handlung lagen? Ah, du hast starke Schultern, hat dein Herz auch so starke Schultern? Schüttelt es Gewichte wie dürre Blätter ab?«

Der Wind warf Medea die ungezügelten, schwarzen Haare ins Antlitz. Sie hielt inne und streifte den Lockensturz von Wange und Mund.

»Natürlich scheint das dir«, sagte Medea hohnvoll, »wie alles andere, das sich bequem deinen Wünschen ergab. Natürlich, dass man mich verlässt, dass Apollons Spruch ausfallen wird, wie du es erhoffst ...« Medea unterbrach sich in der atemlosen Rede, sie sprach sehr schnell. Jetzt hatte sie sagen wollen: ›Oder erhoffst du gar, dass er mich heimschickt, dich bequem meiner enthebt?‹ Aber das hielt sie für sich: Festhalten, festhalten, es gab kein Zurück, ohne diesen konnte sie nicht mehr sein, sie durfte ihn nicht verlieren. Nur noch ein Tropfen des Zornes: »So natürlich dünkt es dir, dass dein Mund stammelt. Bist du nicht sonst beredt? Fandest du nicht große Worte im Wald von Kolchis und am Mast unter dem

Sternentuch? Und jetzt ringst du um Sätze – ein Lehrer der Redekunst müsste sich deiner erbarmen, damit du die halben Lügen mit voller Überzeugung vorzutragen lernst. Wenn du dich sehen könntest: Dein Mund ist ganz schief, Jason.«

Es war genug. Es war dies kein Tropfen, es war die Schale des Zornes. Medea fühlte gut, wie sie da stand, aufgerichtet am alten Ölbaum, mit dem Purpurkleid im Wind und den flatternden Haaren. Sie wusste, dass ihre Augen funkelten.

»Ist das ein Gleichnis, du Kentaurenjünger?« fragte sie, milder zwar, aber sehr fest. »Es ist nur das Gleichnis der Schwäche an einem Starken. Und ich werde es nicht zulassen. Blume der Nachtsonne nanntest du mich – o, ich habe es nicht vergessen – und ich sollte deinen Weg erleuchten. Wiederum kann ich nur das Nächste tun, und ich werde es tun. Vorher aber werde ich zu euch sprechen. In einem Gleichnis werde ich dich und die Deinen in der Erinnerung stärken: Ihr vergaßet, wen ihr mit euch führt.«

Und sie wünschte, nein: sie befahl, dass alle Argofahrer mit ihr zu jenem Tempel der Artemis gingen, eine Stunde, ehe die Sonne sank. Der Opferkessel müsse bereit sein und Sandelholz, wie in den Tempeln vorrätig. Auch Kräuter, einfache der Wiesen und Schluchten, aber bestimmte, die sie nannte. Und ein Widder aus den Dörfern.

Jason hob erstaunt den Kopf, er hatte betreten zu Boden gesehen.

»So will ich es«, sagte Medea fest. »Meinem Bruder sende Geschenke, die kostbarsten, die du an Bord hast. Die für Kolchis mitgeführten sind ja noch da, und die Beute der Herfahrt. Phrontis soll sie bringen und meinen Bruder zum Tempel laden, in meinem Namen. Nur drei Begleiter gestatte ich ihm. Er soll kommen, sobald es nachtet. Phrontis möge dies alles überbringen, Geschenk und Botschaft. Es ist der rechte Weg für einen Schwächling.«

Wiederum antwortete sie nicht auf Jasons erstaunten Blick. »So will ich es«, sagte sie, löste sich vom Ölbaum und ging zur Argo.

Es geschah, wie sie verlangt. Niemand fragte, niemand wagte Widerrede, nicht einmal Phrontis, der sich ungern des Botendienstes unterzog. Er kam mit des Apsyrtos Zusage zurück. Dafür mochte er dann die Argo hüten, als Einziger zurückbleibend, die andern folgten Medea zum Tempel der Artemis.

Dort war alles bereitet: In der Opferhalle dampfte der goldene Kessel, das Sandelholz sprühte, schräg fielen die Strahlen der sinkenden Sonne durch die Säulenreihen. Die Priesterin, im Kreis ihrer Helferinnen mit weißer Binde um die Stirn, das Opfermesser in der Rechten, den Widder am purpurnen Halfter zur Linken, wartete. Vor Medea verneigte sie sich tief.

Diese hielt sich sehr aufrecht, der Blick war ganz innen. Mehr mit Gebärden denn mit Worten wies sie die Artemis-Dienerinnen zur Statue der Göttin in der Tiefe der Halle, hieß sie Jason Messer und Tier zu übernehmen und zu ihr zu treten. Den Argofahrern bedeutete sie, einen Kreis um sie zu schließen und sich an den Händen zu halten. Sie prüfte die Kräuter in der erzenen Pfanne neben dem Feuer. Dann richtete sie sich auf. Ihr Blick trat nach außen: Glänzend und nachtdunkel zugleich wie ein schwarzer Onyx waren ihre Augen; sie sah alle der Reihe nach an.

»Für eine Verheißung verließet ihr Haus und Herd«, sprach sie. »Für einen Traum fuhrt ihr übers Meer. Ein Widder ist das Gleichnis eurer Träume. Apollons Traum träumt ihr. Nun zur Vollendung muss ich abermals handeln. Um der Liebe willen, ihr Männer, tue ich es. Möge es auch mir Heil bringen. Im Hause der Schwester, in der Artemis Halle, stehen wir. Der Bruder schaut auf uns. Es ist auch sein Ort. Hier vollziehe ich. Gedenkt später dieser Stunde.«

Zugleich erlosch ihr Blick und ging wiederum ganz nach innen. Sie warf von den Kräutern in den dampfenden Kessel, sie umschritt ihn, je und je zur Schale langend. Dabei sang sie auf eine seltsame, kehlige Art in einer unbegreiflichen Sprache, die auch nicht kaukasisch war.

Lange dauerte der Umgang. Plötzlich hielt sie inne. Durch Zeichen führte sie die Hand Jasons: nicht zum gewohnten tödlichen Stoß in die Kehle des Opfertieres – zu einem furchtbaren Schnitt mit der Kraft des Stierbezwingers. Aus seiner Hand nahm sie das abgetrennte Haupt des Widders – gebrochen waren die Augen, nur die Lippen zitterten noch – die blutenden Lenden drauf, den verstümmelten Rumpf. In den Kessel warf sie Teil auf Teil, dazu sang sie wieder in den kehligen seltsamen Lauten.

Als sie sich nun an die Männer wandte, war es vertraute Sprache, wenngleich der Sinn dunkel blieb.

»Tod und Leben sind dasselbe«, sagte sie. »Was kam, geht dahin. Was dahinging, kehrt wieder. Die Welt ist rund. Das Gebundene löst sich, das Gelöste bindet sich. Weg ist Umgang. Alles Verwandlung.«

»Zeige dich, ewiger Augenblick«, rief sie laut.

Eben jetzt tauchte die Sonne ins Meer, der letzte Strahl erlosch. Aus dem goldenen Kessel aber stieg triefend der Widder empor. Seine Nüstern atmeten, seine Lippen waren geöffnet, als ob er lächle.

»Oh«, hauchte eine Stimme, es war die des Orpheus. Die Dienerinnen der Artemis hatten sich zu Boden geworfen und verhüllten ihr Haupt.

Medea ergriff die runden Hörner, Jason packte die Lenden, auf die Fliesen stellten sie das atmende Tier. Das stand da, schüttelte die Tropfen ab und schnaubte. Während rasch die Schatten fielen, stand es da, scharrte auf den Steinen, noch nass vom eigenen Blut. Im Widerschein des Sandelfeuers glühte das flockige Fell, rot und golden glühte es wie das Vlies selbst.

»Blume der Nachtsonne!« flüsterte Jason mit fast versagender Stimme. Doch Medea blickte ihn nicht an. Sie löste die hingesunkene Priesterin aus der Verhüllung und übergab der Zitternden das wiedererstandene Tier. »Er ist wie jedes Tier der Herde«, sagte sie, »dass ihr seinen Umlauf sahet, isteuer Wunder. Ein Blick hinter Schleier, den ich euch gab. Er ist wie jedes Ding dieser Welt.«

Damit ließ sie die wankende Frau und das Tier. Den Männern befahl sie, einen Trunk aus dem Kessel zu schöpfen. Sie nahmen die Helme, denn sie waren gewappnet zu dieser Handlung gekommen. Nur Orpheus hielt sie zurück; während die anderen tranken, raunte sie ihm zu: »Du, Sänger, bist trunken von den Wundern dieser Welt. Des Rausches bedarfst du nicht. Sondern du sollst sehen und bewahren, was geschah und noch geschehen wird. Erschrick nicht, wird es auch schrecklich sogleich. Schaue auf mich, die jetzt alles auf sich nimmt: Das Licht der Erkenntnis kann ich entzünden – ich kann auch die Schatten auf mich laden. Kein Schatten wird auf das Vlies fallen. Ich nehme alles auf mich. Die Liebe machte mich stark. Wirst du meine Liebe singen, Orpheus? Tue es – ich werde des Trostes bedürfen. Singe, was ein Herz vermag, Orpheus. Erinnre dich deines eigenen Herzens und du wirst das meine begreifen. Gedenke meiner.«

»Vom ersten Tage an habe ich dich verstanden«, erwiderte Orpheus und sah an ihr vorbei ins Sandelfeuer. »Auch die Verwandlung soeben glaube ich verstanden zu haben. Jetzt ahne ich, was folgt. Urteilen werde ich nie, wer dürfte urteilen ohne ein Gott zu sein, fehllos also und fähig, die Welt zu ändern? Der Sänger sieht und singt. Den Grund des Herzens sucht er zu peilen. Liebe ist ein tiefer Grund ...«

Sie wurde unterbrochen, denn der anderen hatte sich eine laute, geschäftige Trunkenheit bemächtigt. Sie riefen nach Öllampen für die Halle und nach Fackeln, um Apsyrtos den Weg zu zeigen.

»Was ist mit Apsyrtos«, fragte Jason zu den beiden tretend. Fiebrig war er und seine Stimme zu laut. »Was soll es mit ihm? Was soll ich ihm sagen? Oder verzauberst du ihn? Verwirrst du seinen Sinn? Du lenkst alles auf dieser Fahrt – darf ich wissen, was mir zu tun bleibt?«

»Ich lenke nichts, Jason, ich wende nur die Dinge ein wenig zu dir hin, dass du sie leichter greifen kannst. Die Hand ist deine Hand.«

»Aber nun gleich? Was da? Wie hast du die Dinge gewendet?«

Medea seufzte. Indem sie Orpheus ansah, antwortete sie: »Tue mit ihm, mit meinem Bruder, wie mit dem Widder. Die anderen, seine Begleiter, haltet nur fest, wir bedürfen ihrer.«

Das Wort war heraus. Und da es Orpheus geahnt, Jason aber im Rausche schwamm, erbleichte einzig Medea, von ihren eigenen Sätzen.

Rechtzeitig fiel das schreckliche Wort, da es draußen bei den Fackeln Rufe gab und Schritte.

»Nicht hier«, hauchte Medea und eilte zum Eingang. Sie kamen noch gerade zeitig, um Apsyrtos am Eintritt ins Heiligtum zu hindern.

Auf den Stufen trafen sie aufeinander. Apsyrtos war ohne Waffen – zur Beratung geladen zeigte er Vertrauen. Dies war so recht seine grade, männliche Art, Medea überkam Rührung, als sie sein Antlitz sah, das im tanzenden Licht der Fackeln erregt schien.

»Medea«, sagte er nur und streckte beide Arme aus.

Aber da sah sie, dass auch er ein purpurnes Gewand trug und dieses Gewand duftete und der Duft verriet ihr sogleich alles, blitzschnell erriet sie die Glieder der tödlichen Kette: Dies war der Mantel des Dionysos, auf ihm hatte er neben Ariadne zu Naxos gelegen, für immer haftete der Duft des Gottes am purpurnen Tuch, das an Hypsepyle gelangt war, von ihr an Jason. Sie wusste davon durch der Dioskuren nächtliches Geplauder, wusste auch, dass es an Bord war, vor ihr verborgen, und nun war es wohl »als die kostbarste Gabe« diesen Mittag Apsyrtos zum Geschenk gegeben. Warum hatte der Unselige sich in das Tuch gehüllt? Eine Welle des Zornes erhob sich in Medea, das Blut, ach ihr wildes Blut, schoss in das Haupt, Sturmflut der Eifersucht. Hatte auch Jason jener Lemnerin beigelegen auf diesem Tuch?

»Tue es, Jason«, rief sie. Dabei schlug sie den Arm vor die Augen und wandte sich ab.

Als das Entsetzliche geschehen, befahl sie, noch immer ohne hinzublicken, die Reste des Bruders in den Mantel zu schlagen. Das ist meine Sühne, dachte sie, dass ich den Mantel ertrage, dessen Duft meine Sinne zur Raserei treibt.

Des Bruders Begleiter ließ sie zu der Priesterin führen, damit sie aus deren Munde das Widderwunder erführen.

Erst als die Kolcher wiederkamen, sah sie auf.

»Habt ihr es vernommen?« fragte sie.

»Ja«, war die tonlose Antwort.

»So geht hin und erzählt vom Gesehenen. Und sagt, dass die Argo noch diese Nacht in den Bosporos fährt. Eine Tagereise von hier werde ich den Bruder erwecken, wie ich den Widder rund und heil aus dem Schöpfungswasser hob. Am Ufer werdet ihr ihn finden. Nur wenn ihr die Ausfahrt hindert, wenn ihr vorzeitig folgt, wird er nicht aufs neue erwachen. Geht hin.«

Wortlos vor Grauen tauchten die Kolcher in die Nacht.

Sie befahl darauf den goldenen Kessel mitzunehmen, Sandelholz und was von den Kräutern noch geblieben.

Es wollte aber niemand das blutige Bündel tragen. Der Rausch war verflogen, schmal schloss sich jeder Mund, zwischen Jasons Brauen stand senkrecht eine böse Falte.

Argos brach schließlich das Schweigen. Der war ein älterer, bärtiger Mann. Viel Worte machte er nie, trat auch nicht besonders hervor. Der Argo galt seine Liebe: Unablässig stieg er auf ihr herum, klopfte gegen die Spanten, zurrte an den Katrollen, prüfte Rahen und Ringe.

Jetzt sagte er: »Meinen Namen hat das Schiff, das euch alle bis hierher führte. Für diese Fahrt baute ich es. So bin ich verantwortlich. So muss ich tragen helfen.«

Und er nahm das schreckliche Bündel auf.

Sie fuhren unverzüglich und ungehindert in die Nacht davon.

*

Indessen der Zauber gelang nicht. Wie sich Medea auch mühte, wie sie die Beschwörungen sang, mit kehliger Stimme, weinend zuletzt und laut schreiend. Das Wunder blieb aus. Stattdessen geschah ein Abscheu: Das Fleisch löste sich von den Knochen, eine Leiche kochte sie. Man begrub hastig die armen Reste am nächsten Ufer.

Zwar beschuldigte Medea Jason, die Beschwörung zunichte gemacht zu haben, indem er gleich nach dem Streich, da sie abgewandt war, dreimal vom Blut des Apsyrtos gekostet, es dreimal ausgespien, wie es Meuchelmörder tun, um sich vom Verbrechen zu sühnen. Damit habe er erst den Mord gestiftet, die Verwandlung verhindert.

So sprach sie, aber sie wusste, dass keine Verwandlung gelingt, wo nur ein Ziel, wo Absicht und Rechnung des Hirnes sich in die Handlung mischen. Der Begnadete kann, in entrückter Stunde, wenn er nichts als das Lob der Schöpfung meint, der Schöpfung Wunder vollbringen.

Da sie vorm goldenen Kessel stand, sie wusste es nur zu gut in hochmütigem Entzücken, war sie nahe am Herzen der Welt gewesen. Jeder Zweck zerstoben. Nichts hatte sie gewollt, als die Schöpfung preisen, das Wunder des Lebens als Bild dem Geliebten zeigen, ihm und seinen Gefährten.

Danach hatte sie das versucht, was die Menschen »zaubern« nennen. Keiner kann zaubern. Es gibt nur Gnade.

Nun waren die Schatten auf sie gefallen. Sie nahm es hin. Aber es wurde leer um sie – die geschändete Welt entfernte sich von ihr. Auch am Mast, zur Nacht, stand sie allein. Nur Orpheus trat manchmal zu ihr.

Beim ersten Mal sagte er: »Helfen kann ich dir nicht. Niemand vermag dir zu helfen. Überdies bist du stärker als ich. Aber ich gedenke deiner. Immerzu.«

Medea hatte seine Hände genommen, und ihre Tränen waren auf die Hände geflossen. Doch selbst in diesem Augenblick der Tröstung, und dankbar gewiss, hatte sie gewünscht, es möchten die Hände des Jason sein. So furchtbar ist die Liebe.

*

Sie kamen nur langsam voran, denn Boreas, dessen sie jetzt bedurften, verweigerte sich, obwohl er doch hätte walten müssen – sei es auch nur seiner Söhne wegen, die mit den andern der kolchischen Übermacht erliegen mussten. Gleichwohl bedienten die stolzen Helden nur selten die Ruder. Sie wussten, dass die Verfolger beim Grab des Apsyrtos aufgehalten waren: Die Totenfeiern galt es zu vollziehen, die Waffentänze, Hadesspiele, die Opfer und die Trauerruhe.

So blieb der Vorsprung. Aber dass Boreas schwieg, nahm man als üble Bedeutung. Die Feme wuchs um Medea.

Dennoch kamen einzelne zu ihr. Nicht nur Orpheus des Nachts – Amphion und Admet waren es, die sich in trägen

Stunden des Mittags zu ihr gesellten. Vor dem Zelt lagerten sie sich hin, auf dem Heck, und suchten Gespräch mit Medea. Eigentlich war es Amphion, der das Gespräch suchte. Medea sah die beiden Jünglinge gern: Den Dioskuren glichen sie an Wohlgestalt und Liebenswertheit. Nur in den Augen fehlte der Schelm: Beiden eignete, auf dem Grund der braunen Pupillen, eine Traurigkeit, wie von künftigem Schicksal. Medea fürchtete, nein sie ahnte dunkle Verhängnisse. Eben darum war ihr das Nahesein lieb – schon begann sie an der eigenen Zukunft zu zweifeln ...

Amphion also suchte das Gespräch, obwohl er, der Zeussohn, näher am Göttlichen war als Medea selbst. In einer versonnenen Art, die Medea bald als ihm eigentümlich erkannte, begann er eines Mittags, während Admet aufmerksam zuhörte, vor sich hinzureden.

»Die Verwandlung des Widders. Seltsam. Seltsam. Wusstest du, was du tatest? Ich meine: Warst du ganz wissend, was da geschehen sollte? Ich spreche nicht von dem, was man lernte, was man kann ... Ich meine die letzte Sicherheit, dass es gelingt. Es ist da ein Rätsel ...

Wie wir Theben bauten. Es war mühsam und langwierig. Es gab auch zu wenig Hände. Wir waren alle ermattet, und unsere Hände bluteten. Plötzlich kam mir da der Gedanke. Ich hatte doch von Hermes die Leier zum Geschenk erhalten. Damit brachte ich Menschen zu Tränen, besänftigte ich Tiere wie Orpheus. Wenn nun die reine Melodie, so dachte ich, den schönen Entwurf der Welt so singt, dass selbst das Wilde, Unbändige zur Harmonie heimkehrt – warum sollte das nur an Menschen und Tieren geschehen? Kommt nicht alles aus des Gottes Hand? Bewegtes wie Ruhendes? Warum sollte der Stein nicht die Sprache seines Ursprungs verstehen? Da habe ich gespielt – und das Wunder geschah. Wie im Tanz sprangen die Steine in die Harmonie. Nun ist es auf dem Saum von Jasons Mantel gebildet, alle reden davon – nur ich weiß am wenigsten, wie es kam ...«

Medea hatte sich auf ihrem Kissen aufgerichtet. »Bei dem Widder war ich ganz in dem, was du Harmonie der Welt nennst. Ich war wie träumend, ich habe nicht darüber nachgedacht, ob ich es konnte. Ich wusste ja, wenn der Taumel mich ergreift, den nur ich kenne, gelingt mir alles. Nur nachher –« Sie seufzte.

»Pst!« machte Amphion. »Sprich nicht davon. Es wird schon zuviel darüber auf diesem Schiffe gemunkelt. Suche keine Schuld: nicht bei dir, nicht bei Jason. Trage dein Unglück, woher es auch kommt. Wir sind keine Götter, jeder fehlt ... Kennst du meine Geschichte? Hat man sie dir erzählt? Wie mein Menschenvater die von Zeus gewürdigte Mutter um einer Dirne willen verstieß? Wie die mich aussetzte, ich dennoch am Leben blieb, wiederkam und sie an die Hörner eines wilden Stieres band, der sie zerfetzte? Gewiss – sie war eine Dirne, eine Mörderin im Geist, der es misslang, aber ich wurde Mörder. Ich bin entsühnt, die Oberen vergaben mir, in das Gleichgewicht bin ich zurückgekehrt. Denke daran, Medea, statt Schuld zu suchen, dass dein Bruder –«

»Schweige davon!« schrie Medea auf.

»Was ausgesprochen, ist beschwichtet«, versetzte Amphion fest. »Ruhig rede ich von einer Frau, die ich der Stierzerreißung aussetzte. Sie war schuldig, ich wurde schuldig, die Kettungen von Schuld ... Ich bin frei heute, und wenn noch die Waage auszugleichen ist, in der Zukunft, so will ich es gern erdulden ...«

Viel hatte Medea darüber nachzudenken, und es tat ihr wohl, wenn Ampion bei ihr saß. So Untergründiges wurde freilich nicht mehr gesprochen. Die Nähe genügte.

Auch die Nähe Admets genügte. Hier aber trieb eine absichtsvolle Neugier Medea zu fragen. Einmal, als sie mit Admet allein war, fasste sie sich ein Herz. Sie wusste, dass Apollon ihn geliebt und ihm zum Dank die Unsterblichkeit verliehen, dergestalt, dass, wenn sein Tod nahe, er unberührt bleiben solle, falls ein anderer für ihn in den Hades zu steigen bereit gefunden würde. Medea hatte schon in Kolchis davon gehört und sich über die unerhörte Versuchung und Prüfung des Geschenkes erstaunt. Denn das hieß doch: Ich, der Gott, habe Admet geliebt – wer von den Sterblichen liebt ihn gleichermaßen? Mit göttlicher Kraft, ist er gleich nur ein Mensch. Die Frage ging bis zum Grund der Welt – nur ein großer

Dichter, Orpheus allein, konnte sie beantworten; sie musste Orpheus danach fragen. Später würde das Leben selbst die Antwort zeigen. Doch sie wollte jetzt wissen. Und das gab ihr die zweite Frage ein, die sie Admet gespielt leichthin hinwarf, als sie zusammen waren: »Wie ist es, wenn ein Gott einen Menschen liebt?«

Admet sah sie an, aus seinen braunen Augen, auf deren Boden ein zukünftiges Schicksal dunkelte.

»Du meinst nicht, was du fragst«, sagte er nach einer Pause. »Du meinst die Liebe von Mann zu Mann, weil du uns Hellenen nicht verstehst. Und ich kann dir nicht erklären, was du sehen musst. Über die Liebe der Götter aber schweigt jeder Betroffene.«

Er sann eine Weile vor sich hin, ehe er fortfuhr: »Ich will dir eine Geschichte erzählen – nicht von mir, sondern von Apollon.« Er verstummte und durchlief sichtlich die Fülle seiner Erinnerungen. Als deren Summe hob er wieder an: »Die Liebe der Götter endet immer mit einem unvergänglichen Geschenk. Als Apollon den Hyakinthos beim Sportspiel mit dem Diskus versehentlich tötete, konnte selbst er das Rad der Schöpfung nicht zurückdrehen. Der Verwandlung Herr war er noch immer: Aus dem Blut des Knaben rief er die Blume hervor, die wir nach ihm nennen. Sie blüht zur Knabenzeit des Jahres, im Lenz, schwindet hin, aber ersteht aufs neue. So ging Hyakinthos doch in der Unsterblichkeit großes Geschenk ein. Und dass der Genuss der Blumenzwiebel die Reife der Knaben verzögert, also dass sie länger bleiben wie Hyakinthos, als er so war – eine letzte trauernde List des Gottes ist es. Mich liebte er später, als schon der Bart an Wangen und Kinn mir wuchs. Ah, was der Goldene mir davon sagte –«

Admet brach jäh ab. »Was rede ich?« sagte er. »Was verrate ich? Ich wollte dir eine andere Geschichte erzählen. Die von Kyparissos. Auch das war lange vor meiner Zeit, damals, als die Welt noch wurde. Einige sagen, dass Apollon ihn mehr geliebt habe als alle anderen. Er nämlich war spröde und schwer zu gewinnen. Selbst wie er dann in der Liebe des Gottes schwimmend seiner Tage vergaß, hing er das Herz an einen Hirsch, der ihm zugelaufen – vielmehr: der ihn oft aus den Wäldern suchte, vor seiner Heimkehrschwelle lag, mit riesigem Geweih, samtenem braunem Fell und atmenden Nüstern. Gewiss war auch der Hirsch des Knaben toll. Der vergoldete sein Geweih, hing ihm silbernen Schmuck auf die Stirn, sogar ungemischten Wein gab er ihm zu trinken, schwang sich auf seinen Rücken – in die Wälder jagten sie davon. Kyparissos hat ihn nicht erkannt, als er im heißen Mittag im Schatten des Waldes ruhte: Er warf seinen Speer und traf ihn tödlich. Jammer, Verzweiflung, Hartnäckigkeit einer Knabenseele. Er wollte sterben. Schwarz schien ihm die Sonne. In deiner Frage war List, Medea, nicht nach der Liebe der Götter fragst du: Du wolltest das Herz der Knaben, der Jünglinge peilen; du fragst nicht nach Apollon und nicht nach mir, du fragst nach Jason. Du bist eine sehr große Liebende. Darum sitze ich bei dir. Darum antworte ich dir. Liebe ist das größte Geheimnis der Welt. Wir ergründen sie nie. Wir haben sie nur über allem zu ehren. Darum zieht es mich zu dir, darum antworte ich dir. Apollon aber – was sollte er tun mit dem untröstlichen Knaben? Er verwandelte ihn. In den Himmel ließ er ihn stoßen wie das Geweih des Hirschen, die dunkelgrüne Farbe der Trauer gab er ihm: Jenen Baum schuf er damals, den wir Zypresse nennen, den du dort siehst an der nahen Küste.«

Wiederum schwieg Admet, bis er zum vierten Male sprach, und diesmal nur den einen Satz: »In seine Liebe hineinnehmen, was der Geliebte liebt – das ist göttlich.«

*

In der Nacht, die darauf folgte, kam Jason zu Medea. Die Ufer, die eine Weile sich zu einem Binnenmeer geweitet hatten, rückten wieder aneinander, als es dunkel wurde. Träge trieb die Argo durch eine See-Enge, dem Bosporos gleich. Die Sterne hatten eben angefangen. Auf den Höhen flackerten die Lagerfeuer der Hirten.

»Dies ist das Wasser«, sagte Jason, »in das Phrixos die Schwester Helle verlor, in diese Meeresenge fiel sie herab vom fliegenden Widder, Hellespont, Meer der Helle nennen wir in unsrer Sprache seither den Meeresarm.«

Medea erwiderte nichts, sie forderte Jason auch nicht auf, sich neben sie auf die Kissen vor dem Zelt zu lagern. Unaufgefordert setzte er sich. Dann schwieg auch er. Ach, ihr war es ja genug, dass er wiedergekommen war, dass er neben ihr saß – was brauchte er zu reden? Besser war es, nicht zu reden; ihr jagender Atem würde das jagende Herz verraten. Nichts jetzt als so dahintreiben, in die zunehmende Nacht hinein, zwischen den flackernden Feuern der Hirten.

Aber Jason wollte reden. Vom Goldenen Vlies sprach er plötzlich, das unter ihnen im Heck verhüllt lag und auf seine große Stunde in Hellas wartete. Von der Herkunft des Widders erzählte er: von Poseidons Liebe zur schönen Theophane, der »als Göttin Erscheinenden«, einer Enkelin des Helios (»Eine Helios-Enkelin wie du«, sagte Jason mit Nachdruck ...), von der Schar der Freier um sie und deren Eifersucht auf den unerkannten Gott, wie die Jünglinge Poseidon und Theophane über die Felder verfolgt, wie beide in höchster Not in eine vorüberziehende Schafherde tauchten, der Gott sich und die Geliebte verwandelte, so dass sie unfindbar wurde und unangefochten drauf die Widderhochzeit vollzogen, aus der ein goldener Widder entsprang. Wie Hermes zu dessen Hüter bestellt worden, ihn dem Phrixos zum Gespielen gegeben. –

Warum erzählte er das alles? Als ob nicht jede Einzelheit der weitläufigen und verschlungenen Geschichte dem Mädchen Medea genau bekannt gewesen wäre ... Er wollte etwas anderes, aber er fand noch nicht den Ansatz. Und so fuhr er nach kurzem Stocken fort, indem er eine leicht erkennbare Absicht in seine Worte legte; er kehrte die Verwandtschaften hervor. Die Sonnenenkelin Theophane hatte er schon deutlich betont – jetzt sprach er von sich, wenngleich auf Umwegen.

Mit König Athamas fing er an und der Wolkengöttin Nephele, die ihm Phrixos und Helle geboren. Wie der König nach dem Entschweben seiner göttlichen Geliebten die Inko geheiratet, diese die Stiefkinder, die Geschwister, verfolgt und zur Flucht auf dem Widder getrieben; wie Athamas selbst, zu spät unterrichtet, die Ino verstoßen und jene sich selbst den Tod gegeben ...

Wie hell die Sterne heute Nacht sind, dachte Medea. Oder scheint es mir nur so, weil er bei mir ist und zu mir spricht? So soll er noch lange erzählen, damit ich seine Stimme höre, die Geschichten sind ohne Ende, in tausend Nächten könnte er sie nicht erschöpfen. Wohin will er mit seiner Rede? Gleichviel. Rede Jason, erzähle mir alles, was ich schon weiß, von Kind an, nur schweige nicht. Deine Stimme durch die Nacht ...

»Kretheus ist mein Großvater«, sagte Jason, »und er war der Bruder des Athamas. Und wenn du bedenkst, dass mein Oheim Pelias, von dem ich einmal die Herrschaft erbe, ein Sohn des Poseidon ist – wer anders als ich hätte zu dieser Fahrt führen können? Wer anders als du hätte mir beistehen dürfen?«

War dies der Rede Sinn? Es war der Vordergrund.

Es war, noch immer, ein Hintasten zu dem, was Jason nicht auf die Zunge wollte: sie und er. Medea hatte es längst begriffen, und sie fürchtete sich davor. Darum war sie froh, wenn er Umwege machte. All diese Geschichten, all diese Verwandtschaften – sie sagten ja dies Eine: Siehe wie alles verknüpft ist, wie sich alles um einen Mittelpunkt ordnet. Das Goldene Vlies. Er bewies ihr in dieser Sternennacht zwischen den Hirtenfeuern des Ufers, wie sie beide unausweichlich zum Goldenen Vlies geführt wurden, wie sie ein Weltwille zu einem Ziele zusammengetrieben hatte.

Jetzt sprach er noch deutlicher davon: Die Herkunft der Kameraden zählte er auf, er hatte ja recht, der ganze Olymp wirkte mit in seinen Sprossen, Jason brauchte es nicht an den Fingern herzuzählen, am ersten Abend hatte sie es begriffen, beim Bankett. Wie sie des Mahles gedachte, fuhr der süße Schmerz durch Medeas Herz. O die Erinnerung der ersten Verzauberung, unvergesslicher Augenblick, da der Pfeil des Eros schwirrt und trifft ...

»– darum ist auch Poseidons Meer uns nicht feindlich«, sagte Jason gerade. Medea fiel ihm ins Wort: »Von dem haben wir mehr als einmal geredet. Bis zu des Begriffes Grenze haben wir geredet. Soweit das Wort reicht, haben wir gedacht.

In dem, was weiter reicht, treiben wir dahin. Das Begriffene und das Wortlose habe ich euch im Bild gezeigt, im äußersten Augenblick, das Geheimnis der Welt im Bild – am Widder habe ich es gezeigt. Davon kann nicht gesprochen werden, das darf nicht zerredet werden. Wenn du aber von dem sprechen willst, was dann folgte – ich bin bereit, dich zu hören. Du hast mich seither gemieden, in dieser Nacht kommst du zu mir. Was drängt dich zu mir? Sprich nun, worum es dir zu tun ist.« Medeas Stimme war metallen. Wollte sie nicht alles tragen? Sie würde auf ihre Schultern nehmen, was immer er jetzt antwortete.

Diesmal besann sich Jason nicht. »Diese Stimme«, sagte er sofort, und seine eigene war dunkel-bewegt, »dieser Ton. Das eben ist es. In Kolchis hast du mir alles gerichtet, mit Salbe, Beschwörung, Anrufung, Zauber: Schlange, Vlies und Flucht ... Alles ist dein Werk. Meine Genossen sehen zu dir auf, suchen dich, wenn ich dich meide ... Ich blieb dir nicht fern wegen des Fürchterlichen von jenem Abend am Munde des Bosporos. Da war etwas, was ich glaubte tragen zu müssen – bis ich begriff, dass du auch das auf dich genommen: mit dem Trank uns alle berauscht, mich zur schaudervollen Tat verleitet mit dem Versprechen einer neuen Verwandlung, die nicht gelingen konnte. Es ist sehr groß, wie du alles richtest, aber –«

»Aber?« fragte Medea.

»Welcher Mann ertrüge eine Frau neben sich, die über ihm ist? Mein Wort habe ich verpfändet, Medea, ich habe mein Wort verpfändet, ich werde es halten, zweifle keinen Augenblick daran, aber wir werden nicht glücklich sein. Ich führe auf diesem Schiffe das goldene Fell des Widders in die Heimat, von Sonnensegen und Meeresgunst rede ich ... Und du? Im goldenen Sonnenkessel, aus den Wassern des Lebens erweckst du den Widder! Die Wunder des Lebens vollziehst du. Wir sollen es nicht zerreden? Wir brauchen keinen Satz davon zu verlieren: Wenn einer begriff, was da geschah, so war ich es. Einiges weiß ich von dem, was hinter den Dingen ist. Ich komme aus des Kentauren Höhle. Wie könnte ich eine Frau –«

Auch Medea bedurfte jetzt keines Besinnens. Augenblicklich unterbrach sie ihn. Sie dämpfte ihre Stimme, denn an Deck hatte sie das Lachen der Dioskuren gehört. Sie dämpfte ihre Stimme, aber die Worte sprangen von ihren Lippen.

»Die schwachen Frauen, die Seufzerinnen an deiner Brust: ›Oh, Jason‹ ... die Erwecke-mich-Mädchen, die Komme-über-mich-Frauen, die leichte Beute: hat der Kentaur dir diese geraten? War Hypsepyle so? Hat sie auf den duftenden Mantel ›O Dionysos – Jason‹ gehaucht?«

Jason machte eine Bewegung, als ob er sich erheben wollte. Medea griff nach seinen Händen und hielt sie fest. Aber nicht wie ehedem, sie hielt fest, zugleich fuhr sie flüsternd fort: »Ich war die Herrin der Männer, du hast recht, die kolchischen Männer strichen wie heiße Hunde um mich herum. Ich war über ihnen, du hast recht; ich habe sie verachtet, ich habe meine Mägde verachtet, die von ihnen träumten. Ich bin auch über den Männern dieses Schiffes. Ich achte sie alle, und doch könnte ich jeden an mich ketten – außer den einen, Orpheus. Ich könnte sie alle unterwerfen. Zwietracht säen auf diesem Schiff, ich habe mit dem Gedanken gespielt, als du mich miedest. Aber nur wir sind einander zugemessen: du Höhlensohn, ich Nachtblume, wie du mich einmal nanntest. Nein. Zerre nicht an deinen Händen, ich lasse sie nicht. Bitte, Jason, wende dich nicht ab, eben fiel des Mondes Licht auf deine Stirn. Sieh, der Mond ist aufgegangen, im Monde treiben wir dahin. Jason: wir fahren in unser Glück. Du und ich: wer wäre sonst einander wert? Du hast keine Andere, ich habe keinen Andren, niemand ist so wert wie wir einander. Frage ich nach deinen Geheimnissen? Dringe ich in deine Höhlenrätsel? Ich habe meine Geheimnisse. Ich habe meine Nachträtsel. Wir sind im Gleichgewicht. Nur wir sind im Gleichgewicht.«

Medea verstummte, denn der Mond war weiter gestiegen und hatte Jasons Gesicht erhellt. Sein Mund war schmal und wie ein Strich, aber sein Haar ganz silbern. Medea atmete und schon war sie nicht mehr Herrin der Stunde. Jedes ihrer Worte war genau, doch verriet nun der Atem den Tumult des Herzens.

»Ich weiß, wer ich bin, was ich vermag«, hauchte sie. »Es gab noch nichts, was ich nicht beherrschte. Du aber bist über mir. Hast du vergessen, wie ich mich an dich warf in jener Nacht? Ahnst du denn, was da in mir geschah? Ach, du weißt ja, wo unser Gleichgewicht sich verschiebt. Du weißt, dass ich Wachs bin in deinen Händen, wenn du es willst. Warum willst du es nicht?«

Zugleich führte sie Jasons Hand zu ihrer Brust, dort wo ihr Herz schlug. Es war dies die Geste der Mädchen von Kolchis, wenn sie sich preisgaben. Jason wusste dies gewiss nicht. Aber Medea war schon zur Nacht gekleidet gewesen, als er zu ihr kam, das heißt, sie hatte das purpurne Gewand mit einem Linnentuch vertauscht, das sie umgeschlagen. Dass dieses herabgeglitten, dass Jason, wenn er das klopfende Herz spürte und den Blick senkte, im Mond die Schultern sah und die silbernen Kugeln – dachte sie daran? Sie sah nur, dass er herabsah. Dass er die silbernen Haare mit einer Bewegung des Hauptes aus der Stirn und von den Augen warf. Danach verdeckte er den Mond. Und dann erfuhr sie seinen Mund. Nicht brüderlich-kühl, nicht auf der Stirn und flüchtig streifend: Auf ihren Lippen lag er, heiß, drängend, fordernd – er ließ nicht von ihren Lippen. Sie stieß ihn vor die Brust und wehrte sich, wie sich Jungfrauen wehren. Aber er hielt sie mit ungeheurer Kraft. Nur den linken Arm benötigte er, um sie zu bändigen; um den Rücken hatte er ihn geschlagen und hielt sie an der Schulter. Und weil sie das Fleisch seines Armes an ihrem Rücken spürte und seine Hand auf ihrer Schulter, fiel ihr das entglittene Tuch ein. Sie widersetzte sich. Aber er hielt sie, mit dem linken Arm, und die Rechte ruhte auf des Herzens Stelle, dort hatte sie geruht – schon umspannte sie die schöne Kugel, die Medea in jener Nacht im Silberspiegel geprüft. Nun geschah, was sie gewünscht. Alles, was man wahrhaft wünscht, geht in Erfüllung, doch stets anders, als man gedacht. Er war bei ihr, aber nicht bittend. Wild, fordernd, ungestüm wie ein jähes Wetter. Gebeten hatte sie. »Warum willst du es nicht?« hatte sie gefragt; vor wieviel Jahrhunderten? Nun war er über ihr und ließ nicht von ihrem Munde. Auch ließ er nicht von dem runden Fleisch, das sie selbst, in jener Nacht, Hesperidenapfel genannt.

Sie rang mit Jason, sie rang nach Atem. Und als er ihre Lippen freigab und seinen Mund über die Lider gehen ließ, die geschlossenen, tränenfeuchten, als sie in eben diesem Augenblick ein leises Lachen vom Deck vernahm, hauchte sie: »Die Dioskuren ...«

Da legte er seine Wange auf ihre Lippen, sie fühlte den Flaum, von dem sie wusste, dass er rötlich war. Er erstickte ihre Stimme und blieb lange so, ohne sich zu rühren, doch lockerte er nicht seinen Griff. Er blieb lange so, und Medea duldete es, weil es die Träume vorm Spiegel übertraf. Es war anders und jäher, doch mit einer Pause jetzt. Von dieser Pause wünschte Medea, sie möchte ewig dauern. Sie dauerte auch an, bis Jason flüsterte – immer die Wange auf ihrem Mund und mit einem Atem, der ihr Ohr streifte:

»Ich achtete dich nur, ich fürchtete dich später, jetzt liebe ich dich.«

Liebe. Der Geist wohnt im Herzen. Liebe ist der Takt zwischen Herz und Herz. Aus Fleisch indessen ist das Herz. Medea, unerfahren in der Liebe, sonst so wissend, wusste nicht, dass der Geist sich meint bei solchem Zusammensein. Der Weltgeist gar, bei diesen beiden. Sie handelte nur wie jede Frau am Atem eines Mannes, als er sagte: »Jetzt liebe ich dich«, fuhr es ihr heiß durchs Herz, und die Hände, die Fäuste vielmehr, die sie gegen seine Brust gepresst, in der Abwehr der Jungfrau – sie öffneten sich, sie verließen den Widerstand an der Brust, sie schlangen sich um den Leib dessen, der gesagt hatte: »Jetzt liebe ich dich.« Sie fühlten die Schulter, die einmal, im Totenwald, unterm Licht der goldenen Zottel gestrahlt hatte; sie glitten das Tal der Wirbel hinab, weil die klopfende Liebe immer weiter will in ihrer Entdeckungsfahrt.

Im nämlichen Augenblick begriff sie, dass er nackt war. Sie hatte es getan, was die Hände aller Liebenden tun, atemlos, blindlings, sie war auch wirklich blind durch Jasons Mund auf ihren Lidern, nun erst fühlte sie, dachte sie, die kolchische Jungfrau, wie sie da waren: sie halb entblößt und Jason, der sein Gewand entschlossen von sich gestoßen im trunkenen Ringen. Er war entschlossen.

Medeas Hände fuhren auf – doch sie kamen nur bis zu Jasons Haaren. Dort blieben sie, vergruben sie sich, erfreuten sie sich. Zugleich gedachte Medea des nahen Steuers. Orpheus saß jetzt dort oder Argos. An Jasons Ohr hauchte Medea: »Am Steuer ist jemand. Der Mond verrät uns.«

Bei Jasons Antwort strich sein Atem über Medeas Gesicht. »Es sind Griechen«, flüsterte er. »Wann endlich wirst du eine Griechin werden?« Und nach einer Pause, in der Medea wie leblos lag, fügte er hinzu: »Im Leib offenbart sich der Wille der Welt. Wir Griechen feiern den Willen der Welt.«

War das der Wille der Welt, dass dieser Mann sie jetzt emporriss, sie mit seinen mächtigen Armen auf die Füße zwang und mit der freien Rechten, nachdem sie stand und die Linke genügte, sie zu halten, in ihre Haare fuhr und ihr Antlitz in den Mond wendete? Sie sah seine Schultern im Silberlicht, und nun fielen sie.

Denn auch Medeas Gewand war herabgeglitten, darein verfingen sie sich mit den stampfenden Füßen und so stürzten sie. Sie fielen durch die Öffnung des Zeltes auf Kissen und Decken in halbe Schatten und silberne Bänder des Mondes, sie fielen, ohne den Griff zu lösen.

Beieinander waren sie, wie es Medea geträumt, Leib an Leib, vom süßen Wahnsinn ergriffen, sie und er, wie sie es gewünscht. Gleichwohl stammelte sie: »Nicht jetzt, Jason, nicht jetzt.«

Aber lässt ein Mann von solcher Nähe? Kein Gott könnte gleichem Augenblick widerstehen – Zeus selbst war bei geringeren Gelegenheiten hinfällig gewesen. So flüsterte Jason an Medeas Ohr: »Warum nicht? Es ist die Stunde. Jetzt finden wir uns.« Und seine Lippen lagen auf Medeas Ohr, gingen über die heißen Wangen, glitten abwärts bis zu jener Stelle, wo der Hals in die Schulter tritt. Die Grube dort suchten Jasons Lippen, dann rang er mit Medea.

Es war wilder Ernst, bei beiden, und Medea wehrte sich kräftig. Doch indem sie miteinander rangen, wurde auf seltsame Weise aus dem Ernst Spiel, ward das Ziel vergessen, das jähe schnelle Ziel, fanden Hände, Schenkel und Arme Gefallen daran, einander zu entdecken und trieben sie den Kampf nur noch als Vorwand der Berührung. Jason entdeckte Medea, die Berge, Täler und Ebenen ihres Leibes, eines Leibes, der vollkommener war als der aller Frauen, die er je gekannt. Sie entdeckte den Mann, wie er bei Frauen ist, und sie lernte es auf die edelste Art, da der Mann Jason hieß. Also spielten, lässiger schon, darum inniger, das Erstaunen der Jungfrau und die Glut des Jünglings miteinander.

Als ein Silberband vom Mond über Medeas Antlitz fiel, sah Jason, dass alles Wilde, Herrschhafte, Männergleiche – das, was ihn noch zu Beginn dieser Stunde hatte sagen lassen: »Ich liebe dich nicht« – dass all das in Sanftheit vergangen war.

An ihrem Ohre wieder, doch ohne sie zu bedrängen, frag er nun: »Warum sollte es jetzt nicht sein? Mein Wort hätte auch jetzt gegolten.« »Ach, dem Wort«, raunte Medea. Sie schlang ihre Arme um seinen Hals, Seligkeit, Seligkeit, dachte sie. Sie sagte aber: »Wenn du heimkehrst, hast du das Vlies, den Triumph, den Ruhm und alles andere. Es muss doch für mich noch etwas bleiben, ein Lohn, ein Siegel des Vollbrachten, wo ich doch half ...«

Jason richtete sich auf und sah auf Medea herab, noch nie war seine Stimme so innig zu ihr gewesen: »Zuviel wolltest du helfen, mir kaum etwas lassen. Sogar die Schatten möchtest du allein auf dich nehmen.«

Medea zuckte zusammen, und so fuhr er rasch fort: »Ja. Still davon. Es gibt keine Dunkelheiten. Die Liebe hüllt alles in Licht.«

Jason glitt an Medeas Seite zurück, ihre Arme verschränkten sich wie die von schlaftrunkenen Kindern. Sie waren aber der Liebe trunken, einer sanften Liebe über jedem Wunsch. Haut an Haut lagen sie, sie fühlten ihre Herzen schlagen und lauschten nach draußen.

Denn der am Steuer begann zu singen. Es war aber nicht Orpheus und nicht Argos. Es war Amphion, den Medea zum ersten Mal hörte. Und er sang ein Lied von des Menschen einzigem Halt; er erfand es in diesem Augenblick. Da der Wind fast schlief, konnte er das Steuer lassen. Er griff zur Lyra. Die im Zelt hörten das Klirren des berühmten Instrumentes und die ersten Griffe der Hand in den Saiten.

»Hermes schenkte sie ihm«, flüsterte Jason. Als er die Lippen an Medeas Wange bewegte, schmeckte er das Salz von Tränen. Er wollte noch etwas sagen, aber da sang Amphion schon:

Treibe nächtliche Welle
Flüsterndes Menschenschiff.
Was ist dunkel? Was Helle?
Was des Herzens Riff?

Götter und Tiere durchwandern
Sternwiesen uns zuhaupt –
Drunten ihr andern, ihr andern,
Liebend vielleicht und geglaubt:

Haltet euch nah im Ertragen,
Atmet euch Haut an Haut,
Wenn vor unendlichen Fragen
Klopfenden Herzen graut.

Mond in duftenden Haaren,
Sternfeuer, Wellenschaum.
Nur die Liebenden fahren
Trunken zum Schöpfungstraum.

*

Hyazinthen blieb das Meer und veilchenblau; auf hoher See nahm es die Farbe des Smaragdes an, an den Inselgestaden wurde es kristallen, man sah die Fische der Tiefe und die riesigen Schwämme auf den grünen Steinen des Grundes. Nachts erglühte es da und da von der Spur leuchtender Fische. Durch das Himmelsmeer droben stürzten die Meteore.

Mit Farben und Getier spielte die Wasserwelt um die gleitende Argo. Es waren aber die Inseln, die sie streifte, unbewohnt, und die heimatlichen blieben noch stets verwehrt. Denn der Wind war umgesprungen und kam von Nordwesten daher, säuselnd erst, doch mit voller Kraft eben, als es gegolten hätte, die rechte, die Heimkehrwendung zu machen. Die Ruder aber zeigten sich machtlos gegen ihn.

So trieb man gen Süden jetzt, in geschwinder Fahrt, dahin die Farbenspiele. Die Argo stampfte und schlingerte in einer Unendlichkeit kleiner weißer Schaumkronen: Mit unzähligen kurzen heftigen Stößen fielen sie die Flanken des Schiffes an, manchmal, wenn eine Welle höher stieg, brach ein Blau, ein Grün aus der Wölbung der Woge.

Die Fahrt wurde schwierig. Medeas Zelt auf dem Heck war abgebrochen, in der Kajüte darunter lagerte sie nun. Auch das Goldene Vlies lagerte dort, in schwarzem Tuch und von Purpurschnüren umschlungen.

Medea liebte es, dort zu ruhen: Das Haupt auf das Bündel gebettet, in welchem das Goldwunder schlummerte – es war ihr, als ströme die verhüllte Sonne Wärme aus, der Nacht gedachte sie, da die goldene Zottel des Vlieses Jasons Schultern schimmern ließ, im Totenwald, wo die Leichen im Nachtwind an den Zweigen schwangen. Jasons Schulter erinnerte sie, so liegend, und seinen Schritt hörte sie, seinen Fuß vielmehr, wenn er, mit Wind und Wellen kämpfend, selbst am Steuer, den Stand wechselte, den Fuß auf die Planken stieß und die Heimkehr versuchte.

Indessen, auch Jason war der Elemente Meister nicht. Immer weiter trieben sie ab, zahllos die Tage und Nächte inmitten der hurtigen stoßenden Schaumkronen, bis eines Mittags sich linker Hand eine Küste zeigte. Dies war keine Insel, dies war Festland, das lykische vielleicht, sie wussten es nicht.

Da aber die See immer rauer wurde, das Ufer aber voller Klippen schien und die Fahrt gefährlich, steuerte Jason die Argo in eine Meerzunge, die zwischen braunroten Felsen tief ins Land stieß.

Um die Felsennasen warfen sie die Haltetaue, die Ankersteine ließen sie ins Wasser, das hier nur sanft wogte.

Es gab Fischer in dieser stilleren Bucht. Sie flohen zwar erschreckt vor den Landenden, doch fing man einen.

Er war nackt wie die Geflohenen, schwarz-braun gebrannt und von kleiner Statur. Strähnige schwarze Haare fielen ihm auf die Schultern, um den Hals trug er ein Silberkettchen mit einem Amulett. Das zeigte kein Bild, nur eingeritzte Zeichen unbekannter Bedeutung. Auch seine Sprache war weder kolchisch noch hellenisch. Man bedurfte des Orpheus, der alle Sprachen wusste, um den Barbaren zu vernehmen.

Dieses berichtete er, stammelnd vor Angst: Hinter dem Gebirge, das sich steil aus der Küste hob, gleich dahinterlag ein großer See. Sein Wasser war salziger noch als das Meer. Wenn die Sonne des Mittags brannte, flimmerten die Ufer vom Salzstaub. In dem See gab es keine Fische, kein Leben.

Dennoch waren zwei Städte an seinen Gestaden erbaut. Saram hieß die des westlichen Ufers, und sie wurde von Stadtfürsten regiert, über die andre, jenseits des Salzsees, sprach der Fischer nur widerstrebend. Gomar wurde sie genannt, es herrschten dort Königinnen. Die jetzige hieß Dindymene. Sie herrschte über Frauen. Es war eine Frauenstadt, dieses Gomar. Und die Frauen waren kriegerisch. Die Stadt sollte prächtig sein, aber wer ging freiwillig zu dieser Stadt? Die Frauen –

Der Mann, der dies alles widerstrebend, in dumpfen kehligen Lauten berichtete, huschenden Blickes dabei, wie ein Tier, das die Gelegenheit erspäht, um sich mit einem jähen Satz in die Freiheit zu retten – dieser Mann vergaß plötzlich jede Flucht. Vielmehr warf er sich zu Boden und flehte Orpheus an, man möge ihn schützen. Sie seien da. Und sie fingen Männer wie streifendes Wild.

Es erschienen nämlich in der Schlucht, die sich hier zum Meere öffnete, Reiterinnen. Ihre weißen Kittel flatterten im Wind, die Mähnen ihrer kleinen flinken Pferde flatterten im Wind, Bogen schwangen sie, manche hatten auch Rundschild und Speer. Sie kamen rasch näher, und nun sah man die freie linke Brust, die keine Frauenbrust war: Amazonen also, mit rotem Eisen Gebrannte und Kämpferinnen.

Die Männer griffen zu den Waffen. Doch Medea wusste: Kein Kampf wird sein. Fieberhaft dachte sie: Dies ist die Versuchung, noch halte ich ihn nicht fest. Ach, warum versagte ich mich? Eine Königin gibt es, Dindymene heißt sie – wird sie eine zweite Hypsipyle sein? Wer könnte Jason widerstehen? Sie sah zu Jason hin, und die heiße Welle rauschte in ihr auf, durch ihren Leib schnitt der süße Schmerz, der schrecklich erwacht, wenn das liebende Auge der Liebe Gegenstand umfasst.

Die Amazonen waren herangekommen. Sie zügelten die tänzelnden Pferde. Eine Anführerin sprang aus dem Sattel. Mit erhobenen Handflächen trat sie auf die Wartenden zu.

Sie wandte aber keinen Blick an Jason, der süße Schauer in einem großen, in einem grenzenlosen Herzen weckte. Sie sah nur Medea.

Auf diese trat sie zu, immer mit erhobenen Handflächen, verneigte sich tief und begrüßte sie, in der Sprache des Fischers, nur fließender und mit einer hellen, festen Stimme.

»Erlauchte Fürstin« nannte sie Medea und fragte nach dem Woher, dem Wohin, dem Grund der Landung.

Orpheus antwortete das Notwendigste. Am Ende ersuchte er um Schlachtvieh und Früchte des Landes. »Im Namen der großen Medea, der Enkelin des Helios erbitte ich es«, so schloss er.

Hierauf verbeugte sich die Anführerin noch tiefer und erwiderte, solch erhabener Besuch könne nicht dachlos den Küstenwinden ausgesetzt bleiben, nicht weiterziehen, ohne die Gastfreundschaft von Gomar erfahren zu haben. Sie sende sogleich Botschaft zur Königin.

Während die Botinnen davontrabten, kamen die anderen näher, schmale, sehnige Mädchen waren es, braun und mit kurzgeschnittenem Haar. Der Männer achteten sie nicht, nur Medea bestaunten sie und die Argo, die auf den Wellen schaukelte mit den großen wimpernlosen Augen am weinroten Steven.

Gesprochen wurde fast nichts. Nur einmal sagte die Anführerin, indem sie mit dem Fuß den noch immer am Boden kauernden, zitternden Fischer in der Seite berührte: »Solche fangen wir mit den bloßen Händen. Er ist jetzt in eurem Schutz. Aber er entgeht uns nicht.« Sie sagte dies in verächtlichem Ton. Was es damit für eine Bewandtnis hatte, sollte sich später erweisen.

Gegen Mittag kamen die Botinnen zurück. Sie führten Reitpferde am Zügel mit sich. Der Anführerin überreichten sie einen verhüllten Gegenstand. Diese bot ihn Medea dar.

Medea schlug das silberfarbene Tuch auseinander: ein Kranz aus großen, sternförmigen Blüten mit purpurnem Kelch strahlte und duftete. »Dies ist aus den Gärten der Königin«, sagte die Anführerin. »Dindymene grüßt dich. Und sie bittet, du möchtest mit den Begleitern, die du wünschst, für die Zeit der widrigen Winde im Palast Wohnung nehmen.«

Die Versuchung. Die Probe. Einzug in die Weiberstadt. Eine amazonische diesmal. Diese Frauen waren der lemnischen nicht vergleichbar.

Jene hatten sich der Männer in einer blutigen Tollheit der Sinne entledigt. Diese hier hatten aus Feindschaft zum Männlichen ein Reich der Frauen gestiftet. Reute es sie auch, wie die Lemnerinnen?

Die Probe. Die Versuchung. Es gab die Königin. Dindymene. Würde sie der Hypsipyle gleichen? Es galt die Probe der Herzen ...

Jason nahm den Kranz mit den leuchtenden Blüten aus Medeas Händen – in der Flucht der Gedanken stand sie noch immer regungslos. Auf die dunklen Flechten drückte er den duftenden Kranz.

»Jason«, sagte Medea. »Und Orpheus, ohne den wir ohne Verständnis sind. Amphion auch und Admet. Die Dioskuren –« Sie sah die Dioskuren im Kreis der schmalen Mädchen, siegen würden sie, die lachenden Knaben. Sie gönnte ihnen den Sieg. Und sie wünschte den schmalen Mädchen die Niederlage. »Glück« würden die später sagen, wenn längst die Argo gen Westen trieb.

Dass sie als Königin so stand, mit dem duftenden Kranz im nachtdunklen Haar – sie ahnte es nicht. Sie war in der Flucht ihrer Gedanken. Sie befahl, ohne es zu wissen.

»Die Nordwindsöhne«, sagte sie noch, »und Argos.«

Indessen wollte Argos sein Schiff nicht verlassen. So blieb es bei diesen acht.

Medea gab das Zeichen. Sie schwangen sich auf die kleinen, hurtigen Pferde, über Geröll trabten sie davon.

Einmal noch sahen sie um. Fern schon schwankte die Argo im Wasser, das nur ein Meeresarm war; aber doch das Meer.

Das Meer, das Heimkehr für Jason und die Seinen hieß, Beginn eines Lebens für Medea.

Einmal noch sahen sie zurück auf dies Meer, dann umschlossen sie Felswände. Sie ritten dahin durch Staub und Steinschlag, Schlangen und Eidechsen glitten vom Pfad.

»Voran, voran«, rief Medea und trieb ihr Pferd an. Sie war ungeduldig, sie war des Kommenden begierig.

Es stellte das Gebirge die letzten steilen Mauern vor die Eilenden, der Weg schlang sich um die Wände – dann breitete sich unten die Ebene.

Silbern glänzte der Salzsee, weiß flimmerten die Städte Gomar und Saram. Im fallenden Abend ritten sie durch die Tore der Frauenstadt.

Im Reich der Namenlosen Göttin

Wie flüssiges Gold glühte der Kamm des Westgebirges, wenn
die Sonne zur Nachtwanderung herniederstieg. Es flammte
und flirrte der Grat von ungeheurem Licht. Doch dauerte
dies nur einen Augenblick. Dann hoben sich die Palmen der
Höhe, schlank und gefiederten Hauptes, in genauem Schwarz
vor dem weinroten Himmel ab, der mählich zur Perlmutterfarbe verblasste. Saram lag dann schon längst im Schatten,
die ersten Lampen waren hier und da entzündet, und über
den Salzsee hallten die Rufe der Knaben und Männer, auch
tönten die Hörner, die zum Abendtanze luden. Aber in den
Gärten von Gomar rauschte es noch von Vögeln.

Die Stadt war reich an Vögeln. Fremde Reisende erzählten, die Königin habe deren zehntausend in ihrem Park. Freilich – wann kamen schon Fremde nach Gomar? Und wer von
diesen hätte den Fuß über die Schwelle des Palastes gesetzt?
Selbst ein als Mädchen verkleideter Knabe wäre sogleich von
den Pförtnerinnen erkannt worden, noch bevor er sich den
vorgeschriebenen Waschungen unterzog. Denn die Sinne dieser Frauen waren untrüglich, der Duft der Haut allein ver-

riet ihnen das Männliche. Dieses aber war ausgeschlossen aus dem Reich der Frauen, vielmehr: Es hatte seinen genauen Ort und seine Stunde in der mägdlichen Gemeinschaft. Natürlich gab es auch Familien in Gomar, und im braunen Staub der Außenbezirke hockten verschmierten Angesichtes kugelköpfige Knaben und katzenartige Mädchen, trieben ihre Spiele, krähten, stritten sich und warfen mit Steinen nach den Vorübergehenden.

Nach den Argonauten warfen sie nicht mit Steinen. Sie ließen die kleinen Fäuste sinken, offenen Mundes sahen sie den Einzug der Fremden. Denn wann kamen schon Fremde nach Gomar? Und wann gar eine Königin wie diese da in dem Purpurgewand mit silbernen Lilien? Es musste eine große Königin sein, da die Krieger sie begleiten durften und die Herrin der Stadt sie einholen ließ von ihren Kriegerinnen.

Offenen Mundes starrten die Kinder dem Zuge nach, und in die Türen traten die Mütter, staunend auch sie. Es gehörten aber diese zu den dienenden Kasten, zu den Zimmerleuten, Maurern, Töpfern und Gärtnern. Die Herrschaft übten aus, der Herrschaft erfreuten sich die Frauenbünde. Ihnen war die innere Stadt erbaut.

Dort erhoben sich die Tempel, die Versammlungshallen und die Gemeinschaftshäuser. Von diesen letzteren gab es drei Arten. So die Jungmädchenschulen – stattliche weiße Würfel, fensterlos nach außen und nur mit einem Eingang, einem Portal, über dem in goldenen Buchstaben, den fremdartigen dieser Stadt, Namen leuchteten, die ISTAR und ASTARTE gelesen wurden. Innen öffneten sich dann weite Höfe mit Säulenreihen aus feuerroten Schäften und meerblauen Kapitellen, öffneten sich die Sportfelder mit goldgelbem Sand, die Gärten mit ihren Schwimmbecken, ihren Weihern und Wasserspielen. Denn der See war zwar salzig, aber durch Gomar flossen die süßen Quellwasser der Gebirge, kunstvoll von fern und nah herbeigeführt, es plätscherte und sprudelte allerorten. Im Palaste gar liefen die kühlen Fluten hurtig durch offene steinerne Rinnen, fielen von Stockwerk zu Stockwerk, rauschten an den Treppen entlang, durch die Gänge, durch die Hallen, um drauf im Park Labsal zu spenden.

Es war durch mehrere Geschlechter hindurch viel Mühe und Kunstfertigkeit auf die Wasserwerke verwendet worden — eine Notwendigkeit, der man sich eifrig unterzogen hatte, wo doch auf den Steinen der Uferfassung das Salz des Sees glitzerte und die mächtige Sonne kaum je von einer Regenwolke verhüllt wurde. Man hatte das Notwendige getan und pflegte es seither (es gab ein Wasseramt, das von Vorsteherinnen geleitet wurde, und dessen Arbeiten von den Männern der Außenbezirke zu leisten waren), aber man sprach davon, wie von anderen Dingen elementarischer Art, kaum. Auch die Argonauten, eingezogen in den Palast, umgeben von Aufmerksamkeiten aller Art, frei, in der Stadt herumzugehen (nur gewisse Teile des Parkes waren ihnen verwehrt und jener Flügel des Palastes, wo Medea nun bei Dindymene weilte), auch die Argonauten mussten all dies durch viele Fragen in Erfahrung bringen, man sprach nicht vom Selbstverständlichen.

Für dies Unumgängliche, aber nicht Eigentliche hatte man ein Wort, das extra »das Tragende« bedeutete; »die Tragenden« war auch die Bezeichnung für die Leute mit den Kindern im braunen Staub.

Das Eigentliche war die Freude zum Leben. Da aber Freude sich nur am Höchsten entzünden kann, gleichsam die Blüte der Vollkommenheit ist, galt die Zügellosigkeit, die zerstörende, als eines der übelsten Vergehen.

In den Schulen der Mädchen herrschte strengste Zucht. Durch Lauf und Sprung, durch Schwimmen und Ballspiele wurden die jungen Körper gestrafft, die Lebendigkeit des Geistes entwickelt. Und sie mühten sich, die schmalen Mädchen: Galt es doch nicht nur das Lob der Vorsteherinnen und den Stolz der Mütter – auch untereinander eiferten sie, und sie verglichen sich mit den eifersüchtigen, genauen Augen der Jugend.

Im vierzehnten Jahr erfolgte eine Entscheidung, die das weitere Leben der Reifenden bestimmte. Es wurden die Behenden, die Kräftigen und Schnellen von den Gefährtinnen ihrer Jugend getrennt und in jene Gemeinschaftshäuser überführt, über deren Portal ein goldener Bogen im Lichte funkelte. Nicht nur in der Kunst des Bogenschießens wurden sie dort unterwiesen, auch den Gebrauch der Lanze und den raschen Stoß des Kurzschwertes lernten sie dort. Zuvor aber traf ein glühendes Eisen die schwellende Kraft der linken Brust: Dort galt es ja fortan die Sehne zu spannen, den Pfeil zu richten. Durch kundigen Eingriff in das Innerste des Leibes wurde zugleich auch das Geheimnis der Fruchtbarkeit für immer gelöscht. Ein Schrei, eine Klage hierbei galt als Schande und kam wohl nie vor. Und keine grämte sich über den Verlust der Weiblichkeit, denn in den Riegen der kühnen Jungfrauen strebte man, es dem Manne gleich zu tun. Gerne maß man sich mit ihnen im Kampfe, wenn etwa wandernde Stämme versuchten, in die fruchtbaren Ebenen von Gomar einzudringen. Flatternden Haares, jauchzend vor Tatenlust, jagten ihnen die Kriegerinnen dann auf ihren kleinen, schnellen Pferden entgegen, und wie zum Spiele warfen sie sich in die tödliche Entscheidung. Gnade wurde weder gegeben noch genommen, doch galt streng das Gesetz des Zweikampfes: Im Getümmel versprengte und von einer Übermacht umstellte Feinde wurden als Gefangene eingebracht. Bei der Siegesfeier vor dem Tempel der Namenlosen Göttin geschah darauf vor aller Augen der letzte Austrag: Durch das Los bestimmt trat Paar nach Paar zum Ringkampf an. Die Unterliegenden, Mann oder Weib, wurden zu den »Tragenden« verwiesen, die Sieger zogen sich in die Hallen und Gärten der Kriegerinnen zurück. Von dort hörte man des Abends Zymbeln und Gesang und Lachen. Was dann geschah, blieb dunkel.

Daher denn die Angst des Fischers am Meeresstrand. Und das höhnische Wort der Anführerin: »Solche fangen wir mit den bloßen Händen.« Indessen blieb diese Gemeinschaft, bei allem Mannestum, ein Frauenreich. Das Weibliche konnte sich nicht verleugnen.

So geschah den Zarteren eine zartere Ausbildung. Unter der Leitung reifer Frauen trieben sie leichten Sport, Ballspiele, Tanz und Schwimmen. Nicht Kraft und Mut, die Schönheit war hier das Ziel aller Übungen. Und wie man den geformten Leib schmücke und steigere war der Gegenstand ausführlicher Belehrungen. Farbe und Art der Stoffe, Faltenwurf des Gewandes und Form der Agraffe, die Wunder auch von innigen Parfums und kostbaren Salben – alles dieses lehrten die Alten die Jungen. Doch wurde die Bildung des Geistes nicht vergessen: Viele heilige Gesänge gab es zu lernen, in ihnen ruhte die Weisheit von Jahrtausenden, aus einer Zeile sprachen die Gesetze der Sterne. Diese aber zeigten die göttliche Ordnung, nach ihnen hatte, als Spiegelbild des Ewigen, sich das Flüchtige zu gestalten.

Das Reich der Frauen kannte keine Götter. »Im Anfang war die Nacht«, hieß es in einem der heiligen Gesänge, und dies wurde so gedeutet, dass der Grund aller Dinge dunkel, namenlos und gestaltlos sei.

Dass er weiblich sei, darüber konnte kein Zweifel herrschen – denn alles Leben, so weit das Auge reichte, wurde von Weiblichem hervorgebracht. So wurde denn das Unerforschliche in der ihm zukommenden Art verehrt: Im Tempel der Namenlosen Göttin gab es kein Standbild, keine Idole, einzig ein Altar erhob sich inmitten der kreisrunden Cella aus schwarzem Lavastein. Auf ihm wurden an den Tagen der Feste Früchte und Blumen dargebracht.

Das Allerheiligste aber, so wurden die Gäste vom Meer belehrt, befand sich im Herzen des Palastes, tief in der Erde, unter den Gemächern der Königin. In einem Gewölbe gleich einer Zisterne sollte dort ein einziger grauer Stein aus dem schweigenden Wasser der Tiefe ragen. Zum Zeichen, dass die namenlose, gestaltlose Schöpfungskraft, der Geist des Alls, die vom Menschen angebotene Wohnung betreten habe, war die Raute, die Hieroglyphe der Großen Mutter, wie man die Kraft auch nannte, in den Block geritzt. Einmal jährlich verrichtete dort die Königin ihre Andacht beim Licht der Fackeln in den Händen der Priesterinnen. Alsdann wurde der Eingang wiederum vermauert.

Die Namen der Astarte und der Istar über den Portalen der Gemeinschaftshäuser widersprachen solcher Frömmigkeit nicht. Es gab Völker weiter gen Osten, die sie als leibhaftige Göttinnen verehrten – in Gomar feierte man sie als kühne Heldinnen ferner Vorzeiten. Dass sie in bunten Wandbildern der Säle häufig dargestellt waren, verhinderte jeden Irrtum, jede wahnhafte Schwärmerei: Es schloss ihre Göttlichkeit aus.

Zugleich aber war dem Bedürfnis des Menschen, der heranreifenden Jugend zumal, nach greifbaren Vorbildern der Verehrung aufs weiseste entgegengekommen. Die Fruchtbarkeit des vergleichenden Ehrgeizes wurde erweckt. Ein Menschenleben sollte sein, so wurde hier gelehrt, wie der flimmernde Gang eines Sternes am großen Zelt. Gesetz und Erinnerung.

Von den goldenen Bahnen am Nachthimmel, vom Geschick der Menschen sprach Orpheus oft mit Antora, der Vertrauten der Königin. Mit der reifen Frau saß er an den murmelnden Wassern des Parkes, unter den Palmen, die im lauen Winde rauschten.

Sie sprachen nicht immer, sie konnten viele Stunden schweigen und den Blick zu den wandernden Gestirnen erheben. Wenn sie aber sprachen, so war es von den Geschicken und dem Entwurf des Alls. Sie taten dies, indem sie nur eben von dem Ihrigen sprachen, von den Sitten und Gesetzen ihrer Völker und den Mächten, die sie verehrten. Indem sie einander die Handlungen, Riten und Ordnungen berichteten, meinten sie das Ewige. So erfuhr Orpheus von der Gemeinschaft der Frauen.

Zu Antora hatte er sogleich Zuneigung gefasst, am ersten Abend, da sie einritten in die weiße Stadt. Durch den braunen Staub der Hütten draußen waren sie getrabt, an den kugelköpfigen Kindern vorbei ins Innere der Stadt hinein bis vor des Palastes Pforte, durch eine Doppelreihe von Amazonen waren sie geschritten wie damals auf dem Aresfeld durch die Reihen der kolchischen Krieger; nur war es diesmal nicht Jason, der den Zug führte, sondern Medea. Hochaufgerichtet, eilend fast, so dass ihr Purpurgewand mit den Lilien wie Wellen des Meeres um sie floss, war sie durch die hallenden Gänge geschritten. Ein wenig atemlos dann stand sie vor Dindymene im großen Saal.

Die saß, eine Frau in der Höhe ihrer Lebenszeit, auf dem Thron von Gold und Lapislazuli. Ein weites Gewand aus jadegrünem opalisierendem Stoff lag um sie, es war mit bunten Vögeln und Blüten bestickt. Die Alabasterrundung ihrer Schultern gab es frei und, nach der Sitte der Frauenvölker, auch die üppigen Brüste. Auf diesen hatte nie ein rotes Eisen gezischt.

Auf einem schmalen Hals erhob sich ein schmaler Kopf, undeutbar war der rote Mund, unergründlich waren die Mandelaugen. Das schwarze Haar lag ohne Flechten um das Vogelhaupt, es war von Perlenschnüren durchflochten, auch leuchtete es von Edelsteinen.

Dindymene hat sich erhoben und Medea als Schwester umarmt. Mit der Sonnenenkelin hat sie sich sogleich in unzugängliche Teile des weitläufigen Palastes zurückgezogen. Ohne Jason oder irgendeinen der anderen Argofahrer auch nur eines Blickes zu würdigen.

Antora war darauf an ihre Stelle getreten und hatte den Gästen Freiheit und Beschränkung des Aufenthalts, Erlaubtes und Verwehrtes erläutert, all dies mit einer ruhigen, überlegenen Stimme – und hatte sie darauf in die Gemächer im Westflügel führen lassen.

Medea blieb seither unsichtbar. Sie sandte auch keine Zeichen, und als Jason einmal, durch den Mund des Orpheus, Antora fragte, ob denn Medea nicht wenigstens des Sängers bedürfe, des Gespräches mit der Königin wegen, da hatte Antora ihn groß angeschaut und geantwortet: »Göttinnen sollten nicht miteinander sprechen können?«

So hatten die Gäste abzuwarten. Sie vertrieben sich ihre Zeit mit der Betrachtung der Stadt, auch jagten sie Gazellen in den östlichen Hügeln, und sie ritten, da ihnen dies nicht verwehrt, um den See herum zu der Stadt Saram. Dies letztere jedoch erst gegen Ende des Aufenthaltes und nicht ohne Betreiben des Orpheus, denn die Munterkeit der Dioskuren beunruhigte ihn; zu oft hörte er des Abends durch die Bäume des verdämmernden Parkes ihre hellen Stimmen in unterdrücktem Lachen, und ihm war, als mischten sich darein Laute wie von Mädchen. Er indessen saß mit Antora bei den murmelnden Wassern, von dem wundersamen Entwurf der Welt sprachen sie und wie man sich mühe, jeder auf seine Art, dem Entwurf zu entsprechen.

Unermüdlich war Orpheus in seinen Fragen, und Antora schien seine Wissbegierde zu schätzen. Denn mit beredtem Eifer berichtete sie. Unermüdlich war Orpheus in seinen Fragen, und Antora schien seine Wissbegierde zu schätzen. Denn mit beredtem Eifer berichtete sie. Von den Stufen der Mädchen sprach sie noch immer.

Bei den erblühenden Jungfrauen zählte als höchste Ehre, für die Tänze des Frühlingsfestes ausgewählt zu werden. Stolz schritten die vierundzwanzig Erlesenen in der Mitte des Jubelzuges durch die weißen Straßen der inneren Stadt. Vor dem Tempel der Namenlosen Göttin warfen sie die veilchenfarbenen Gewänder ab und traten nackt ins Licht. Sie trugen Mandelblüten im Haar und Goldstaub am Schoß, die Knospe der Brüste aber brannte in tiefem Rot. Zum Klange der Zymbeln und Flöten begannen sie darauf die vorgeschriebenen Tänze. Von den Treppen des Tempels, umgeben von ihrem Hofe, sah die Königin zu und, auf ihre Bogen gestützt, harten Blickes die Kriegerinnen.

Nur wenige Feste sah der helle Tag. Im Anfang war die Nacht – in ihrem Schattendunkel vollzogen sich die Begehungen der in ihr Geborenen. Es wölbte sich ja dann auch über den Ehrfürchtigen das Zelt der Gestirne. Mochte das Rätsel des Ursprungs unergründlich sein – die Gesetze des Lebens kamen von jenen flimmernden Wächtern der Höhe, vom Monde zumal, der das Blut jeder Frau regiert. Sein unermüdliches Schwinden und Wachsen, die Ebbe und Flut seines Lichtes bestimmte den Rhythmus des Lebens, die Entscheidungen des Augenblicks. Es war undenkbar, dass zur Zeit des Neumondes ein wichtiger Entschluss gefasst, eine Schlacht gar gewagt wurde.

Es gab sogar geheime Bünde, so erzählte Antora, die den Mond unter dem Namen SIN als Göttin verehrten. Der gültigen Einsicht vom Unerkennbaren und gestaltlos Wirkenden des letzten Grundes widersprach dies gewiss. Gleichwohl ließ man jene Frauen gewähren: Sie trieben ihr Wesen im Geheimen, und wer wusste wirklich, welche Erkenntnisse sich hinter jenem Brauch verbargen? Worte sind so vieldeutig.

»Du hast recht, Antora«, sagte Orpheus, »Worte sind vieldeutig. Das ist ihre Macht. Ich empfinde es oft, wenn mir ein Lied gelungen scheint. Warum gelang es? frage ich mich dann. Zwar meine ich immer ein Bestimmtes: eine Rose, ein Hyazinthe, ein Reh, einen Adler, ich meine genaue Dinge und denke Namen, wenn ich von Liebe sage. Aber ich singe: Blüte, Tier, Mensch, Stern ... Indem ich das Allgemeine bezeichne, sage ich eine Vielzahl von Einzelnem, und ein Jeglicher erkennt sich in meinem Wort —«

Er verstummte und hörte in der Pause zu den Wassern der Gärten hin.

Plötzlich brach er leidenschaftlich aus: »Die Liebe will ich singen. Die Liebe der Welt. Die Liebe der Wesen. Die Liebe der Menschen. Wenn ich so singe, dass jeder Liebende mit meinen Worten zum geliebten Wesen sprechen kann, als seien es seine eigenen – dann bin ich glücklich. Dann wird mein eigenes Lieben unendlich und dem All gleich.«

»Du bist so jung, Orpheus«, sagte Antora, »und doch einsichtsreicher, als es die Männer gemeinhin zu sein pflegen. Dein Gott Apollon muss dir viel gegeben haben.«

»Er gab mir alles«, erwiderte Orpheus kurz. Erst nach einer Weile fuhr er fort: »Die Vieldeutigkeit des Wortes! Es ist dies seine große Gunst, so allein vermittelt es das Schwirren der Sphären, so allein widerspiegelt es die Aura der Dinge, haucht es den Atem des Herzens. Sein Mangel ist dies zugleich, denn es ist unfähig, den Sinn der Welt auszusagen. Zurecht drum wird das Unaussprechliche bei euch wie bei uns durch Riten und Handlungen ausgedrückt. Und die Mondschwärmerinnen mögen ihr Recht haben. Ich bin begierig, alles von euch zu vernehmen, was du erzählen darfst. Und weißt du die Ordnung von Saram? Ihr seid nicht verfeindet, und ich möchte von jenen wissen, bevor ich mit meinen Genossen dorthin reite.«

Antora war bereit, auch von Saram zu berichten, aber Orpheus wehrte ab: »Nicht an diesem Abend mehr. Du hast etwas angerührt in mir, das will mit mir sprechen. Lasse mich Abschied nehmen für heute und mich beraten in mir.«

Durch die Schatten des Parkes ging er davon.

Anderen Abends erzählte Antora von Saram. Das Frühlingsfest der Jungfrauen hatte dort seine Entsprechung, nur wurde es nicht in der Stadt, sondern in den westlichen Bergen gefeiert. Droben, auf einem kühnen Felsvorsprung, tanzten die schönsten Knaben nackt im großen Licht, den Wind der

Höhe im fliegenden Haar. Auf den grauen Steinen der aufsteigenden Wand saß der Stadtfürst, umgeben von seinem Hofe, und die Krieger, auf ihre Schwerter gestützt, sahen strengen Blickes zu den Tänzern hinab.

Dann aber wählten sie, nach Regeln, die in Gomar nicht bekannt waren, ein jeglicher seinen Knaben. Die Paare wurden vom Priester gesegnet und schliefen die erste Nacht in einer Höhle am Westhang des Gebirges. Diese Höhle war einem großen Jäger der Vorzeit, Gilgamesh, geweiht; sein Standbild und das seines Freundes Enkidu erhoben sich in einer Nische des sonst schmucklosen Ortes.

Des andern Morgens zogen die Verbundenen, zwei und zwei, in die Weite der Täler und Jagdgründe davon. Sie kehrten nach zwei Mondumläufen in die Stadt zurück – der Mann zu seiner Familie, der Knabe zu seinen Eltern, mit Geschenken trennten sie sich. Es erhielt der Ältere einen jungen Stier, der Knabe Schild und Schwert. Zu jedem Waffengang waren sie nun fürs Leben verbunden.

Es galt als große Schande, keinen Liebhaber zu finden. Die Inschriften jener Höhle legten Zeugnis davon ab. Mit ungelenker Knabenhand waren dort in die Steine Worte gegraben wie »Enkidu stehe mir bei« oder das triumphierende »Gilgamesh hat mich erhört«. Die glühende Unbedingtheit der Jugend konnte man aus gelegentlichen Schmähungen der Istar ablesen.

Antora lächelte: »Es gibt aber, so sagt man mir, unter diesen törichten Zeilen einen anderen Satz. Er soll mit der festeren Hand eines Mannes geschrieben sein. Und er lautet: »Jedes zu seiner Zeit.«

»Ist dies Weisheit?« fiel Orpheus schnell ein. »Es ist die notwendige Ordnung der Dinge. Gleichwohl berührt mich tiefer der Ungestüm der Knaben, die du töricht nanntest. Nur der unbändige Aufbruch schafft Welten. Und jede Welt muss stets neu geschaffen werden. O Aufbruch, Aufbruch! Was glaubst du, wie es an all meinen Fasern reißt, wenn ich die Welt in meinem Lied erstehen lasse? Welcher Taumel muss eure Mütter ergriffen haben, als vor grauen Vorzeiten eure Gemeinschaft gestiftet wurde! Waren jene besonnen?

Waren sie weise? Sie waren außer sich. Darum gründeten sie. Darum stießen sie bis zu einer Grenze. Denn ihr lebt an der Grenze der Möglichkeiten. Ihr schafftet, und schafft stets aufs neue, eine äußerste Form des Daseins.

Ist euer Frühlingsfest nicht ein Rausch? Der verjüngende, fortzeugende Rausch? Ihr jagt die Männer, wie flüchtiges Wild jagt ihr sie, die Fischer am Strand zittern vor eurem Ungestüm, hierher schleppt ihr sie als missachtete Beute. Um dennoch drauf an der Brust derer zu seufzen, die ihr nicht entbehren könnt. Der Gott vor den Göttern hat gesetzt, dass aus der Berührung von Mann und Weib das heiße Feuer schlägt. Das Feuer, aus dem, wie wir vermuten, das All entsprang. Wir müssen es heiligen, Antora, denn es ist der Grund der Welt, deren Sinn wir nicht erkennen. Man darf nicht gering davon denken, wie ihr es tut.«

Antora war aufgesprungen. Die Sichere, die Gelassene rang die Hände, suchte nach Worten. Mit kurzen heftigen Schritten lief sie her und wider; ihre alabasternen Brüste, die nach der Sitte der Frauenvölker frei aus dem Gewand stiegen, hoben und senkten sich im Aufruhr des Atems. Endlich warf sie die Arme um den Stamm einer Palme. Die Wange am Bast des Baumes, rief sie über die Schulter: »Was weißt du von uns Fremder: Ich dachte, du hättest gesehen. Ich meinte, ich hatte dir vieles erklärt. Ich hoffte, du würdest uns achten. Bist auch du nur ein Mann?«

Es geschah, wie stets in diesen Wochen, das Gespräch zwischen Orpheus und Antora in beginnender Nacht. Der Mond ging am Himmel dahin, bald würde er hinter den Bergen versinken. Aber noch erhellte er das Antlitz des Sängers. Der hatte das Kinn auf die Flache der Rechten gestützt. Auf Stirn und Nasenrücken lag das Silberlicht. Er antwortete sehr ruhig: »Ich urteile nach deinen Worten. Gewiss weiß ich nicht alles von euch. Es liegt an dir, mich zu belehren. Ich bin aufmerksam, euch zu begreifen; ich bin begierig, von Saram zu vernehmen. Ich urteile nicht. Ich verwerfe nicht. Ich sage jetzt das Meine.«

Er stand auf und berührte Antora leicht an der Schulter. »Es gibt ein Rätsel der Rätsel«, sagte er. »Wir sagen Liebe.

Wir sagen Zuneigung. Wir sagen Freundschaft. Wir meinen den Aufruhr der Herzen. Und wir spüren den scharfen Stich im Herzen, wenn es das unbegreifliche Los will. Das Warum können wir nie ergründen. Es ist aber entworfen im Entwurf dieses brennenden Daseins, dass der Schoß entflammt, im nämlichen Augenblick, da das Feuer in unser Herz springt. Dies ist so, wie Berge sind, Meere, Hügel, Flüsse und Seen. Man kann sie nicht vom Antlitz der Erde streichen. Man kann den Gesetzen nicht widerstreiten. Man kann nicht Männer jagen wie Wild, an deren Brust ihr dennoch seufzt.«

Antora, noch immer die Arme um die Palme geschlungen, antwortete tonlos: »Was weißt du von uns? Wie darfst du urteilen? Was kannst du von den Erschütterungen ahnen, durch die wir zu unserer Form gelangt sind? Wo denn bleibt nicht ein Rest von Widerspruch in allem, was wir tun?«

»Ich dringe nicht in eure Geheimnisse«, erwiderte Orpheus, »ich habe nichts zu verurteilen. Nur dies wollte ich, eure Waffenmädchen betrachtend, sagen: So darf man nicht trennen – oder man erniedrigt den Entwurf dieser Welt.«

Schon in leichterem Ton fuhr er fort: »Die Knaben, die schwärmerisch in ihrer eigenen jungen Kraft der Frauen lachen, auch sie werden einst am Halse eines Mädchens hängen.«

Er lächelte: »Ich verstehe mich auf Knaben. In meiner Heimat sagt man, ich stelle ihnen nach. Es ist wahr, sie laufen mir zu, sie scharen sich um mich – ich brauche ihnen nicht nachzustellen, sie kommen von selbst. Denn sie bedürfen der Teilnahme, und sie haben gehört, dass ich teilnehmend bin. Sie rühren mich, wenn sie, zu sich selbst erwachend, die Flügel erheben. O, der Flügelschlag der jungen Seele! Es gilt, den Wind unter die Flügel zu blasen, damit es sie trägt. Windgott der Jugend zu sein ... Antora, welche Berufung! So helfe ich den Knaben meiner Heimat, auch denen, die ich nie sah. Denn sie haben ja meine Lieder, und ich weiß, dass sie sich zu Bünden vereinigen in meinem Namen.

Wieder schwieg er eine Zeit unter den Sternen dahin. Antora hatte die Palme verlassen, gesammelt wiederum, Matrone, Vertraute der Königin. Auf den Brunnenrand ließ sie sich nieder, neben Orpheus, wortlos. Aus den Wasserspielen stieg die Wolke des zerstäubten Elements auf, schwebte schimmernd im Mond, sank hernieder und heftete winzige kühle Perlen auf Haar und Antlitz der lange Schweigenden.

Dann sagte Orpheus: »Hast du Admet beachtet, der – mit uns ist? Hast du seine Schönheit bemerkt? Hast du gespürt, wie aus ihm, ganz von innen, etwas wie ein Atem hervorgeht und uns berührt? Der Goldene, Apollon, hat ihn geliebt, der Hauch eines Gottes tragt seine Schwingen ...«

Orpheus brach ab: »Dies von den Knaben. Von ihrem Ungestüm. Und von dem, was der Freund vermag. So viel vom Fliegen. Die Stürme aber, die großen unerbittlichen Stürme der Gereiften, das maßlose Feuer von Mann und Weib, der Wahnsinn, Antora, der da am Leibe rüttelt – da denn bedarf es der Weisheit für den Einzelnen, für die Gemeinschaft. Dazu ist Weisheit vonnöten, damit nicht alles ins Verzehrende rast, in die Auflösung, in die Asche.«

»Diese Einsicht haben wir doch wohl errungen«, sagte Antora ohne Bitterkeit. »Wir haben das Unsrige geordnet wie die von Saram drüben das Ihrige. Es ist keine Feindschaft zwischen uns, wir sind ja wie –«

»Wie Spiegelbilder«, half Orpheus das Wort finden. »Erzähle von Saram. Ich bin begierig, von Saram zu hören.«

»Das Spiegelbild, ja«, sagte Antora vor sich hin. »Es gibt ja nicht nur die Jägerinnen ...«

Antora sann nach. Dann begann sie von jenem Fest zu berichten, da sich die Gegenfiguren berührten, die Spiegelbilder verschmolzen. Es war dies am Tage der Herbstgleiche.

Da kamen zweihundert Jünglinge von Saram in teppichgeschmückten Barken, mit blumenumkränzten Masten über den See. Auf der Mole von Gomar, deren Salzkruste im frühen Lichte flimmerte, erwarteten sie die Bogenträgerinnen und führten sie sogleich durch die festlich-bewegte Stadt in den Palast der Königin. Unverzüglich begannen darauf in der Arena des Südflügels die Stierkämpfe. Nur ein kurzes Gebet wurde vorab gesprochen und Weihrauch verbrannt, denn das Große Opfer war schon des Abends zuvor dargebracht. Mit den Stierspielen hatte es älteste Bewandtnis.

Neben den notwendigen Kämpfen um den Stand des Gemeinwesens hatte der Rat der Mütter mehr als einmal den Einbruch fremder Götter verhindern müssen. Die größte Gefahr war der Kult des Marduk gewesen, dessen Ruhm sich von einer Stadt Bab-ilu her verbreitet hatte, die in einem Zweistromland viele Tagereisen gen Sonnenaufgang lag.

»Man billigt dem Geschlecht der Frau die Gabe der List zu«, sagte Antora, und jetzt lächelte auch sie, »die Abwehr des Marduk darf wohl zu den Meisterstücken unsrer Ahninnen gerechnet werden. Man ist ihm nicht entgegengetreten, man hat durch die Priesterinnen die Kunde von ihm verbreiten lassen, freilich – wir wissen nicht genau, was man in Bab-ilu von ihm singt und rühmt. Was bei uns berichtet wird, ist, dass er vaterlos aus einem Schlammstrom geboren sei, als Held die Erde durchzogen hat und dann, wie jeder Mann, gestorben ist. Wir Frauen sterben ja nicht, sondern setzen durch die unendliche Reihe unsrer Töchter und Töchtertöchter uns unverlierbar fort. Das Grab des Marduk ist übrigens hier in der Nähe, in einem Palmenhain, zu finden. Du kannst hinreiten, nur wird es verwahrlost sein, man pflegt es seit langem nicht mehr.«

»Wie ihr doch immer die Waage zu euch herüberzieht!« sagte Orpheus. »Wie kann man an Göttern herumdeuten. Sie sind oder sind nicht. Die unsrigen beweisen sich täglich durch unzweideutige Zeichen. Sie zeigen sich auch, selten, aber sie zeigen sich. Vor uns allen vom Schiffe Argo ist Apollo dahingegangen im Donner einer goldenen Wolke. Wir deuten nicht, da wir sehen.«

»Dann muss es verschiedene Welten geben. Uns sind die Mächte noch nie leibhaft erschienen. Sie können in die Dinge gehen, aus den Dingen sprechen. Die namenlose Kraft, die uns zusammenhält in dieser Gemeinschaft, sie wohnt, du weißt es, unsichtbar in der Nacht des Grundes.« Antora wies mit der Hand zu dem Teil des Palastes, wo Medea bei Dindymene weilte, unsichtbar geworden auch sie.

»Davon dürfen wir nicht reden«, setzte Antora rasch hinzu. »Aber wir sind keine Närrinnen. Wir widersprechen nicht dem Augenschein. Wir leugnen nicht, dass eine männliche

Kraft im All ist, heißt sie auch gleich nicht Marduk. Wir glauben, dass sie im Stiere wohnen kann, wenn sie sich darstellen will. Man glaubt es auch in Saram. Sie haben dort drüben auch Götter, aber das Namenlose, den Ursprung des Ursprungs, verehren sie im Stier. Die Jünglinge von Saram, die zu dem Spiel über den Salzsee kommen, und es ist ein tödliches Spiel, sie tragen in sich die Gewissheit, am Tage der Herbstgleiche vom Vatergott geprüft zu werden. Wenn er sie zerreißt, so sind sie vom Ursprung verworfen und hat ihr Leben ohnedies keinen Wert mehr. Sie kommen also freiwillig, von heiligem Feuer getrieben, von Ehrgeiz wohl auch und von brennender Lust, doch nicht, ohne daheim sich genau und ernst für das tödliche Spiel geübt zu haben. Vor unsere Königin treten sie und uns aus dem Palaste, auf den Stufen der Arena, in den gelben Sand treten sie, geschmückt mit grünem Lendenschurz und bunter Federkrone. Auch schmücken sich manche mit goldenen Ringen und Ketten, um die Fußgelenke. Den Stier gilt es stumm zu erwarten; wenn er zustößt erst, ergreifen sie die Hörner und wagen den Sprung. Es gibt immer Mutige, die noch Weiteres wagen. Wenn du herüberreitest nach Saram, wirst du an den Wänden des Palastes sehen, wie sie im Fluge den Rücken des rasenden Vatergottes berühren.«

Antora verhehlte nicht, dass es stets Tote und Zerfetzte gab. Die Überlebenden aber erwartete eines der berühmten Feste des Palastes von Gomar und die Gunst der schönsten Jungfrauen. Die Söhne aus jener Nacht wurden dem Rat von Saram übergeben und wuchsen dort in den Palaistren auf; die Mädchen aber setzten die unsterbliche Reihe der Mütter von Gomar fort. Es wurden die siegreichen Jünglinge schon anderen Tages unter Musik und Blumenregen zu den Barken geleitet. In der Vaterstadt erwartete sie Ehrung und Aufstieg.

Antora schwieg. Die Nacht schritt fort. Der Mond war dahingegangen, doch glänzten die springenden Wasser in einem weißen Schein, der zwischen Himmel und Erde den Raum erfüllte. Die Bilder der Höhe zuckten und blitzten von lautlosem Schicksal.

»Die Waage ...« sagte Antora. »Du meinst, wir ziehen die Schale zu uns herab? Aber welche Gewichte fallen denn unerbittlich in die andere Rundung? Selbst unsere Königinnen ... Ich muss dir von einem Geschick noch erzählen, damit du uns begreifst. Es ist vor langen Zeiten geschehen, in unsern Gesängen wird davon berichtet.«

Antora stand jäh auf und tat ein paar Schritte. Aus den Zweigen rauschten Schattenflügel auf, dann riefen sich die erschreckten Vögel aus der Tiefe des Parkes, dass sie sich wiederfänden.

Nach ihrer Art begann Antora mit einer Erklärung. Wenn die Frauen, so sagte sie etwa, sich einmal des Jahres dem Männlichen beugten, eine rätselvolle Satzung der Schöpfungsgeister erfüllend – so musste gewiss ein Sühneopfer vorangehen, um das Gleichgewicht zu halten. Es war dies das einzige blutige Opfer in Gomar.

Die Bogenträgerinnen wurden auf ihren schnellen Pferden ausgeschickt, in die Weite der umgebenden Ebenen. Mit einem Gefangenen wohlgebildeten Wuchses kehrten sie zurück. Der verblutete am Vorabend des Stierkampfes am schwarzen Opferstein des innersten Hofes. So wollte es der Brauch seit Menschengedenken. Einmal aber geschah Unerwartetes.

Die Stunde war gekommen, der Rat der Frauen versammelt, die Königin hatte den Thron aus Zeder, Gold und Lapislazuli bestiegen, der Gefangene wurde gebracht.

Dieser nun zitterte nicht, schleppte sich auch nicht stumpf und dumpf seinem Schicksal entgegen wie die meisten anderen, er wehrte sich, er stemmte die Fersen gegen die blauen Fliesen des Hofes, seine mächtigen Schultern, die Sehnen der rücklings gebundenen Arme spannten sich in verzweifelter Abwehr, die Muskeln des Leibes spielten unter der braunen straffen Haut.

Gleichwohl wurde er zum schwarzen Stein gezerrt. Von dort sandte er einen glühenden Blick unter den schwarzen Augenbrauen zur Königin. Auch sein gelocktes Haar war schwarz und fiel über die breite gewellte Stirn.

Dieser ergab sich nicht, war sein Ende auch unausweichlich; es hatten die Kriegerinnen Mühe, ihn zu halten. Was aber geschah der Königin?

Es war die Stunde der Schatten gekommen. Noch glühte der Kamm des Westgebirges wie flüssiges Gold. Es flammte und flirrte der Grat von ungeheurem Licht. Doch dauerte dies stets nur einen Augenblick. Schon hoben sich die Palmen der Höhe, schlank und gefiederten Hauptes, in genauem Schwarz vor dem weinroten Himmel ab, der mählich zur Perlmutterfarbe verblasste. Schon lag Saram im Schatten, und nun sollte dies Leben zu den Schatten gehen.

Da geschah das Unerhörte. Die Königin hat beschwörend die Hand erhoben, die Priesterin hielt inne, in die Stille tönte der Klang der Hörner von Saram, die zum Abendtanze luden. Die Königin winkte, den Gefangenen näher zu bringen. Man stieß ihn vor dem Thron auf die Knie. Seine Wangen waren gerötet, seine Flanken bebten von atemlosem Zorn. Zum zweiten Mal sah er die Königin an.

»Wie ist dein Name?« fragte die Königin mit erstickter Stimme. Und im Inneren dachte sie: Dies ist der Gott, der Stiervater ist in diesen getreten.

»Atas«, antwortete rau der Jüngling. Und dabei sah er sie zum dritten Male unter den schwarzen Brauen an, und in seinem Blick war noch ein anderer Glanz als der des Zornes.

Die Königin hat wie im Traume gehandelt. Aus der Hand der Priesterin nahm sie das Obsidianmesser, sie durchschnitt die Fesseln des Atemlosen, und ohne ein weiteres Wort führte sie ihn in ihre Gemächer. Gleichwohl fanden die Spiele am folgenden Tage statt.

Ein Jahr hat Atas im Palaste gelebt. Ein Gewand trug er nie mehr. Denn dem Wunder durfte nichts geschehen, das von Menschen kam, das ihn zum Menschen machte.

Einzig Reifen trug er, Geschenke der Frauen, an den Armen und Fußgelenken, kostbare Reifen aus rotem Gold, mit Smaragden und Lazuli. Die klirrten, wenn er durch die Gänge des Palastes schritt, und dann zitterten selbst die Mägde in den Küchen. Denn er war frei, einzutreten, wo er wollte.

Nach einem Jahr wurde er am schwarzen Stein geopfert. Doch nicht, ohne vorher einen betäubenden Trank erhalten zu haben. Er starb mit einem Lächeln auf den roten Lippen. Viele der Teilnehmenden kannten sie, die Lippen …

Die Königin trug lange Trauer, der Palast trug Trauer, von dort traf es die Stadt. Und niemand war erstaunt, wenn ein Gesetz künftighin die Opfer der Herbstgleiche untersagte.

»So ist es geblieben«, endete Antora.

Seltsam, dachte Orpheus. Sie begann damit, dass die Frauen sich einmal des Jahres beugten. Das Frühlingsfest rechnen sie nicht. Da sind sie die Herrinnen. Sie fangen ja die Männer mit den bloßen Händen ... Wie sie sich mühen mit dem Gleichgewicht, wie sie Ordnungen setzen, die dennoch ständig bedroht sind. Es gibt noch etwas hier, wovon Antora mir nicht spricht, etwas, das sie zähe verteidigen. Die Frauen unter sich. Sie müssen sich ein Glück erschaffen haben. Zu mir spricht Antora als zum Manne. Wie sich selbst diese kluge Frau verwirrte, wie die Widersprüche klaffen! Das macht, weil die Frauen nur des Gefühles teilhaftig sind, das aber ist übermächtig in ihnen. Wie sie drum alles vermischen, wie es ihnen durcheinandergeht: Herz und Hirn, Liebe und Begierde ... Sie unterscheiden nicht. Nur Medea ist anders. In ihr ringt ein Männliches mit dem Grenzenlosen.

Laut sagte er: »So ist euch dennoch einmal ein Gott erschienen. Auch wir Hellenen glauben, dass ein Gott in den Menschen treten kann und aus ihm leuchten. Doch muss es nicht der Zeugegott sein. Auch töten wir nicht das Wunder.«

Ich verletze sie, dachte er erschrocken; und so fügte er schnell hinzu: »Genug hörte ich von Saram, jetzt will ich es sehen. Gleich heute werde ich mit meinen Genossen um den Salzsee reiten.«

Noch einmal antwortete Antora. Ihre Stimme war jetzt kalt, es war die Stimme einer reifen Frau, jenseits der Stürme.

»So hüte nur deinen strahlenden Admet, deinen Führer Jason, hüte dich selbst. Man ist ausschweifend in Saram und zudringlich. Unserer Strenge waren sie nie fähig. Sie sind unser Spiegelbild, aber es ist getrübt.«

Wortlos trennten sie sich danach.

Im frühen Mittag drauf ritt Orpheus davon, mit Jason, Admet und Amphion, mit den Söhnen des Nordwinds und den Dioskuren. Die lachten den ganzen Weg, vergnügt des Kommenden.

Saram mit seinen weißen Häusern, den Hallen und Pa-
lästen glich Gomar wie ein Spiegelbild. Nur wogte hier eine
dichte Menge von Männern, Frauen und Halbwüchsigen,
die sie erwartete, denn man hatte sie schon gemeldet. Klein,
braun und sehnig war dieser Schlag und überaus lebhaft. Die
Hände fuhren in die Höhe, man wies einander dies und das
an den Fremden. Solche hatte man noch nie gesehen.
Zweifellos waren dies Fürstensöhne. Sie trugen ja schnee-
weiße Gewänder mit rotem Mäandersaum und kostbare
Ringe an den Fingern. Unerhört aber war die Bläue ihrer Augen, das Gold ihrer Haare und der Atem des Göttlichen an
ihrem Profil: In einer stolzen Graden führten Stirn und Nase
zu den üppigen Lippen.

Als sie durch das Tor der Stadt ritten, jubelte ihnen das
Volk zu. Im fallenden Abend aber drängte sich eine Menge
von Männern und Jünglingen vor dem Palast und rief unablässig nach den Fremden. »Kommt heraus, gehet unter uns,
dass wir euch erkennen«, rief die Menge. Die Gäste waren
genötigt, sich auf einer Estrade zu zeigen.

Lächelnd kehrten sie zum Bankett zurück. Und lächelnd
sagte Orpheus zum sanftwangigen Stadtfürsten, der seines
Alters sein mochte, indem er den türkisbesetzten Goldkelch
erhob:

»Es ist gut, in dieser Stadt zu sein. Es ist eine frohe Stadt,
und das Herz tragt ihr auf der Zunge. Es ist gut, unter Fröhlichen zu sein. Eine Nacht lang sprach ich nur von Gesetzen.
Von euch vernahm ich, dass auch ihr nach Gesetzen lebt, wie
es den Menschen ziemt. Freilich warnte man mich später, ihr
seied ausschweifend.«

Der Tumult vor dem Palast schwoll aufs neue an. »Kommt
heraus, ihr Schönen!« rief die Menge.

Orpheus lächelte. »Gibt es Schöne unter ans? Wenn dem
so ist, so hat der Freimut, an eines Festes Abend, seine Gegenwart. Denn es haben die Mächte der Schöpfung gesetzt,
dass die Schönheit nur dann sich ganz erschließt, wenn sie
mit Haut und Haar begriffen wird. Zurecht haben eure Leute dafür das Wort ›erkennen‹«. Dabei blickte er dem Fürsten
grad in die Augen. Mit blassen Lippen und indem ein Pur-

pur sich auf seinen Wangen verbreitete, erwiderte dieser den Trinkgruß.

Später sang Orpheus ein kurzes Lied. Er sang es in der Sprache von Saram.

In dieser schönen Welt
Ist nur der Mensch verwirrt –
Es raunt im warmen Feld
Die Taube rauscht und girrt.

Getier hat sein Gespiel,
Die Blume goldenes Licht –
Ist Eines ohne Ziel?
O Herzwind, Herzwind dicht!

Aus Augensonnen fällt
Euch die Erleuchtung zu
Es ist die ganze Welt
Atmend in einem Du.

Es wurde eine wilde, rote Nacht. Erst im Morgen ritten sie davon, Nebel strichen über die Fläche des Salzsees. Als Jason durch den Garten taumelte, verwirrten Sinnes sein Gemach suchend, stand plötzlich Medea vor ihm.

Sie stand vor einer Hecke aus grünem Geschling, in dem tausend rosa Blüten sich zum Tag entfalteten und dufteten. Sie trug ein weißes, schimmerndes Gewand. Als Jason beschämt zu Boden blickte, sah er, dass sie goldene Sandalen trug und an den Zehen kostbare Ringe.

Als Fürstin wurde sie hier gehalten, nicht als Landesflüchtige, Irrende. Was sie wohl der Königin erzählt hatte? Wie konnte eine Amazonin billigen, was um eines Mannes willen getan war?

Jason griff ungeschickt nach Medea. Die wich einen kleinen Schritt zurück. Wie er nach Wein roch, wie er bleich war und übernächtig an seinen umschatteten Lidern! Wie der Starke schwankte, wie er trüb und verbraucht im jungen Morgen stand!

Dennoch liebte sie ihn auch in dieser Stunde, so wie er jetzt war.

Als sie sich zum Ritt nach Gomar entschlossen, hatte sie trotzig getan. Die Probe des Herzens, hatte sie bei sich gedacht. Ich will ihr nicht ausweichen. Möge Jason sich bewähren.

Denn sie war bange gewesen vor Dindymene und hatte sich gegen sie innen gewappnet, mit ihr um Jason zu kämpfen. Stattdessen hatte sie eingesehen, dass nicht Feindschaft zwischen den Weibern zu herrschen braucht, dass auch dort Freundschaft regieren kann. Eine Stadt voller Freundinnen, strengen und süßen. Sie war dieser Erfahrung dankbar. Die Probe des Herzens war dennoch gekommen, anders als sie gedacht, für sie, und in dieser Morgenstunde.

Wie er vor ihr stand: unsicher in den Knien, bleich und mit Schatten auf den Lidern! Erschöpft von den Freuden mit den Mädchen von Saram oder den Jünglingen. Wie auch Strahlende nach solchen Nächten verfallen.

Dennoch liebte sie ihn. Dennoch schmerzte es in der Brust wie am Abend des großen Banketts. Dennoch flog ihr Atem und wusste ihr Sinn: Wie entbehre ich seine Nähe in diesen Tagen! O, mächtiger Gott Eros!

Sie streckte den Arm aus und strich ihm das wirre blonde Haar aus der nassen Stirn.

»Sieh zu den Palmen auf, Jason«, sagte sie.

Jason öffnete die schweren Lider, umflorten Blickes starrte er in die Höhe.

»Was gibt es?« murmelte er.

»Siehst du nichts? Dann schließe die Augen und fühle.« Da begriff er.

»Der Ostwind!« schrie er auf.

»Ja«, sagte Medea, »führe mich in deine Heimat. Stifte dein Reich.«

Träume. Sturm. Die Insel

Noch war es das Reich des Meeres. Sie trieben dahin im fördernden Wind, um sie waren die Wasser, silbern von Licht und Windatem, weites Silbergewand der Welt, gefleckt aber mit dunklen runden glatten Stellen dort, wo der Hauch nicht berührte, wenn sie darüber hinglitten, wurde das Schwarz zu tiefem Grün, wieder sahen sie Fische in der Tiefe, mächtige Fische mit purpurnen Flossen.

Die Sonne stieg auf und herab. Der Mond kam und ging. An braunen nackten Eilanden ging es vorbei, Schwärme weißer Vögel rauschten auf, kreisten mit heiseren Schreien im Blau. Auch große bewohnte Inseln streiften die Fahrenden; flimmernd die Häuser über dem Klippensturz und nachts die Feuer der Hirten. Die Boote der Fischer aber wichen ihnen aus, vor den Augen der Argo flohen sie. Doch war an Landung nirgends gedacht: es galt die Vollendung. Heimkehrwind. Heimkehrwind.

Bangte Medea vor dem, was ihr Heimat werden sollte? Sie wusste es nicht. Sie gewöhnte sich nur immer tiefer in das, was von Hellas um sie war mit Jünglingen und Männern, erfahrenem Schicksal und entworfenem, schon zu ahnendem, wie bei Amphion und Orpheus. Und die Götter mit ihrem Unter-die-Menschen-Treten. Mit ihren Taten, die oft unbegreiflich waren. Sie fragte und fragte, begierig nach Einsicht. Jason erzählte ihr, wie er einst an eines Flusses Ufer ein Weiblein getroffen. Sie war alt, zahnlos und verwilderten schmutzigen Haares. Auch ihr zerrissenes Gewand starrte vor Schmutz und roch übel. Auf einem Stein am Ufer saß sie, jammerte und verlangte Hilfe. Es ekelte ihn, dennoch nahm er sie auf und trug sie durchs reißende Bergwasser. Das Weiblein aber war Hera gewesen, die ihn prüfte.

»Seither«, sagte Jason, »ist sie mir gewogen, und insgeheim waltet sie über dieser Fahrt, auch sie. Ein großes Dankfest müssen wir ihr bereiten, wenn wir in Pagasai endlich den Fuß an Land setzen.«

Wie fehlerlos die Götter sind, dachte Medea. Wie ihnen alles gelingt. Auf Fragen, die sie stellen, erhalten sie Antwort. Auch ich habe gefragt. Eben noch, in Gomar, habe ich gefragt. Des Jasons Herz wollte ich prüfen. Habe ich eine Antwort erhalten? Ich habe nur mein eigenes Herz geprüft und erfahren, wie es gebunden ist. Oder gar verloren. Verloren? Still, Angst, still, Angst, schweige, schweige, wir fahren dahin, zur Heimatgewinnung fahren wir, Jason ist nahe, an der Reling lehnt er neben mir, er ist freundlich zu mir, vielleicht liebt er mich. Ich aber liebe ihn.

Laut sagte sie: »Wie mich nach Hellas verlangt, wo man dem Göttlichen begegnen kann, auf einem Stein gesessen am Ufer des Bergflusses. Habe ich Hekate je gesehen in den Schatten des Kaukasus? Mich verlangt nach Hellas. Vielleicht bist auch du ein Gott, der sich Jason nennt, sich den Leib Jason erfand und mich versucht mit spröder Laune und Untreue zu Saram —«

Jason lachte. Wenn er lachte, hoben sich die Nasenflügel, und das Weiß der Zähne schimmerte zwischen den roten Lippen, die sich dann öffneten. Medea griff nach seinem Arm. Er legte die Rechte auf ihre atmende Haut, mit den eisernen Fingern des Stierbezwingers umspannte er ihren Puls. Dabei sah er sie an.

In dieser Nacht träumte sie den Olymp. Zum ersten Male traten die Himmlischen in ihren Traum.

Eine Wiese in nie erfahrenem kristallenem Licht, das ohne Sonne, ohne Schatten von allen Seiten zugleich kam. Ein violetter Schein aber über dem Grund, wie er mitunter das Meer verklärt in der ersten Morgenstunde. Rausch des Leuchtens, Hauch der Farben. Es waren die Veilchen, Duft an Duft, ein Teppich von Veilchen. Auch Hyazinthen gab es, blau und rot und violett, am Rand der Wiese bei gelbblühendem Lorbeer.

Apollon stand da, golden fiel ihm das Haar über die marmorne Stirn, denn er neigte sich zu einem Knaben, ihn die rechte Haltung des Diskus zu lehren. Er berührte sein Handgelenk und lachte. Dabei hoben sich seine Nasenflügel, und das Weiß der Zähne schimmerte zwischen den roten Lippen, die sich öffneten.

Das Bild dauerte nur kurz: Zu einer weinroten Wolke lösten sich beide auf, der Gott und der Knabe. An ihrer Stelle zwei Frauen.

Die eine trug ein weites Gewand aus jadegrünem opalisierendem Stoff, es war mit bunten Vögeln und Blüten bestickt. Die Alabasterrundung der Schultern gab es frei, aus diesen stieg ein schmaler Hals, gekrönt von einem schmalen Kopf. Undeutbar war der rote Mund, unergründlich die großen runden Augen. Das schwarze Haar lag ohne Flechten um das hochstirnige Haupt, es war von Perlenschnüren durchflochten, auch leuchtete es von Edelsteinen.

Nein, das Haar war nicht schwarz, es war kastanienbraun, wie das der Zweiten. Jungfräulich, marmorn, fast streng war deren Antlitz, in einem weißen Gewand ohne Schmuck und Zier stand sie da, sie bewegte leicht die rechte Hand, wie um Worte zu begleiten, doch kein Ton schwang, obwohl die Lippen sich bewegten. Medea wusste: Dies waren Hera und Athene.

Sie erschrak im Traum. Hatte sie Hekate je anders gespürt als durch ein Rauschen in den Nachtbäumen, als durch das Jaulen der Hunde an dunklen Kreuzwegen? Hatte sie Hekate je anders gesehen denn als Schatten in den Schatten des Kaukasus?

Hier stand die Mutter der Nachtfürstin. Hera. Die Königin der Frauen. In einem allumfassenden silbernen Licht, wie es der Mond wohl spendet. Es war aber nicht der Mond. Auch die Sonne nicht, die nirgends glühte. Es war das Licht des Göttlichen, das ohne Ursprung und Quelle ist. Das ist.

Schatten, Schatten, ich ließ euch, dachte Medea im Traum, dieses ist das Licht; Sonnentochter ich – erfahre ich endlich das Licht? Wo weilte ich bisher? Stoße ich aus dem Schoß der Erde wie ein Keim im Frühling? Frühlingsland, hatte Jason gesagt. Die sie sah, waren Göttinnen des Frühlingslandes.

Was aber sprachen sie? Medea hörte ihren Namen. Dann wieder lange Zeit nichts, obwohl sich die Lippen bewegten.

Die Göttinnen gingen davon, vielmehr sie entfernten sich, ohne eigentlich zu schreiten. Über den violetten Glanz der Wiese glitten sie, über Schroffen und Schründe wandelten oder schwebten sie schwerelos, durch Felsen traten sie, dann schlug es wie brauner Nebel um Medea – selbst eine Träumende folgt nur mühsam den Göttern.

Dann war ein weißes Haus da. Mit weißen Säulen und lazuliblauen Wänden der Hallen. Gänge, Gänge, weiße Gänge, mit schattenlosem Licht von allüberall, hier war das Licht honigfarben, auch duftete es nach jungem Honig und Rosen.

Ein Gemach. Mit glänzenden Fliesen voller Rosen und Tauben. Die Wände blau um weiße Fensterrahmen. Vor einem Silberspiegel, der von den Rosen und Tauben bis zur Decke reichte, wo Blütenranken üppig wucherten, wie Medea jetzt sah, saß die Herrin des Hauses und auf einem Hocker saß sie, dessen gedrechselte Füße wie der Stamm von Rosen aus den Rosenfliesen wuchsen. Sie kämmte ihr honigfarbenes Haar mit goldenem Kamm und wandte sich nicht um. Im Spiegel richtete sie die veilchenfarbenen Augen auf die Eintretenden. Auch Medea trat ein, aber sie war nicht im Spiegel.

Wieder bewegten sich die Lippen, und wieder hörte Medea nichts. Dann verstand sie, und vielleicht war es darum, weil die Kämmende spöttisch lächelte.

»Welcher Wunsch ist es?« fragte die Göttin vor dem Spiegel.

»Welche Not eines eurer Schützlinge drunten, dass ihr zu mir kommt? Oder sucht ihr mich ohne Grund auf, Teuerste?«

Medea sah, wie Athene errötete. Hera aber hob nur leicht die Brauen und erst, als Aphrodite mit einer Bewegung der Linken zum Sitzen eingeladen und die Besucherinnen sich auf den Purpurpolstern an der blauleuchtenden Wand niedergelassen, antwortete Hera.

Was sie antwortete, erfüllte die Träumende mit Staunen. Denn sie sprach von Kolchis, von Aietes und den Proben, die Jason aufgetragen, sie sprach davon, wie sie Jason helfen würde, wenn er dieses zu bestehen habe oder jenes, wenn er in den Hades müsse sogar, könne sie ihm helfen. Und sie wolle ihm helfen. Hierbei erwähnte sie, wie sie ihn geprüft und er sie durch die reißenden Wasser getragen.

»Das aber«, so verstand Medea, »was jetzt vor ihm liegt, rührt an die Ordnung der Sterne. Und es gibt nur eine Macht, die Sterne bewegt.«

Die Augen der Göttinnen begegneten sich im Silberspiegel.

»Die Liebe«, sagte Hera nach einer Pause. »Bewege das Herz der Jungfrau Medea. Sie ist kundig. Sie ist die getreue Dienerin meiner Tochter der Tiefe. Meine Tochter kann helfen in dem, was drunten nötig ist, aber Medea muss es wollen, muss es wollen mit der Kraft ihres Herzens. Bestimme das Herz der Medea.«

Aphrodite strich zum letztenmal durch die honigfarbenen Haare und legte den Kamm zur Seite. Bedächtig streifte sie Ringe mit großen Amethysten über die Finger, dann wandte sie sich um und sah Hera voll an.

»Willst du einen Bund stiften, Hüterin des Bundes zwischen Mann und Frau? Ich sehe Jason, ich sehe Medea. Ein ungleiches Paar ...«

Sie lächelte, und diesmal ohne Spott.

»Ungleiche Paare! Darf ich daran deuten mit meinem hinkenden Gatten, den ich dennoch liebe, auch wenn ich mich töricht vergesse?«

Diesmal lächelten die Besucherinnen, nein, sie lachten, wie nur Göttinnen lachen können, ohne Verletzung also und ganz offen.

Und diesmal antwortete Athene.

116

»Medea ist Jungfrau«, sagte sie, »und Jason Jüngling. Sie werden es bleiben, auch wenn sie sich vereinigen. Es ist ein großes Bild, das wir versuchen, für die Menschen versuchen. Kein Bild darf fehlen, wo eine neue Welt beginnt. Und wir hier oben müssen es entweder zeigen, oder drunten geschehen lassen. So denn gehören wir zusammen, wir drei, und wir müssen es vollbringen.«

Aphrodite stand plötzlich auf und ging rasch über die Fliesen mit Tauben und Rosen zu den Sitzenden. Und die Träumende sah, dass die Göttin keine Sandalen trug; welche irdische Frau hatte solche Zehen aus Milch und Blut, solchen Spann, solche Ferse?

Aphrodite ergriff Athenes Hand. Sie sagte, und ihre Stimme schien bewegt: »Dass wir uns einmal verbinden! Ich bin sehr froh!«

Sie nahm zwischen den Göttinnen Platz, und indem sie von der einen zur anderen sah, sagte sie: »Meiner gedenken die Sterblichen, wenn sie des Glückes teilhaftig sind. Wenn der Rosenduft der Haut sie einhüllt, und wenn die weißen Tauben ihres Glückes zum Himmel der Wunschlosigkeit aufschwirren. Aber stiften kann ich nicht.«

Und nach einer Weile: »Ihr wisst es – mein Sohn ist mächtiger als ich. Ungestüm auch und herrisch im Übermut seiner Jugend. Hat er nicht zum Ergötzen des ganzen Olymp gedroht, mich selbst mit seinen Pfeilen zu verwirren?«

Wiederum lachten die Göttinnen auf ihre lautlose Art. Aphrodite, ein wenig gekränkt wie es schien, fragte nur kurz: »Es ist euch dringend mit der Hilfe durch meinen Sohn?«

Hera ergriff ihre Hand. Freundlich sagte sie: »Widerstreite nicht den Mächten, die über uns sind, die uns an unsere Stelle setzten, die ihre Macht auf uns verteilten, einem jeglichen seinen Teil zumessend. Es ist alles erwogen: Er entzündet, du gewährst – das eine wäre nicht ohne das andere, die Glut des Eros allein eine Geißel ohne deine Erfüllung.«

»Es ist aber etwas an mir, was mich stets zum Opfer macht ...«, versetzte Aphrodite störrisch. Sie dachte mehr, als sie sagte: Da aber die bloßen Gedanken der Götter die Dinge erschaffen, war plötzlich ein Bild da.

Im nämlichen Gemach hing von der blumigen Decke ein goldenes Netz herab. In diesem aber gefangen wie Fische, nackt auch und gegeneinander geworfen, Ares und Aphrodite.

Ares glich Jason mit den mächtigen Schultern und den Fäusten, die an den goldenen Maschen zerrten. Medeas Herz schmerzte, und ihr Herz war bei dem Gatten, bei Hephaistos, der zorndunklen Antlitzes in der Tür des Gemaches stand und ausgestreckten Armes rief:»Seht sie nur an, die Leichtfertigen, die ich mitten im süßen Betrüge fing! Um ein paar hurtige Fersen verrät man den hinkenden Gatten! Gilt eine kräftige Wade mehr als der Reichtum meines Hirnes, die Kunstfertigkeit meiner Hände? Ist dies Gerechtigkeit?«

Es standen nämlich Götter im Gemach, als Zeugen des Verrates vom rasenden Gatten herbeigerufen. Appolon und Hermes standen da, nebeneinander, und sie lachten.

Es fragte Apollon den Hermes:»Würdest du gleichwohl in solchem Netze liegen wollen, um der Aphrodite willen?«

Und Hermes antwortete lachend:»Wenn dies geschehen könnte – bei den Mächten, ihr dürftet mich alle sehen, preisgegeben, aber am Rosenfleisch der Verführerin liegend.«

Doch Poseidon schüttelte das Haupt mit den blauen Locken, strenge sagte er, und er sprach zu Hephaistos eher als zu den Spöttern:»Alles schwingt ins Gleichgewicht zurück. Unrecht dauert nicht. Schon ist es entschieden: Der Langsame fängt den Schnellen.«

Und wehklagend die Stimme Aphrodites, unter der schützenden Schulter des Ares:»Was gilt, Hephaistos, die Schwäche einer Stunde vor der Ewigkeit unseres Bundes?«

Das Bild verschwand. Von den Purpurpolstern vor der blauen Wand erhob sich Hera. Sie berührte noch einmal die Hand der Herrin des Hauses, indem sie sagte:»Fördere, Liebe, was wir dich baten. Damit auch dies sich vollziehe, wie es sein muss.«

Medea fuhr auf. Der Wind zerrte am Tuch ihres Zeltes, das wiederum auf dem Heck errichtet. Harte Wellen schlugen ans Holz der Argo, das Boot stampfte und schlingerte, sie hörte, wie der Mann am Steuer den Fuß versetzte. War es Argos, Amphion, war es Orpheus? Sie musste ihn fragen, dachte sie verwirrt, aber da fiel sie schon zurück auf die Kissen, und wiederum war sie im Licht, das von allen Seiten ohne Ursprung und Quelle kam.

Eine Wiese sah sie, wie die erste im Veilchenhauch, am Rande aufsteigender Felsen, mit Oliven bestanden und Palmen. Admet ruhte dort in Gras und Blume, nein, es war Ganymed, aber er glich Admet und er war zornig. Denn er spielte ein Spiel mit leuchtenden Würfeln und verlor.

Der Gewinner aber, der eben einen Einsatz einstrich, lachte und zu neuer Runde einlud, war Eros. Sie wagte nicht hinzusehen, sie schaute auf Ganymed, sah seinen schmollenden Mund, hörte das Lachen dessen, der immer gewinnt, dachte, erschreckend, wie schrecklich die Glücklichen sind; wie grausam sein Lachen ist. Vielleicht ist er gar nicht grausam, nein, nur uns im Mangel erscheint das Vollkommene grausam, es liegt nur an uns, an uns ...

Aphrodite war da. Die Jünglinge sahen auf, sprangen auf. Worte, unhörbare Worte, obwohl die Lippen sich bewegten. Eine Geste des Eros wohl, zu dem Medea nicht zu blicken wagte, denn Aphrodite schüttelte das Haupt. Dann aber glitt ihre Rechte in das Gewand, aus den Falten holte sie hervor und hielt in das allgegenwärtige Licht eine blitzende Kugel, golden, mit blauen Bändern wie von Lazuli, von doppeltem Ring umgürtet, an dem es funkelte und sprühte.

Sie warf die Kugel empor, golden und blau und flimmernd schwebte sie schwerelos, bis sie sanft auf die Spitzen der Finger zurückkehrte.

Diesmal verstand Medea die Worte.

»Sie ist dein«, sagte Aphrodite, »wenn du bewirkst, was ich dich bat.«

Medea erwachte und jetzt fiel sie nicht aufs neue in Schlaf und Traum zurück. Die Welt, dachte sie, aufrecht auf ihren Kissen, die Welt, die Göttin versprach ihm die Welt.

Es krachte im Takelwerk. Der Wind zerrte am Zelt. Die Sterne waren fast ganz verhüllt. Am herniederhängenden Mond jagten Wolkenfetzen vorbei. Das Schiff stampfte und schlingerte.

Medea sprang auf, schlug ein Tuch fest um, glitt durch des Zeltes Spalt. Zum Steuer. Es war Orpheus, der dort gegen die Kraft der Wogen hielt.

Medea klammerte sich an die Reling. »Ich habe den Olymp geträumt«, rief sie in den Wind. Zum Ohr des Orpheus gebeugt, sagte sie atemlos ihre Gesichte. Das Schiff holte über. Gischt schlug an Wange und Haar. Medea rief: »Verwirrung! Wie kann beschlossen werden, was geschehen ist?«

In den Pausen der Böen antwortete Orpheus, die Hände am Steuer. Sein Antlitz war verhüllt, manchmal zuckte ein Licht vom matten Mond auf seiner Stirne, dann nahm ihn die Finsternis wieder. Er sagte: »Was bei den Göttern geschieht, ist ohne Zeit.« Er sagte: »Du sahest in dieser Nacht, was damals geschah, als Jason in Kolchis aufstand von der zerrütteten Tafel. Vielleicht aber geschah das alles schon längst vorher, vor unserer Geburt gar, vielleicht wurden schon längst die Lose von Künftigen gemischt.« Er sagte: »Es kann im Götterrat geschehen, was noch nicht ist. Es kann im Götterrat geschehen, was schon war. Was ist Zeit? Tauschtest du selbst nicht Tod und Leben? Was zeigtest du am Widder? Muss ich dich belehren, Kundige?«

Medea rief: »Manchmal wissen wir, manchmal sind wir unwissend wie Kinder. Vielfältig und verflochten ist die Welt. Wer wollte sie entwirren?«

Orpheus antwortete nur: »Damals, ehedem, vorher sind Menschenworte.«

Medea rief: »Der Erdball, aber er gehört ihm doch!« Sie schrie: »Wie er seiner ist!«

Orpheus antwortete: »Es ist der Reichtum der Allbesitzenden, das Eigentum zuzueignen. Reine Handlung: des Geschenkes Bild. Sind sie bedürftig? Sie sind im Überfluss. Dies das höchste Geschenk: aus dem Überfluss zum Überfluss – es sei ein Veilchen olympischer Wiese, es sei die ganze Welt.« Er sagte: »Nur in einem sind wir im gleichen Reichtum der Schenkenden –«

Der Wind heulte, das Segel knatterte, Orpheus rief: »Nur im Kuss der Liebenden sind wir es. Ein Geschenk aus dem Besitz des anderen.«

Medea rief: »Droben ist alles Gold und Lazuli – wir aber sind in Nacht und Aufruhr gerissen.«

Orpheus rief: »Die Götter entwerfen in lautlosem Licht. Es vollzieht sich drunten in Kampf und Sturm.«

Ja, es war Sturm geworden, wilder, der rasch wuchs.

»Die Himmel werden bewegt und das Irdische«, rief Medea noch, »alles meinetwegen, alles meinetwegen –«

Und Orpheus noch: »Deinetwegen. Jasons wegen. Unsretwegen. Hellas wegen. Der neuen Welt wegen.«

Dann nahm der Sturm überhand. Durch die Finsternis kamen Telamon und Peleus getappt, lösten Orpheus ab; schon bedurfte das ächzende Ruder der verdoppelten Kraft der Stärksten.

Auch die Dioskuren sprangen herbei; unter Scherzen, die der Wind ihnen vom Munde riss, trugen sie das Zelt ab, verstauten es drunten im Heck.

Jason glitt aus der Finsternis heran, um Medea unter Deck zu geleiten. Aber sie klammerte sich an die Reling, die Wange lehnte sie an Jasons Wange, stumm starrte sie in die kochende Nacht. Sie sah in den Lichtfetzen des Mondes die Boreassöhne am Segel: Sie flogen nicht, aber leicht wie Vögel hingen sie im Takelwerk, flogen sie wirklich?

Beim Mast schrie des Argos Stimme gegen Windespfeifen und Wogendonner an, schrie Befehle, und da gingen schon die ersten Brecher über das Vorschiff, der Mond verhüllte sich ganz, nur noch Lärm der erzürnten Elemente war und die Verlorenheit der Atmenden im Aufruhr.

Ach, unser Stolz, dachte Medea, unser Eigenwille, unsere Hoffart ... Wer sind wir, wenn die Erde sich schüttelt, wenn das Meer sich erhebt? Jede Woge macht uns zum Nichts. Was will der Zorn der Wasser? Wird das Untergang? Vollenden wir nicht? Aber der Traum, der Traum noch soeben! Hatte sie den Entwurf verdorben? Heiß fuhr das Wort »Apsyrtos« durch ihren Sinn.

Medea presste die Wange an Jasons Wange, der Sturm zerrte am Gewand, wühlte in den Haaren, sie fühlte, wie sich ihre Haare vermischten, Glück fuhr heiß durch ihren Sinn, am Ohr des Jason rief sie: »Mit dir will ich gerne sterben –«

Da schlug es ihr gegen den Mund, schlug es über ihr zusammen mit furchtbarer Wucht, Wasser, Wasser, Erlöschen des Atems, tierhafte Angst ...

Die Nacht der erzürnten Winde kehrte zurück, welch Glück des Atems, Glück der Freiheit nach der Nacht der Wasser, ist der Tod so furchtbar, kann man leiden in der Zeit einer Woge?

Die Arme des Jason waren um sie, gewalttätig wie in jener Zeltnacht, da sie mit ihm rang. Jetzt wehrte sie sich nicht. Willig ließ sie sich hinuntertragen, sie klammerte sich an seine Hände, als er sie niederlegte.

Seine Stimme war rau, als er sagte: »Alle werden wir sterben. Ich jedenfalls werde sterben. Aber nicht jetzt. Nichts ist zuende, denn noch nichts ist vollbracht. Dies ist ein Zorn.«

Er war fort, draußen in der furchtbaren Nacht und ließ sie so, wo sie blieb, zusammengerollt wie ein krankes Tier, gegen die Planken geschleudert dann und dann. Sie spürte den Schmerz nicht: Sie war ganz ausgefüllt mit dem anderen, größeren Schmerz, dass er das Gleiche, Schreckliche dachte wie sie.

Ein Zorn. Hatte Orpheus sie nicht beruhigt? Aber sie wusste, dass sie gefehlt. Die Oberen zürnten, Poseidon erregte das Meer.

Schlaflos lag sie diese Nacht, dumpf und stumpf lag sie dort im bleiernen, verhüllten Tag, hindämmernd auf den Planken des klagenden Schiffes, sie hörte die stampfenden Schritte der Männer, wer zu ihr kam, wurde fortgesandt, nur einer kam nicht: Jason.

So ging es in die zweite Nacht, und nun sprach der Himmel mit Gewittern, Blitz auf Blitz zerriss die Schwärze, Donner auf Donner dröhnte durch den Groll der Wasser. Unsinnigerweise freute sie sich des himmlischen Feuers im Gedanken an die Steuernden. Denn zusammengerollt in der Höhle ihrer Qual, lauschend mit den Ohren der Angst, um die Angst des Herzens zu vergessen, hatte sie die Klippen gefürchtet, die Inseln und Riffe. Warnte das himmlische Feuer nicht in der Gefahr die Steuernden vor Gefahr?

Unnützer Gedanke. Schon längst gab es keine Klippen, Riffe und Inseln mehr: Weit auf der Unendlichkeit der Wasser trieb die Argo dahin. Nur das Meer selbst konnte vernichten, und sein Zorn nahm noch immer zu.

Da geschah es: Durch das Schiff lief ein Zittern, das nicht von den Wellen kam und nicht vom Wind, ein dumpfes Dröhnen ging durchs Schiff, das von keinem Riff stammte – aus dem Schoß der Argo tönte es, dunkel und nicht einmal laut, aber durchdringend doch und mächtiger als aller Lärm der Elemente.

Jeder hörte es – Medea in ihrer Höhle der Qual, die Steuernden am Steuer, die am Bug und die an den Tauen: die Argo sprach.

Es war Hellenisch nicht und nicht Kolchisch, es waren überhaupt keine Worte: Ein Zittern lief durchs Schiff, ein Summen und Hallen ohne Laute, vom Kiel kam es, von dem Stamm aus Dordonas Hain, der Stamm hallte aus der Tiefe der tobenden Wasser, gleichwohl war es Sprache und jeder verstand.

Dass Totschlag an Bord mitfahre, vernahm man, Meuchelmord aus vorbedachtem Rat, verschlimmert durch List und Versuch, die Gesetze des Lebens zu überlisten, Zwei seien schuldig.

Medea zuckte zusammen in ihrer Höhle aus Holz und Schmerz. Wo war Jason? Ob er es hörte? Wenn er es hörte!

»Nein«, schrie sie, hin- und hergeschleudert, da sie die Spanten losgelassen und die Hände verzweifelt in der Dunkelheit zum dreifach unsichtbaren Himmel erhoben hatte, »nein«, schrie sie, »ich bin schuldig, ich allein, er glaubte meinen Worten, er vertraute meinem Zauber, auch war er trunken von den berauschenden Kräutern.«

»Jason, Jason«, schrie sie, aber sie war allein, der Sturm tobte, die Argo dröhnte.

Sie wollte es nicht hören, sie wollte es nicht verstehen, noch nie hatte sie solche Angst gelitten, denn die Angst der Liebenden ist die schrecklichste.

»Eros«, schrie sie, »Entzünder der Herzen, Entflammer der Geschicke. Hilf doch. Hilf doch. Die Erde gehört dir. Deine Mutter gab sie dir, wenn du mich träfest ...

Die Tränen überwältigten Medea. Mit erstickter Stimme rief sie: »Wie du mich getroffen hast! Hast du je so getroffen?«

Die Argo dröhnte. Medea verstand das Wort »Sühne«. Ein Stoß des Meeres warf sie gegen die Spanten, gab es noch ein Glied, das nicht schmerzte? Sie spürte es kaum. Sie rief: »Schuld, Schuld! Wissen die Himmel nicht, dass man in Liebe jeglicher Schuld bereit? Dass man alles auf sich lädt – des Geliebten wegen? Dass man um sich nichts gibt, um sein Schicksal nicht und nicht um die Verdammnis, wenn es dem Geliebten zum Heile ist?«

Sie versuchte aufzustehen, wurde aber hart zurückgeschleudert, diesmal schrie sie vor Schmerz, aber die große Pein war größer.

»Habe ich Jason Unheil gebracht?« schrie sie. »Sind Zweie schuldig? Nur ich bin schuldig, gerne will ich es sein. Ihr könnt ihn nicht verderben. Die Göttinnen berieten über ihn, für ihn hast du mich verwundet, weil er vollbringen muss. Es ist kein Geringes, das ihm aufgetragen – die Welt selbst erhieltest du dafür. Zeige, dass du der Herr der Welt!«

Die Angst war von Medea abgefallen, zornig war sie geworden, die Jungfrau aus Kolchis war sie wieder mit dem wilden Blut und dem wilden Sinn, die Herrische, die Verächterin der Schwachen, die Einsame aus Kraft, des Helios Enkelin immer.

»Verzauberer«, rief sie, »Mächtiger! Oder bist du nur der Herzen mächtig, gebietest du nicht den Elementen? Gehe zu Ganymed denn, der das Herz des Zeus besitzt. Das hast du nicht gestiftet, dass der Göttervater selbst hernieder zur Erde fuhr und in Adlers Gestalt den Jüngling raubte. War da keine Schuld, bei Zeus selbst? Gedachte er des Vaters, der Geschwister, der Kameraden, gedachte er der Mutter? Er riss den Geliebten empor ins Unerreichbare, der irdischen Tränen nicht gedenkend. Und er zürnt mir jetzt mit Gewittern? Und sein Bruder Poseidon erregt das Meer wider uns?«

Medea wurde immer zorniger. »Gehe zu Ganymed«, rief sie. »Du betrogst ihn mit den Würfeln – ich sah es wohl im Traum. Gehe zu ihm, dass er das Herz des Donnerers sänftige. Mich triebst du in Schuld, ihn täuschtest du – tilge deine Schuld! Was aber Poseidon betrifft – sein Zorn soll mich haben.« Sie sprang auf. Jedoch warf sie ein Stoß zugleich zurück.

So kroch sie zur Treppe, die ihr Gelass dem Deck verband, wie ein Tier kroch die Stolze Nacht, Sturm und Gischt entgegen. Wie eine Faust schlug ihr der Wind ins Gesicht, Salzflocken zergingen brennend an ihren Augen, halb blind schwankte sie über triefendes Holz. Gleichwohl sah sie die riesige Welle, die jetzt herankam. Sie leuchtete, obwohl kein Mond da war. Leuchtete sie von phosphorischen Algen? Von Fischen mit eigenem Licht? Oder vom Palast des Poseidon, der drunten, unberührt vom Toben der oberen Wasser, aus Gold und Lazuli schimmerte?

»So nimm mich, Poseidon«, schrie Medea, ehe die Welle brach. Es nahm sie aber nicht Poseidon, sondern harte Männerarme griffen sie, hielten sie, retteten sie durch die Wassernacht, Atemnot, zum andern Male waren es die Arme des Jason.

Und zum andern Male riss er sie hinab, unter Deck; wie damals am Zelt stürzten sie hin, er war nackt, das Salzwasser troff von ihm, »du bist durchnässt«, keuchte er und riss ihr das Gewand ab, Fleisch an Fleisch lagen sie, sein Mund suchte ihren Mund, er biss in ihre Lippen, an ihrem Ohr keuchte er: »Sind wir Zwei schuldig? So wollen wir der Liebe schuldig werden. Des Glückes schuldig werden.«

Kannte Medea diesen Jason? Sie kannte den Starken, den Mutigen, sie kannte den klugen Redner. Vom Leichtsinnigen hatte sie gehört, den Grollenden hatte sie erfahren und den im Fleisch Entbrannten. Dieser aber, der sie nun hielt, dessen Mund ihre Lippen biss, dessen Mund heiß an ihrem Ohre war, dessen Haut an ihrer Haut atmete, dieser, der Blitz, Meer, Schiffbruch und Tod nicht fürchtete, der der Schuld lachte und von Glück raunte, vorm gewissen Tod – diesen lernte sie nun, brennenden Sinnes, als den Wirklichen. Zum ersten Male begriff sie ihn ganz. Solche sind es, dachte sie, die die Welt verändern; die der Wildheit Fähigen. Die alles können und darüber hinaus noch über die Grenzen können. Die besinnungslos sein können; die – Stifter und Gründer – die Kraft des alten Chaos in sich haben.

Ich bin eine Grenzenlose, dachte Medea, er ist ein Grenzenloser, unser Bund gilt. Ein ungleiches Paar, wir? Wie wir uns gleichen!

Sie saugte Salz von seiner Wange, dann warf sie das Haupt zurück und rief: »Eros, sieh dein Werk.«

Jasons Hand in ihren Haaren riss sie zurück. »So liebst du mich«, raunte er, »dass du sterben wolltest, für mich?« »Ohne dich bin ich tot«, antwortete Medea. »Was liegt an mir, wenn du nur dich und alles vollbringst?«

Jason antwortete nicht mit Worten: An Medeas Mund war er mit ungestümer Gewalt, seine Arme pressten sie mit schrecklicher Kraft. Eine Sturzsee trieb sie durch das Gelass, warf die Köpfe voneinander.

Schnell hauchte Medea: »Wo Göttinnen über dich beraten – wie sollte ich dich nicht lieben?«

Wortlos wiederum suchte Jason Medeas Mund. Was Sturm, Götterzorn und Untergang! Medea genoss das Chaos dieser Nacht. In Jasons Armen genoss sie den Sturm des Fleisches, den Sturm, dessen Ende sie nicht ersehnte, o, dass er dauerte!

Denn süß war es, so zu liegen: Wange an Wange, Mund auf Mund, Herz an Herz. An ihren Wimpern strich Jasons Atem hin, den Schlag seines Herzens hörte sie mit ihrem Leibe, wenn ein Wogenberg sie durch das Gelass warf, spürte sie die Sehnen der umschließenden Schenkel, fühlte sie, wie die Wade sich spannte, auch erriet sie die Kraft der Lenden, die gleichwohl den schon errungenen Sieg verschmähten. Wortloses Einverständnis. Nur wer wahrlich liebt, handelt so.

Jungfrau nicht mehr nach Sitte und Herkommen, wie sie so bei dem Manne lag, preisgebend alle Geheimnisse des Leibes, nackt an der Haut des Mannes, die nach Salz schmeckte und duftete, wie die Haut von Jünglingen duftet; Jungfrau dennoch, noch immer, lag sie an des Glückes Brust, und ihre Finger hielten sich an den Schultern, wenn das Meer die Verbündeten schüttelte. Dann spürte sie, wie die Muskeln am Schulterblatt sich bewegten. Sie war glücklich.

Und sie erschrak nicht, als die Argo noch einmal die Stimme erhob, von Sühne dröhnte und dass keine Heimkehr sei, ehe nicht die Zweie von Kirke vom Fluche gelöst, rein gewaschen, neugeboren.

Dann schwieg das Schiff, und was es nun ächzte und knarrte, war des Holzes Not in der Wellen Wut.

Sie hatten beide gelauscht, still beieinander, nur die Zehen hatten das zärtliche Spiel der Berührung nicht lassen können. Jetzt lachte Jason höhnisch.

Ohne Medea zu lassen, rief er: »Zum westlichen Ende der Welt sollen wir! Zu Kirkes Insel! Göttlicher Beschluss! Göttliche Weisheit! Wo uns das Meer vorher verschlingt. Möge es uns verschlingen mit unserer Schuld.« Er warf sich jäh an Medea.

»Nur Eine ist schuldig«, sagte Medea noch, »ich allein. Der Liebe bin ich schuldig –«

Dann erstickte Jason ihre Worte. Er hätte sie genommen, jetzt, mit der schrecklichen Kraft des alten Chaos, wenn nicht Stimmen gegen den Aufruhr gewesen wären, helle jugendliche Stimmen gegen den Aufruhr der Elemente.

Über ihren Häuptern erhoben sie sich, es waren die Dioskuren, den Vater riefen sie, den Vater baten sie, abzulassen und Poseidon zu sänftigen, dass er ablasse vom Zorn.

Still lagen die Schuldigen beieinander, stumm lauschten sie der Beschwörung, wortlos rollten sie dahin, wenn das Meer sie umtrieb. Des Fleisches Hitze erlosch. Andere Rührung regierte sie nun: Sie lauschten den Jünglingen.

Dann löste sich Jason, über die stöhnende Treppe tappte er davon. Er ließ sie lange allein. Sie lauschte.

Stampfende Füße hörte sie an Deck, das Pfeifen des Windes in den Rahen hörte sie, einmal war es ihr, als schriee ein Tier.

Dann fühlte sie Jason, lautlos war er hinuntergeglitten. »Die Söhne haben den Vater der Welt beschworen«, sagte er, »ich gab dem Poseidon ein Stierkalb von Saram. Die Woge trug es davon.«

Medea suchte nach seinen Händen. Sie hielt die vom Meere feuchten fest. »Für immer!« sagte sie.

»Für immer!« sagte Jason und führte Medeas Hand dorthin, wo sein Herz schlug.

Im gleichen Augenblick ließ der Sturm ab. Das Meer zwar vermochte nicht alsogleich die entfesselten Massen zu friedigen, noch schlug es machtvoll gegen die gewölbten Planken. Aber der Wind schwieg. Auch brach der Mond durch.

Jason hatte die Luke beim letzten Eintritt nicht geschlossen: Nun schimmerte sein Haar im Silberlicht, auch seine Schultern schimmerten. Und es schimmerten die Schnüre des Ballens, in dem das Goldene Vlies ruhte. Bei diesem lagen sie. Medea hatte seiner oft gedacht in dieser Nacht.

»Für immer«, sagte sie und sah an Jasons Schulter vorbei zum Himmel, der sich rasch mit Sternen füllte.

»Für immer«, sagte Jason. Er langte nach einem Tuch und breitete es über die Entblößte.

*

So denn waren sie gerettet, aus dem Zorn der Himmel und der Wasser entlassen, Poseidon schwieg, nur der Ostwind wehte, unablässig, Tag und Nacht, dahin glitt das Schiff, es bedurfte keiner Ruder, bedurfte es noch des Steuers?

Wer findet im Unendlichen das Ende der Welt? Wer steuert zum reinen Widerspruch? Wer peilt das Unbegreifliche an?

Des Menschen Sinn zwar ist unruhig und ungenügsam: Hartnäckig sucht er Begriff, Grund, Plan und Deutung dessen, was nur der Gott vor den Göttern weiß.

Diese aber hier, all diese Fahrenden auf der Argo, mit den Wundern vertraut, des Wunderbaren selbst fähig, des Umgangs mit Unerklärlichem gewöhnt – gewiss, auch sie suchten Auslegung und Verständnis, wie oft sprachen sie von der Welt, untereinander und mit anderen, wie Orpheus im Nachtpark von Gomar mit Antora; doch da sie mehr als Menschen waren, nicht weil sie aus Götterlenden stammten, sondern weil sie dem entworfenen Bild des Menschen am nächsten kamen – also vielleicht doch durch die Göttererzeugung – da sie also, wie auch immer fehlbar, großen Gemütes und einig und innig mit der Schöpfung – darum nahmen sie hin, die Willensstärken, wenn ein übermächtiger Wille über ihnen war. Sie ergaben sich darein. Das Schiff glitt dahin.

Ein Name des übermächtigen Willens ist Schicksal. Die Argo war ein Schiff voller Schicksale, lauter angefangenen, unerkennbaren noch, beunruhigenden wohl auch, wie auf dem Augengrund von Amphion und Admet, keiner wusste es, alle nahmen es hin. Es würde sich bei der Heimkehr entfalten, das ahnten sie, noch war keine Heimkehr, zur Insel der Kirke ging es, sie nahmen es hin, wie den Wind, der sie stieß. Das Steuer war festgebunden.

Anders war die Fahrt nun als jene erste durch das kolchische Meer. Es herrschte kein Übermut wie nach dem vollbrachten Raub und der geglückten Flucht. Es hatte einen Sturm gegeben und die Stimme der Argo. Zwei Schuldige waren bezeichnet worden, noch waren sie nicht entsühnt.

Dennoch lastete keine Bedrückung auf den Fahrenden. Denn Glück strahlte um Medea und Jason. Täglich mehr erblühte die Jungfrau, nie war Jason mehr Herr der Fahrt gewesen; viele Stunden standen die Beiden stumm am Bug der Argo, ihre Haare flatterten, Medeas Gewand flatterte, manchmal berührten sie sich mit den Händen.

Die Götter schenkten aus Überfluss zum Überfluss. Die Menschen achten eines Geschenkes nur, wenn ein Preis erlegt wurde. Waren die beiden darin Menschen? Kann Schuld ein Preis sein? Alle sahen dies: Die Schuldigen waren glücklich.

Sie waren so glücklich, dass sie das Schiff in Gesang versetzten: Es sangen die Dioskuren vor sich hin und die Boreaden im Takelwerk, Amphions Leier ertönte nachts mit leisem Gesang, ohne Worte, in reiner Melodie. Einmal glaubten sie gar, dass die Argo summe. Sie hatten es alle gehört, aber vielleicht täuschten sie sich.

Nur einer sang nicht. Orpheus. Medea merkte es. Und einmal, als sie an ihm vorüberging, sagte sie leichthin, indem sie das Haupt zurückwarf und dem Dichter fast herausfordernd in die Augen sah: »Alles klingt und schwingt. Nur du schweigst, Sänger der Liebe.«

Orpheus hielt ihren Blick fest und antwortete nach einer Pause: »Ihr werdet meinen Gesang noch nötig haben. Wartet ab.«

Und dann setzte er noch, lächelnd, hinzu: »Du liebst auch ohne mein Lied, tolle dunkle Närrin.«

In seiner Stimme war mehr als in seinen Worten. Wenn Jason nicht wäre, dachte Medea, würde ich diesen lieben.

Weil aber Liebende sich gern ihres Glückes spielerisch rühmen, sagte sie spöttisch: »Du peilst mein Herz, Orpheus, wahrhaftig.«

Orpheus, immer Auge in Auge, sagte: »Wer peilte das Herz einer Frau? Und das deine gar?«

Das Spiel im Spiel ergötzte Medea. Sie hatte einen Scherz auf den Lippen, als Orpheus noch sagte: »Kennst du es selbst, dein Herz?«

»Ja«, erwiderte Medea sogleich, »ja, ja und ja.«

Sie ging heftig davon, zum Bug, wo Jason stand. Orpheus sah ihr nach. Dort ließ man die zwei im stummen Gespräch, ungestört, doch spähte nicht nur Jason nach Land aus.

Es zeigte sich aber nirgends Land, stattdessen veränderte sich das Meer: es wurde milchig-undurchsichtig, auch sonderte es silbernen Dampf ab, der die Horizonte verhüllte. Zudem wurde es immer wärmer. Die Sonne wanderte wie ein zuckendes Auge hinter Schleiern von Ost nach West. Einmal fiel Regen. Lautlos und unerschöpflich, poseidonisch. Die Fahrenden liefen mit Bütten, Kannen, Eimern, spannten Segeltücher, fingen das segensreiche Nass, für sich, für die Lämmer und Hühner, die sie seit Gomar mit sich führten.

»Wie wir abhängen! Wo ist unsere Freiheit?« sagte Orpheus. Er sprach zu niemandem. Er sagte es vor sich hin, im Regen, der von seinem Scheitel troff.

Es hörte ihn niemand, denn man war beschäftigt. Wenn er hätte reden wollen, hätte er auch später kein Ohr gefunden, als sich die Silberschwüle wiederhergestellt und Mensch und Tier in einem Tagtraum verteilten Lichtes dahinfuhren.

Medea sagte zwar zu Jason: »Das ist wie das Licht des Olymp in meinem Traum, von überall her, wenn auch nicht so hell.«

Aber das war schon kein Gedanke, es war eine Erfahrung der Sinne, nur die Sinne sprachen in diesem Silbermeer ohne Horizonte. Auf eine ungeheuer selige Art waren die Fahrenden der Welt entrückt: Kaum gedachten sie des nächsten Zieles, gewiss lag Kolchis weit, weit weg, fast vergaß man der Heimat. Es gab nur Gegenwart in Wärme und weißem Schimmer, die Welt war das Schiff. Sorge, Schuld, Buße, Pflicht,

Vollendung – Worte nur, die Haut atmete, wenn der Wind nachließ, gab es den Sprung über die Reling und die Wolllust im quirlenden Wasser, lau und milchfarben. Es gibt eine Wolllust, und es könnte sein, dass es die tiefste dem Menschen vergönnte ist: herauszufallen aus den Verknüpfungen von Pflicht und Verpflichtungen, ganz den Bindungen entronnen zu sein, in der Bindung einzig der Elemente, heimgekehrt gleichsam zum Ursprung, eingehüllt vom Lebenswasser, selig-geborgen wie in den Wassern des Mutterleibes, gleichermaßen behütet und einfach daseiend, fühlend, dass Dasein Wollust ist, dass uranfänglich und urletztlich Leben nur seine Selbstdarstellung, seine Selbstlust will, im Einklang von Beseeltem und Unbeseeltem (was aber wäre unbeseelt?), die ungeheure Wollust der Rose begreifen, die sich selbst im Schmelz ihrer aufschlagenden Blätter genießt, Aphrodite begreifen und ihr Rosengemach – das alles nicht denkend, nur in Bildern sehend, flüchtig, da sehr beschäftigt: Denn das laue milchige Wasser sprüht um Schultern und Arme, wie braun sie sind, wie die Muskeln sich zeichnen, das Harte im Sanften; die Wärme der Planken unter der nackten Sohle spüren und sehen, wie die Salzbächlein von Brust und Schenkeln rinnen, wissen, dass man schön ist, vielmehr: sich schön fühlend – vollkommen nämlich in einer vollkommenen Welt, berauscht sein von Ich und Welt, wie Jason an jenem Morgen auf der kolchischen Insel, ausschauend nach der Verdoppelung Spiegelglück, denn man kann, solcherweise mit allen Porenweltselig, nur dies eine: den Göttern tanzen; oder das andere: der Welt Glückswillen in der Umarmung doppelt erfüllen.

Alle fühlten dies, keiner dachte dies. Außer Orpheus. Das Wesen der Dichter ist nämlich, dass der Gedanke sie nie verlässt. Atmend noch und heiß. Am Fleische denkend, werden ihre Gedanken Fleisch.

So sind sie die einzigen Schöpfer unter den Menschen. Denn wahrscheinlich ist das All nichts als ein flüchtiger Gedanke des Gottes vor den Göttern. Weil er aber unermesslich und vollkommen, machte seines Gedankens Hauch die Welt, wie sie ist: unendlich und ewig. Und so herrlich.

Ein Blick des Telamon traf Medea. Auch er war aus dem Meer gestiegen, triefend stand er da, mit buschiger Brust, ein Gebirge von Kraft, Strang bei Strang, wilden Blickes unter den nassen Haaren auf der breiten Stirn.

Ob Herakles so ist? fuhr es Medea durch den Sinn. Ist dies des Mannes Reife? Ob Jason so wird?

Sie hob die Brauen, wie es die Frauen tun, wenn sie sich freundlich verweigern, lächelte sogar begütigend, als er sich schon abwandte, dann sprang sie, das Gewand mit der Linken raffend, über Taurollen, Ketten, Geräte hinweg zum Bug, wo Jason lag, das Kinn auf die Arme gestützt, ins Silber spähend.

Sie warf sich neben ihm aufs Holz. »Ein Schiff voller Männer«, sagte sie, »beschütze mich.«

Sie schämte sich sogleich dieser Worte, eines kleinen Mädchens war dies würdig; sie meinte es ja auch gar nicht, sie wollte nur, dass er sich rühre, etwas sage.

Doch er blieb unbeweglich, das Kinn auf den Händen lag er da. Nur einen kurzen Blick aus den Augenwinkeln warf er ihr zu, gleichmütig, wie Liebende tun, die des andern sicher sind.

Medea schämte sich. Und da er noch immer nichts sagte, beugte sie sich in Verwirrung über seine Schulter. Die hellen runden Tropfen küsste sie von seiner Schulter, er war nämlich im Meer gewesen, auch er, und die salzigen Silberkügelchen im Nacken küsste sie fort, dann warf sie sich rücklings neben ihn, sah ihm von unten in die Augen und fragte: »Darf man bei euch jede Frau anschauen? Jeder?«

Die Frage war nicht im Ernst gestellt, sie war Spiel und sollte das Ungeschick von soeben verdecken. Geschickter war sie indessen nicht, aber dürfen Liebende nicht Torheit reden?

Jason antwortete gleichwohl. »Nein«, sagte er, »nur die Götter dürfen es. Und was dich betrifft: nur ich.«

Er sah sie an, und Medea schloss die Augen in Erwartung des Kusses. Er küsste sie aber nicht, wie er auch nachts nicht zu ihr kam – sie hatten Zeit jetzt, ein ganzes Leben lang Zeit. Mit geschlossenen Lidern genoss Medea der Dauer Traum.

Sie spürte, als er sie nicht mehr ansah, und blickte auf. Jason lugte in die Ferne.

»Da vorne ist Land«, sagte er ruhig.

Auch die anderen hatten es bemerkt und drängten sich an der Reling. Das Land war nur ein Strich, ein kaum wahrnehmbarer blauer Hauch im Silberdampf, der nur langsam Gestalt annahm, obwohl die Argo jetzt mit vollen Segeln dahintrieb.

War es die Kirke-Insel? Dämmerte dort das Ende der Welt? Großes, furchtbares Wort! Unausgesprochen ging es unter den schweigenden Männern um. Hatten sie Angst, diese Männer und Jünglinge, die man Helden nannte? Es schnürte ihnen die Brust zu, wie es jedem Lebendigen geschieht, wenn etwas auf ihn zukommt, das übermächtig, unbegreiflich, unentrinnbar ist; das zerstören kann, wenn es will. Nicht Angst des Menschen – Urangst der Wesen befiel die Ausschauenden, wer stürbe gerne? Jedes Atmende will Ewigkeit.

War es das Ende der Welt? Es gab keine Fische im Meer, keine Vögel in der Luft, wie sie sonst des Landes Nähe den Schiffern von weither verraten, auch wurde es immer wärmer. Brennt der Rand der Welt?

Nein, es war nicht die Insel: Das Blau weitete sich, wuchs am Horizont gen Westen, gen Osten, es war eine Küste, es war Land, welches Land?

Die Wärme nahm immer zu, der Silberdunst begann sich zu teilen, noch stets zeigte sich weder Fisch noch Vogel. Stattdessen erfüllte ein Tönen die Lüfte, ein langes Hallen, das wie Klage klang, ein wortloser, unendlicher Ruf des Jammers, der auf- und abschwoll.

Als der letzte Schleier aus Dampf zerriss, waren sie schon dicht an der Küste. Sie sahen einen schwarzen Strand, wie er vulkanische Inseln umsäumt. Doch spie hier kein brennender Berg Feuer und Asche, vielmehr erhoben sich Hügel über dem toten Strand. Auf diesem aber ragten Pappeln, eine Reihe riesiger Pappeln in den Himmel, der sich purpurn verfärbte.

Zwischen diesen standen ungeheure Statuen, nein, es waren keine Statuen, denn der weißen Gewänder Falten bewegten sich, auch ging ein Wind durch die leuchtenden Haare, es waren lebende Wesen, Göttinnen, Titaninnen, etwas Unbegreifliches vom Rand der Welt stand da, zwölf Jungfrauen standen da, die Arme hielten sie vor der Brust gekreuzt, unbeweglich ragten sie so, nur der Wind spielte im Gewand und warf die Locken gegen das Wipfelgezweig der Pappeln. Von diesen Riesinnen kam das klagende Hallen, aus den aufgerissenen Mündern im schmerzversteinerten Antlitz fuhr der Jammerlaut; aus den wimpernlosen Augen flossen die Tränen, unaufhörlich, wie Öl rannen sie über die Wangen, auf die Hände, sie tropften hernieder zum schwarzen Strand, wo das Fließende, auch dies, erstarrte: braune durchsichtige Kugeln warf die Welle klirrend gegeneinander, ehe sie ganz sie ins Meer zog. Es fielen aber die Bernsteintränen ohn Unterlass.

Medea begriff, sie hatte des Helios Töchter erkannt. »Wenden!« schrie sie.

»Wir sind verloren!« schrie sie. »Hier stürzte Phaeton. Das Meer kocht.«

Wieso hatte es niemand zuvor bemerkt? Dies waren ja keine Strudel um das Schiff, es war kochendes Wasser, es brodelte und zischte, entsandte dünnen blauen Dampf. Die Brise trieb ihn aufs Meer hinaus, dort sammelte er sich zum silbernen Nebel.

Wieso hatte niemand bemerkt, dass die Argo litt? Dass sie ächzte und zitterte, dass Harz und Teer aus den Fugen rannen? Dass die schlimmste Gefahr aller Fahrenden, ein Geruch von Versengtem über das Deck strich?

In wilder Angst der Kreatur sprangen sie zu den Rudern, packten die glühenden Griffe, stemmten die Fersen gegen versengende Planken, fort, fort, dies war der Tod, der Doppeltod aus Feuer und Wasser.

Hier also war er niedergestürzt, der göttliche Jüngling, dem goldenen Vater gleich an Schönheit und Kraft. Übermütig aber in der Kraft seiner Jugend, eigenwillig auch und ungeduldig, wie alle Söhne.

Konnte er nicht den Sonnenwagen führen, auch er? Warum versagte ihm der Vater den leichten Beweis? Sind Väter unduldsam, sind sie eifersüchtig auf ihre Söhne?

Sie sind nur weiser. Sie wissen, dass Aufbruch allein nicht alles ist – der Weg vielmehr, der genaue Weg dann!

Er aber, Phaeton, er wollte aufbrechen. So hat er die Rosse des Strahlenwagens vor der Zeit angeschirrt, heimlich, ehe der Vater zu ihnen träte. Sie folgten ihm, sie gehorchten seinem Zügel, zuckend von Gold und Purpur schoss der Sohn am Horizont empor, ich bin es, rief er glücklich, endlich bin ich ich selbst: Phaeton, der Leuchtende, seht mich, seht mich. Er jauchzte im Triumph.

Was aber richtete er an? Erschreckt floh das Getier der Dunkelheit, Nachtfalter erblindeten, wimmernd verbargen sich die Eulen, und die Hähne schrien im Chor, denn sie glaubten ihre Stunde versäumt.

Es erwachten die heimlich Liebenden. Krähten schon die Hähne? Wie flog die Nacht dahin! Ist in der Liebe die Zeit so kurz? Bei allen Himmeln, wie süß war die Nacht gewesen, aber nun waren sie ertappt.

Kopfschüttelnd eilten auch die Landleute zu ihren Äckern, die Handwerker zu ihren Geräten. Verwirrt war der Menschen und Tiere Ordnung an diesem Morgen.

Aber das ganze Erdrund war verwirrt. Denn die Gezeiten verstanden sich nicht mehr, widerstreitend schlugen sie gegeneinander, steigerten sich im Grimme, bis das Meer sich erhob und über die Küsten brach, verheerend, ertränkend, fortreißend. Bis zu seinen Tiefen empörte es sich, und ratlos, in ohnmächtiger Verzweiflung irrte Poseidon durch seinen Palast aus Lazuli und Gold, dessen Wände bebten.

Auch sammelten sich die schwebenden Wasser in den Tälern der Gebirge, an den Häuptern der Gipfel, zu schrecklichen blauschwarzen Drohungen sammelten sie sich – gleich würden sie losbrechen mit vernichtender Gewalt, nicht in Wasserstürzen allein, in Hagelschlägen wohl auch. Der Jüngling aber fuhr dahin. Jauchzend, im Glanz droben, ahnte er vielleicht die Verwirrung drunten, auch konnte ihm des Meeres Toben nicht entgehen, noch die Verhüllungen der Gebirge. Er achtete dessen nicht. Vielleicht dachte er: Ich bin zu früh, ich werfe die Ordnungen um. Wohlan, mögen die fallen! Einmal die Welt anders! Kann sie nicht anders sein? Ich tue es, tue es!

Ein großartiger Wunsch. Ein Jünglingswunsch – die Welt zu verändern. Sie ist aber gebunden, an Gesetze gebunden, unsichtbare und stärker dennoch als Erz. Niemand kann die Welt verändern. Sie ist. Man kann sie nur verwirren. Doch steht sie in Aufsicht.

Zeus also schleuderte den Blitz, gegen Mittag schleuderte er ihn – zur Stunde, die an jenem Tage Mittag war – so lange hatte er des Helios wegen gewartet, aber nun drohte die Welt zu zerbrechen.

Der Jüngling fiel, laut schreiend, noch im Sturze nicht begreifend, warum man ihn auslösche. Er sah nicht mehr, dass sein Vater die Zügel des Sonnenwagens ergriff, die Rosse verhielt, die Ordnung zurückführte. Er fiel, brennend, rufend, den Vater rufend, ja, im Falle ihn rufend, ins Meer schlug er, das Meer entzündete er, dahin war er.

Nicht einmal seine Seele blieb: Im Hades ist sie nicht und gewiss nicht in den Gefilden der Seligen. Nur seine Erinnerung blieb. Es ist eine große Erinnerung. Denn vielleicht gibt es im runden All nichts Ergreifenderes als das Herz eines Jünglings im Aufbruch.

Darum auch stehen zwölf seiner Schwestern am Ort seiner flammenden Vernichtung, in alle Ewigkeit stehen sie da, offenen Mundes im schmerzversteinerten Antlitz, den Sturz beklagend von Schönheit und Mut ohne Zucht, von Aufbruch ohne Weisheit.

Erst als sie sich gerettet hatten, gedachten die Argofahrer all dessen; stumm freilich und jeder für sich. Die Jünglinge zumal sannen in sich hinein.

Noch lange sahen sie das Haar der Heliostöchter leuchten, Türme der Trauer durch die Nacht, wie Meteore sprangen die Bernsteintränen verlöschend ins Schwarze. Der Klagehall aber folgte den Fahrenden weithin, bis zum Morgen hörten sie ihn.

*

Es war der Morgen, da die Klage der Heliaden endlich erstarb, der letzte für lange Zeit, den die Fahrenden erlebten.

Denn sie glitten nun durch ein gleichmäßiges silbernes Licht, weißer Nebel hüllte sie ein, er war durchsichtig und in der Nähe unbestimmbar, er verhüllte jedoch die Ferne. Es gab weder Tag noch Nacht. Nur weiße Dämmerung.

Als sie es bemerkten, sagten sie sich: Erleben wir noch je einen Morgen?

Sie waren genau in ihren Worten geworden, denn sie hatten den Tod erfahren.

»Woran erkanntest du die Klagenden?« fragte Jason. »Wie wussten nichts von ihnen – oder weißt du soviel mehr?«

»An ihren Augen«, antwortete Medea. »Die Sonnensippe erkennt sich an den Augen.«

Das also war das Glitzern auf dem Grund von Medeas Augäpfeln. Jason freute sich dessen. Er dachte über diese Freude nach, und er merkte, dass er reifte. Er wuchs an dieser Jungfrau. Hatte er je mit Medea gehadert? Hatte er ihr je gesagt: Kein Mann ertrüge, dass eine Frau mehr sei? Oder ähnliches?

Er war nicht jeder Mann. Er kam aus des Kentauren Höhle, er war mitten in einem großen Vollzug; für das, was noch kam – war da nicht eine Jungfrau ihm gemäß, auf deren Augengrund Sonnengold glänzte?

Er haderte nicht länger in des männlichen Geschlechtes Dünkel gegen diese Besondere. Er war stolz auf sie. Und das unterschied ihn. Denn des Mannes Sinn ist hart, eng gar. Ungestüm und weit nur in Idee, Entwurf, Ausführung, Tat, in Vollbringung, Werksamkeit. Zum Menschen hin ist er dürr oft, selbstisch – jedes Mädchen übertrifft ihn an Herz.

Der Mann streckt die Hände aus, um zu nehmen, die Frau breitet die Arme zur Übergabe, schenkend, schenkend, sich verschwendend bis auf den Boden der Seele. Wer erreicht die Frauen an Güte?

Dennoch schmäht sie der Mann leichthin, unnachdenkend, nennt sie Räuberinnen der Kraft, Zehrende, an der Tafel von Kolchis ist ihnen das Mahl untersagt, weil sie verzehren werden, später, wenn die Nacht vorrückt.

Was denn verzehren? Des Mannes Lenden, die ihn von Torheit zu Torheit treiben? Sie ertragen sie. Genießend, gewiss, auch sie. Aber doch ertragend, denn noch im Taumel wissen sie: Es ist ein Preis, der einzige Preis, um des Mannes Seele einen Augenblick zu öffnen.

Er wird sich umdrehen, hernach. Oder das Gemach verlassen. Störrisch wird er sein, vergesslich, nie gedenkend, bis er aufs neue eindringt, mit wilden Reden, Schwüren, Versprechen, bloß weil die Lenden fiebern.

Es ist Rohheit im Tun des Mannes zur Frau. Jason unterschied sich. Er begann, seine Seele Medea zu öffnen. Ohne Fieber. Er konnte liebend ihrer gedenken, ohne sie sogleich zu begehren.

Und dass er stolz war, die Sonnenjungfrau gewonnen zu haben? Eitelkeit ist die geringste aller Untugenden, und förderlich ist sie oft. Zudem war die Eitelkeit nur ein Gewürz in dem Stolz, den Jason auf Medea empfand.

Anmaßend sind die Männer zur Frau, Despoten bis auf den Kern. Wenn sie jedoch solchen begegnen, die nicht Wachs in den Händen sind, die Willen, Kraft, Geist, Urteil besitzen, die nicht im Nu seufzend an der breiten Brust liegen, die sich behaupten, weil sie ein Haupt haben – dann werden die Männer unwirsch, gewalttätig vielleicht, oder sie gehen achselzuckend davon, einen bösen Scherz auf den Lippen.

Gekränkt sind sie, und, ohne es zu wissen, erschreckt. In der Bucht von Gomar – den nackten zitternden Fischer hatten die Argofahrer verachtet, die Amazone aber gehasst. Als sie den Winselnden in die Seite stieß, fühlten sie sich alle gestoßen, auch wenn dieser ein Elender war.

Dass ein Weib einen Mann trat! War es nicht das Recht des Mannes, das Weib zu schlagen und es, so es sein musste, an den Haaren zum Lager zu zerren?

Sie hatten das nicht so gedacht, weil niemand Zweifelhaftes genau denkt. Sie waren nur unmutig geworden.

Nicht eben gern waren Medeas Begleiter mit ihr nach Gomar geritten, und was sie dort sahen: im Grunde hatte es sie bestürzt. Ein Reich der Frauen? Eine Ordnung der Frauen? Eine, die nicht nur dauerte, seit grauer Vorzeit, die sogar glücklich machte?

Neugier hatte mit Ärgernis gestritten, denn das Ungemeine war nicht zu leugnen gewesen. Der Auftritt der Dindy-

mene, kurz wie ein Traum, fast wortlos und doch: welche ver-
haltene Kraft, welche Würde, welches In-sich-Ruhen, welche
Gelassenheit, die nur die ganz Sicheren haben!

Sie hatten die Sicherheit des Mannes verloren, waren froh
gewesen, dass die Vogelköpfige mit den unergründlichen Augen sich nie mehr zeigte – mochte Medea mit ihr Geheimnisse der Frauen teilen, die nie ein Mann erfuhr! Gerne auch
überließen sie Orpheus seinen Nachtgesprächen mit Antora.
Mochte er dies alles ergründen! Er hatte es leicht mit den
Frauen, sie schienen sich ihm zu eröffnen. Sie vertrauten ihm,
wohl weil er sie nie begehrte.

Die Dioskuren hatten es auf ihre Art versucht, in der Sicherheit ihrer Schönheit, mit dem Trotz der Jünglinge: Auch
diese werden nur seufzen und zittern, wenn es die Stunde ist.
Sie hatten Erfolg gehabt, ihr Lachen zwischen den Stämmen
des Parkes hatte sie verraten. Aber sie hatten erfahren müssen,
dass es Frauen gibt, straffe braune Mädchen, die des Mannes
Widerpart sind, die sich nicht verlieren, die nicht seufzend vergehen, die vielmehr in der Leidenschaft Stunde Herrinnen sind
und den Mann nehmen, wie er sonst gewöhnt zu nehmen.

Von dieser Niederlage im Erfolg hatten sie geschwiegen,
ein Siegerlächeln hatten sie sich vor den andern zurechtge-
macht, aber sie konnten niemand täuschen.

Die rote Nacht von Saram war allen wie eine Erlösung
gekommen. Und der Ostwind zur rechten Zeit.

Er trieb sie noch immer, der Ostwind. Wie lange fuhren
sie schon dahin? Müßige Frage. Am Ende der Welt gibt es
keine Zeit. Wonach auch messen, da Tag und Nacht sich
nicht mehr unterschieden?

Im Silberschein fuhren sie dahin. Es wurde wieder wärmer, aber auf andere Art. Nämlich nicht, als nähere man sich
einem Feuer, als müsse man erwarten, dass der Dunstschleier
zerrisse und einen Feuerberg freigäbe oder einen Rand von
Feuer, den Feuerrand der Welt; es wurde vielmehr immer
schwüler, feuchter also und drückender, die Luft war so von
Wasser gesättigt, dass Tropfen aus dem Nichts fielen, kein Regen, sondern Tropfen, dass warme Perlen sich aus dem Boden
lösten, auf Haar und Hand, Holz und Segel sich hefteten.

Zugleich belebte sich das Meer: Erst waren es Wolken von fliegenden Fischen, ganze Wolken, die wie metallischer Rauch aus dem Wasser stiegen, dann Delphine, in Scharen auch sie, emporschnellend mit aufgestülptem Maul und peitschender Schwanzflosse; ein Streifen Stille drauf, eine rosa, grün und violett schillernde Wasserwiese von unzähligen Quallen, sanft schaukelnde Hügel aus Wasserfleisch, steigend und fallend mit der Dünung, ... es war, als ob die See Millionen Augen aufschlüge.

Danach begann sie zu kochen. Doch nicht von Feuer. Es waren Fische, immer wieder Fische, ungeheure Züge von silbernen, blauen, roten Fischen. Sie quirlten ums Schiff, Leib an Leib, flossenschlagend, japsend, bedrängt von der eigenen Fülle, des Schiffes Fahrt hemmend.

War alle Fruchtbarkeit des Feuchten hier versammelt? Auch der Tod war da. Mit dem schwarzen Dreieck der Rückenfinne schnitten die Haie durch den wimmelnden Überfluss aus Kiemendurst, Flossenfreude, Schuppenglanz.

Die schwarzen Dreiecke waren wie Segel. Wie kolchische Segel. Medea gedachte der Umzingelung am Munde des Bosporos, und ihr Herz krampfte sich zusammen. Sie dachte das Wort »Zerstückelung«, und ihr Herz krampfte sich zusammen.

Doch gab es hier keine Umzingelung. Vielmehr: Der Tod war umzingelt. Das Leben überwucherte seine gefräßigen Helfer. Soviel sie zerstückelten, verschlangen, blindlings zerrissen — sie konnten nicht eine Welt fressen. Alle Leiber, die sie nicht erreichten, waren voll von Milch und Rogen. Unendlicher Fortgang. Unbesiegbares Wachstum. Unausrottbarer Überfluss. Sieg auf Sieg der zeugenden Lust. Mitten denn im Werke ist Tod von Lust umfangen. Nie siegt er. Das Leben breitet sich aus. Das All weitet sich. Zu welchen Herrlichkeiten wächst es hin?

Gleichwohl kämpft der Tod. Er kämpft hier wie allerorten, allerzeiten. Er sandte der gefräßigen Helfer Feinde, dass sie ihn töten, den Tod, ehe die Dreieckfinnigen sich am Leben überfressen und diesem noch als billige wehrlose Nahrung dienten.

Er sandte die Sägefische, die Schwertfische. Er hatte sie ausgestattet mit den furchtbaren Waffen aus Horn. Sie rammten die Schwerter in das schon erlahmende Fleisch der Maulfische, sie stießen, bohrten, sägten, zerfetzten, fraßen. Aber das Blut mischte sich dem Wasser, wo es noch Wasser gab, nährte den Samen, der überall war, förderte das Leben. War das Weiche mächtiger als das Harte? So wie das Wasser den Fels besiegt?

Die Polypen also, mit den tausend tödlichen Saugnäpfen an den glitschigen Armen, nichts Hartes, kein Horn, kein Knorpel, kein Knochen, kein Gelenk, pure, tödliche Umschlingung.

Aber damit waren sie wehrlos, ausgeliefert anderen Feinden. Sie wurden zerfetzt, zerrissen, zerstreut, wie nur je ein Hai. Und dienten zur Nahrung.

Die Reihen des Todes sind verwirrt. Er kann nicht siegen, da er sich selbst bekämpft. Er kann nicht erfinden, ohne sich selbst zu strafen. Er kann nicht wüten, ohne gegen sich selbst zu wüten. Was er erfindet – er muss es vom Leben leihen. Indem er sich vermehrt, vermehrt er das Leben. Indem er schafft, schafft er Leben. Er ist in Verzweiflung. Der Tod begeht Selbstmord. Er allein.

Zwar ist er ein alter Herrscher. Aus den Zeiten vor dem Gott vor den Göttern. Aus den Zeiten des alten Chaos. Darum hatte er viele Leben. Und er dauert noch. Aber er wird unterliegen, seine Mittel erschöpfen sich – vielmehr: Immer neuen Selbstmord erfindet er, muss er begehen.

Er muss verlieren. Niemand weiß, was er mit seinem Zwillingsbruder Chaos entwarf. Wie er die Welt wollte. Denn der Entwurf ist schon verdorben, der Bruder besiegt. Nichts vollzieht sich, wie diese planten. Zu zweit hatten sie es wohl gemacht, wie sie wollten, nur zu zweit. Aber nun war das Chaos besiegt.

Jener Jüngling war es gewesen, der Ganymed auf der Veilchenwiese mit den schimmernden Würfeln betrog. Wieso durfte er nicht betrügen – im folgenlosen Spiel – wo er das mächtige alte Chaos überlistet? Man wusste nicht, wie. Darüber gab es keine Kunde. Man wusste nur, man erfuhr es ja, man sah es ja tausendfach, dass er des alten Schöpfer-Zerstörers Kraft in seinen Dienst gezwungen. Die Welt rund gemacht hatte. Und so, dass sie immer wuchs.

Mit dem Tod hatte er nichts zu schaffen. Nichts zu fechten. Er verachtete ihn. Er wartete, gelassen, auf dessen letzten Selbstmord. Wartete? Nach der Zeit der Menschen wartete er auf das, was nach der zeitlosen Zeit der Götter schon geschehen.

Wenn er Ganymed betrog, so kam dies aus der Übermacht des übermächtigen Siegers. Eros konnte nur dann gewinnen, wenn er, der alles gewann, den sicheren Sieg erschlich. Nur so erntete er selbst Vergnügen. Die vom Zorn geröteten Wangen des Ganymed waren sein Spielgewinn. Hatte er nicht ein Recht auf bescheidene Freude, er, der alle Freude schenkte, der die Welt auf Freude baute, aus Freude baute? War er nicht der Einsamste? Er, der alle Liebe schenkte. Wer liebte ihn?

Zwar munkelten die Menschen, es gäbe Anteros, die Gegenliebe, den Vertrauten des Eros. Aber niemand hatte ihn je gesehen, es bestanden keine Berichte von den Abenteuern der beiden, die doch stürmisch sein mussten und erzählenswert.

Darum gab es solche, die an ihm zweifelten. Es waren diejenigen, die gewalttätig mit den Frauen verfuhren, die sich auf dem Lager schroff umdrehten oder aus der Türe gingen. Es waren diejenigen, die Ich-Ich-Ich dachten. Und fühlten. Und taten.

Dennoch haben sie unrecht. Selbst ein so mächtiger Gott wie Eros ertrüge es nicht, allein zu sein. Gewiss verbarg er Anteros. Den köstlichsten Schatz verbirgt man: Es gibt zu viel Diebe.

Wenn Eros mit Ganymed betrügerisch-diebisch spielte, so geschah es, weil er durch ihn an den Tod erinnert wurde. Zwar war der Tod, mit dem Chaos, schon längst überwunden – Tod, wo ist dein Stachel, Chaos, wo ist dein Sieg? – und kein Gegner mehr. Auch war Ganymed nicht des Todes, sondern das blühende Leben. Aber er blendete so von Schönheit, dass Zeus, der Götterfürst selbst, besinnungslos den Tod erleiden würde, für ihn, wenn er nicht unsterblich wäre.

Wunder, Wunder. Rätsel, Rätsel. Widersprüche, die in Harmonie vergehen.

Medea dachte manches von diesem, Jason dachte dies und das, Orpheus dachte vieles, alle schauten ins Meer, das mit brodelndem Leben gefüllt war. Dann sahen sie den ersten Drachen.

Er kam lautlos daher, in Höhe des Mastes flog er dahin, ganz gepanzert mit braunen gerillten Platten, vom Hals zum Schweif lief über den Rücken der Kamm aus Zähnen von Horn; der Kopf war abgeplattet wie bei einer Eidechse, doch setzte er sich fort, verjüngte, verfurchtbarte sich zu einem riesigen scharfen Dorn, wie ihn die Lanzenfische hatten, die drunten mordeten.

Nahm er wahr, was drunten geschah, sah er die Argo, hatte er Augen? Es musste zwischen den Rillen des flachen Panzerhauptes Augen geben, denn er nahm sehr wohl auf: Ein ganz leises Zittern ging durch die gigantischen Fledermausflügel, auf denen er dahinsegelte, vielleicht hob sich der linke ein wenig, also dass der Koloss in leichter Schräge, lautlos noch stets, auf das Gewimmel niederschoss, um sich sogleich wieder zu erheben.

Aufgespießt am schwarzen Dorn erlitt ein Helfer des Todes, der Polypen einer, den Tod. Salzwasser troff von ihm herab, blaue Fische fielen von seinen zuckenden Armen ins Meer zurück, er verzehrte nicht mehr, er wurde verzehrt. Lautlos trug der Drache das Knäuel, das Gebirge aus rosa Fleisch davon, entschwand im Silberdunst. Auch das Opfer hatte, im wildesten Aufruhr seiner trostlosen Abkehr, keinen Laut gegeben. Im Reich der Wasser ist der Tod stumm.

»Wo uns solches begegnet, sind wir nahe am Rande der Welt«, sagte Jason. In diesem Augenblick durchstieß die Argo den Silberrauch.

Er hörte plötzlich auf. Er war wie in Medeas Traum – und an diesen dachte sie auch – da sie mit den Göttinnen durch die Felsen ging wie durch Rauch, bis neue Helle aufbrach.

Hier lag ein tiefblaues Meer, das Kreisrund eines blauen Meeres, denn in weitem Bogen schwang die Mauer aus wallendem, wogendem Silber um diesen Bereich lang entbehrter Klarheit, sie reichte hoch hinauf, die Ringmauer aus Dampf, den Horizont umschloss sie, aber einen leuchtend blauen Himmel gab sie frei über dem blauen Meer. In diesem schwamm die Insel.

Mit großen Felsen stieg sie steil aus den Wassern, dunkles Grün in Spalten und Schründen, mit zwei Gipfeln erhob sie sich, und es schienen weiße Häuser auf dem Sattel zwischen den beiden Erhebungen zu schimmern. Doch nahmen das die Nahenden nur flüchtig wahr. Denn indem sie die Insel sahen, sahen sie das Andere, das ihnen den Atem verschlug. Waren die Heliaden riesig gewesen? Fing sich das goldene Haar ihrer Scheitel in der Krone hochragender Pappeln? Die Thronende hier war über aller Vorstellung, über jedem Begriff.

Sie ruhte auf dem höheren der beiden Gipfel, ihre Füße hatte sie auf den geringeren gesetzt, dort glühten die Riemen ihrer goldenen Sandalen wie Bäche von flüssigem Gold über den Schroffen und Schründen. Erdnussbraun das Gewand, in schweren Falten hing es von den gewinkelten Knien zu jener Stelle herab, wo die Häuser zu schimmern schienen. Von den Armen war es herabgeglitten, denn diese waren zum Himmel erhoben. Eine Purpurwolke stand dort reglos im Blau, zu ihr hatten sich die übermenschlichen Arme erhoben, in ihr wirkten die unvorstellbaren Hände, denn manchmal schoss ein weißer Blitz aus dem Rot, wie von den Flanken der Marmorberge, wenn sie die Sonne trifft. Wurde dort am Lichte gewirkt?

Keiner würde je dieses Bild vergessen, obwohl es verschwand, jähe, lautlos, wie jener Trug aus Städten, Palmen, Brunnen, der die Wandrer in der Wüste narrt. Doch dies war kein Trug gewesen.

Mit niedergeschlagenen Augen sagte Jason zu Medea: »Kirke.« Er sagte: »Wir sind am Ende der Welt. Wir sind am Ende des Begriffes. Wir sind dort, wo kein Mann mehr etwas vermag.«

Er sagte nach einer Pause: »Oder sind wir am Anfang der Welt? Haben sie zu Gomar recht, dass der Grund des Seins weiblich ist? Kommen wir aus der Hand von Titaninnen? Wird hier das Licht gewebt? Wer ist Helios?«

Nach einer neuen Pause setzte er noch hinzu: »Wir sind wiederum dort, von wo ich dich nahm. Bei Rätseln, Rätseln, Rätseln.«

Jetzt schrie er beinahe, doch sank seine Stimme sogleich ins Tonlose zurück. »Es ist deine Sippe«, murmelte er, »es ist deine Herkunft, du allein weißt hier Rat. Führe uns, rate uns, leite mich, der ich zu Zielen führen wollte, Sternzielen, die mir von Unbegreiflichem immer aufs neue verlegt. Immer weiter treibe ich ab. Ich bin in deiner Hand, wir alle sind es. Befiehl, Mächtige, was sollen wir tun?«

»Sei der Mann, den ich liebe«, antwortete Medea sehr ruhig. »Beschäme mich nicht vor Kirke. Es ist Gefahr hier. Für dich und deine Gefährten. Ich erkläre nichts. Wir haben zuviel schon gesprochen. Dies hier ist ein Ort des reinen Geschehens. Geht hinein und bewährt euch. Dein Sternenziel – hier kannst du den pfeilgraden Weg zu ihm beginnen. Nichts wird dir mehr im Wege stehen, wenn du durch dies hier noch gingest. Du musst es selbst vollbringen. Ich werde nur helfen, dass ihr hier nicht zu bleiben braucht. Man wird euch verlocken, hier zu bleiben, für alle Ewigkeit. Hüte dich. Ich helfe nicht. Ich helfe nur für den möglichen Aufbruch.«

Einen Augenblick stockte Medea. Dann setzte sie noch hinzu: »Bin ich eine Mächtige? Ich bin ohnmächtig an deiner Schulter. Beweise, dass ich mich dem Rechten ergab.«

Heiter sagte sie: »Schlage die Augen auf. Siehe, wie fröhlich das Meer ist.«

Jason erhob die Augen, er sah auf die Fläche. Najaden tummelten sich da und Tritone, im muntren Spiel der Verfolgung, des Haschens, Entweichens, der fast gewährten Berührung, des spöttischen Tauchens dennoch.

Sie waren sehr beschäftigt. Da sie es aber seit aller Ewigkeit und für alle Ewigkeit so trieben, unendlicher Erfüllung in unendlicher Zeit gewiss, ließen sie leicht von einander, als das Fremde, das Unerwartete, das Niegesehene, als die Argo erschien. Sie kamen heran, plantschend, tauchend, lachend mit großen Augen der Verwunderung zugleich. Sie riefen Laute, die nur Orpheus verstand, hoben die triefenden Arme, wiesen zur Insel, von allen Seiten kamen sie heran.

Es gab keinen Wind mehr, schlaff hing das Segel herab, auch die Ruder hatten die Argofahrer vergessen – gleichwohl fuhr das Schiff dahin, von unsichtbarer Kraft gezogen.

Voran schwammen die Tritone. Sie hatten die Muschelhörner an die Lippen gesetzt, von den schon nahen Schluchten und Schroffen hallte der schöne runde Ton verdoppelt zurück, milder Donner des Glückes, perlmutterner Schall der Ewigkeit.

Längsschiffs glitten die Najaden. Ihr grünes Haar spielte um die weißen Schultern, aus schrägen Augen sahen sie zu den Männern auf. Sie sangen vor sich hin, in den Pausen lächelten sie. Erst am Eingang der Bucht blieben sie zurück. Auch der Muschelruf der Tritone brach ab. Knirschend stieß der Argo Kiel in den Strand. Im kristallenen Wasser sah man jeden Kiesel.

Medea blickte die Gefährten an. »Jason wird mich zu Kirke leiten«, sagte sie. »Man wird euch später rufen. Kommt unbesorgt. Es gibt nur eine Gefahr hier: die Lockung. Wer ihr erliegt, kehrt nimmer heim. Ein Jeder hält hier sein eigenes Geschick im eigenen Willen.«

»Doch tötet nichts hier«, fügte sie noch mit einem Blick zum Strand hinzu, »auch dies wäre verderblich.«

Es waren nämlich am Ort der Landung keine Wesen menschlicher Gestalt erschienen, doch wimmelte es von Getier aller Art. Riesenhirsche mit weit ausladendem Geweih waren da und ihre Hindinnen in Rudeln; Wölfe daneben und Schakale, Hyänen, auch Bären und viel kleines, huschendes Pelzvolk: Marder, Iltisse, Füchse, Hasen. Es sprang durcheinander, rieb sich aneinander, verdrängte sich wohl auch, doch stellte keines dem anderen nach.

Gleichwohl war es beunruhigend, wenn beim Hinaufsteigen eine feuchte Schnauze sich an Jasons Hand drückte und er, zur Seite schauend, auf ein geflecktes Pantherhaupt, auf das Schwarz-Gelb eines Tigers blickte. Es kostete Mühe, das Schwert nicht zu ziehen. Die gelbmähnigen Löwen indessen liefen den Pfad voraus. Manchmal blieben sie stehen und sahen zurück.

Es war sehr warm. Auch duftete es allerorten, sprühte es von Farben im Gezweig: Jasmin, Lorbeer, Flieder, Oleander – all das wussten sie wohl. Es gab aber auch zahllose unbekannte Blüten, riesige fleischfarbene darunter, die an Luftwurzeln herniederhingen wie gierige Münder. Schwer war die Luft von Tier- und Blütenruch.

Das Tiergewimmel nahm zu. Seltsame Mischformen brachen durchs Gebüsch: Chimären aller Art, gefügt aus widersprechenden Gliedern, geflügelte Hunde, Vögel mit Iltisköpfen, schlangenschwänzige Wolfe, es grummte, raunzte, schnüffelte, glotzte und stob davon. Dafür kamen andere heran. Auch Silene und Faune zeigten sich jetzt. Wie unten die Tritonen das Schiff geleitet, so sprangen diese den Steigenden voran, mit peitschenden Schweifen und zitternden Spitzohren. Dabei stießen sie kleine, heisere Schreie aus.

Der Palast lag in der Senke zwischen den beiden Gifeln. Weiße Würfel mit den Arkadenreihen von rotschäftigen Säulen mit dem meerblauen Kapitell.

Kirke trat ihnen im ersten Vorhof entgegen. Sie trug das erdnussbraune Gewand und die goldenen Sandalen, ganz so wie sie es gesehen hatten, nur hatte sie menschliches Maß angenommen, nur um ein geringes überragte sie Medea. Sie lächelte und reichte beiden wortlos die ausgestreckten Hände. Als Jason von der Göttin berührt wurde – sie war es, die ihn berührte und seine Finger umschlossen hielt, denn seine Hände waren reglos vor Befangenheit – als die Haut der Göttin die seine berührte, war es, als flösse Feuer in ihn.

Er ermannte sich und schlug die Augen auf, er wusste doch, dass Medea die Lider gedeckt hielt, um sich nicht gleich zu verraten. Hier musste er handeln. Er erhob den Blick und sah sogleich das Sonnengold auf dem Grund der dunklen Augen. Er sah aber noch mehr: Er sah, dass diese Goldaugen schwer auf ihm ruhten, auch ließen die feuerverströmenden Hände nicht ab. Seine Befangenheit wuchs.

Plötzlich löste Kirke den Griff, wie zufällig, strich sich durchs Haar, das in schwarzen Flechten über die Schultern fiel, dabei entblößte sie die weißen Arme. Die Reifen um die Handwurzel schlugen klirrend aneinander, es waren Schlangen aus Gold mit roten Augen von Rubin.

Jetzt muss ich es tun, dachte Jason. Er riss sein Schwert aus der Scheide und stieß es in den Kies des Vorhofes. Leicht schwankend stand es zwischen ihm und Kirke.

Deswegen bin ich gekommen, hieß das. An diesem Schwert klebt Blut, Göttin. Heile mich.

Diesmal nahm er es auf sich, auch hatte er es ja getan, er sollte sprechen, eine Geschichte erzählen, die sie sich zurechtgelegt hatten, die Namen verschweigen, die Reinigung erlangen.

»Darf man eine Reinigung erschleichen?« hatte Jason Medea gefragt.

»Wie immer man zum Wasser kommt – nach dem Bade ist man sauber«, hatte Medea in seltsam hartem Ton geantwortet. »Wir können das Furchtbare nicht sagen, an das wir nicht einmal zu denken wagen.«

So war es entworfen. Alles fiel zusammen im ersten Augenblick. Denn Kirke lächelte stärker jetzt und, beinahe spöttisch, sagte sie: »Sieh mich ruhig an, Medea. Oder glaubst du, dass ich mein eigenes Blut nicht erkenne? Und für unwissend hältst du mich? Fern, fern, am Rande der Welt? Getrennt vom Geschehen durch Nebel und Silberdampf? Blind? Mit meinen Augen?«

Sie lachte ein dunkles, warmes Lachen, tief in der Kehle.

»Ich sah euch seit dem Sturm. Meinst du, ich hätte die Argo nicht gehört?«

Freundlich war die Stimme, tief und dunkel, ein wenig spöttisch, aber freundlich immer. Doch die Sätze fielen wie Keulenschläge.

»Ich kann nicht auf alles achten, was dort geschieht«, Kirke machte eine Geste zu jener Stelle der weißen, wogenden Mauer, hinter der liegen musste, was die Menschen Osten nannten. »Ich kann nicht auf alles achten. Das Wirkliche geschieht ja hier.«

Diesen Satz sagte sie sehr stolz und sehr herrisch. Im vorigen Ton fuhr sie fort: »Ich kann nicht auf alles achten, ich bin hier sehr beschäftigt, aber wenn mein Name gerufen wird – wie sollte ich da nicht hinschauen?«

Medea und Jason wagten nicht aufzusehen. War dies schon die Buße, diese Erniedrigung? Kam die Strafe so?

Es war töricht, in Kirkes Nähe zu denken – genau so gut konnte man laut sprechen.

Kirke sagte nämlich: »Strafe? Mir gefällt, was ein Weib um des Mannes willen tut, mir gefällt, was ein Mann um des Weibes willen tut. Mir gefällt, was um der Liebe willen geschieht. Ihr habt euch sehr geliebt in jener Sturmnacht, warum habt ihr euch nicht genommen?«

Es war entsetzlich. Was noch denken, wo jeder Gedanke ein lautes Wort war? Wohin blicken?

»Schaut nur auf«, sagte Kirke. Sie stieß spielerisch gegen des Schwertes Knauf, dass es hin- und widerschwankte.

»Ein Mord«, sagte sie. »Und Anstiftung zum Brudermord. Was schon? Bei den Wassern der Vorzeit: Hat Kronos nicht seine eigenen Kinder verschlungen? Hat Rheia nicht, als sie den Zeus von Kronos erwartete, mit Himmel und Erde beraten müssen, wie sie den Künftigen retten könne? Gebrauchte sie nicht ausgesuchte List, um den Erwarteten in einer Höhle Kretas insgeheim zu gebären, ihn reifen zu lassen? Spann sie nicht mit dem Sohn den Plan gegen den Vater? Hat Zeus nicht den Vater vom Thron geworfen?«

Aus dem Chaos zur Ordnung, dachte Jason blitzschnell. Blitzschnell bereute er, gedacht zu haben, es war aber zu spät.

»Ordnung«, sagte Kirke in unverändertem Ton, in fürchterlicher Überlegenheit. »Mit eurer Ordnung verwirrt ihr die Welt. Indessen jeder und jedes doch aus ihr ausbricht. Und dann heißt es: Schuld, Buße, Sühne. Dann schlägt der Blitz in meines Bruders Brust.«

Kirkes Stimme blieb unverändert. »Helios ist älter als Zeus, ich bin älter als Zeus. Er hat keine Macht über mich. Der Vater hat sich in die Ordnung gefügt. Wie er sie vollzieht! Vielleicht ist die Ordnung des Zeus verloren, wenn Helios sie nicht tagtäglich bestätigte?

Meinen Bruder hat er dafür geopfert, der so schön an allem rüttelte. Ich sehe den Vater nicht, Medea, seither, ich spreche ihn nicht. Ich kenne seine Gründe nicht. Ich will sie nicht kennen.«

Kirke streichelte einen Leoparden, der sich an sie schmiegte. »Zwölf meiner Schwestern beweinen den Verrat. Ihr habt sie gehört und gesehen. Ihr sahet, was ein Schmerz ist, bis in alle Ewigkeit werden sie klagen, anklagen.

Ich klage nicht. Ich wirke die Welt, wie sie war vor dem Selbstgerecht-Thronenden, wie sie sein wird nach ihm; die Unveränderliche, Uralte, Urewige, die Unerschöpfliche, Bunte, Wilde.«

Diesmal sprach sie leidenschaftlich. Und eben jetzt unterbrach sie Medea.

»Du liebst, was ein Weib um des Mannes willen, aus Liebe, tut«, sagte sie. »Ich bin entschlossen, dem Manne Jason in die Welt zu folgen, in der des Zeus Ordnung gilt. Es ist uns aufgetragen, bei dir Entsühnung zu holen. Gib sie uns. Um der Liebe willen.«

Kirke sah sie an. »Es ist eine neue List des Zeus. Er will Gewalt über mich. Wenn die Argo sprach, kam die Stimme aus dem Holz seines Haines. Er spielt mit euch gegen mich. Wenn ich euch reinige, nach seinem Gesetz, bin ich unter seinem Gesetz. Dennoch helfe ich euch. Ich helfe dir, weil du von gleichem Blut. Ich helfe Jason – weil er Jason ist.«

Dabei ruhte ihr Blick wiederum schwer auf dem blonden Mann. Sie klatschte in die Hände, und es erschienen Dryaden, Baumnymphen und Quellnymphen. Kirke trug ihnen auf, Opferbrot und Sühnemittel im Hause zu verbrennen, Weihrauch auch, und im Herd den Saft von Früchten zu spenden. Doch keinen Wein. Denn Wein ist der Schöpfung Blut. Sie befahl alles sehr genau, da es den Nymphen ja ungewohnt war. Auch verlangte sie eine Amphora mit frischem Quellwasser.

Die Nymphen eilten davon, der Krug wurde gebracht, Kirke schüttete das klare Wasser über die Hände von Jason und Medea.

Dazu sprach sie: »Ich reinige euch von Schuld nach den Gesetzen der Welt, zu der ihr strebt. Abgewaschen ist, was befleckt, was Schatten wirft, nach jener Ordnung. Gehet heil davon, so ihr von hier gehen wollt. Ihr seid entsühnt.«

Kirke sammelte Atem, dann sagte sie mit harter Stimme: »Weil ich vom Anfang bin, habe ich Macht, dieses zu tun. Doch der Anfang kennt keine Schuld. Vor mir seid ihr schuldlos, bei mir seid ihr schuldlos, die Wasser des Styx mögen mich verschlingen.«

Ein Donner fuhr durch die Insel, das Schwert im Kies fiel um. Trüb wurde das Licht.

Der große Eid beim Styx! Das uralte Wasser hatte Kirke aufgerufen, die Schöpfungsflut aus des Chaos Zeit, den schwarzen Strom in des Erdreichs tiefster Nacht. Den Unversiegbaren hatte sie beim Namen genannt, der die Meere speiste, die Wolken also, die Flüsse und Bäche, den Unbesieglichen, da er das Element selbst des Lebens war. Ohne ihn keine Welt, ohne ihn kein Olymp, keine Veilchenwiese, kein Nektar.

Wie alle wahrlich Mächtigen konnte er schweigen, drunten dunkel fließen und wissen, dass er das All tränkte. Rief man ihn aber an, so erwachte er gleichsam zur Bekräftigung seiner Kraft. Schlug zu, wo man seiner Macht spottete. Und gerne holte er aus gegen den verhassten Olymp. Hermes hatte es erfahren.

Beim Styx zu schwören, war der höchste und furchtbarste Eid der Götter. Hermes indessen, leichten Herzens und loser Lippe, hatte lachend auf ihn einen Meineid geschworen. Er war augenblicklich zusammengestürzt, wie tot war er gelegen, ein Jahr lang, ohne Bewusstsein, ohne Atem selbst. Als er sich dann, fast gelähmt noch immer, zitternd und ohne Lachen nun, erhoben, hatte ihn der erzürnte König der Götter auf neun Jahre der olympischen Tafel verwiesen; auf der Erde war Hermes herumgeirrt, niedere Arbeit leistend; verfolgt neun Jahre lang, von immer neuen Racheschlagen der erzürnten Urmacht. Seither wussten die Götter, dass auch sie nicht straflos der Kräfte spotten konnten, die diese Welt zusammenhalten.

Und diesen gewaltigen Eid hatte Kirke getan. War denn die Schuld so groß? Medea und Jason sahen sich an. Sie lasen in den Augen, dass sie beide dasselbe dachten: Es geht gar nicht um unsere Schuld, es war ein Kampf der alten Mächte mit den neuen, um den Vorwand unserer Schuld. Kirke hat gesiegt. Sie hat die List des Zeus überlistet. Wir wollen in die neue Welt, die alte hat uns gereinigt – nur sie konnte es auch. Stammte nicht unsere Tat aus des Chaos Bereich, wo es nicht Gut, nicht Böse gibt? Ist Kirke nicht von dort? Ist sie nicht jenseits von Gut und Böse? Lacht sie nicht jeder Schuld? Wie auch immer: Wir sind frei, mit einem Donnerschlag sind wir befreit. Die Zukunft liegt offen.

Sie dachten das alles sehr schnell, sie wussten auch, dass Kirke ihre Gedanken las, es war ihnen gleichgültig. Eine heiße Woge des Glückes stieg in ihnen auf – am liebsten wären sie einander in die Arme gefallen.

Kirke lächelte. »Es wurde ein wenig trübe«; sagte sie. »Wenn man die schwarzen Wasser ruft ...«

Sie schnalzte mit den Fingern: Sogleich nahm das kristallene Licht wieder zu.

»Kommt jetzt herein«, forderte Kirke auf, »ruht euch aus, wie lange ruhtet ihr nicht auf Polstern? Nehmt eine kleine Erquickung drinnen, speisen werden wir alle hernach, ich schickte schon zu euren Gefährten. Ich sandte dein Schwert mit, Jason, als Zeichen, dass sie ohne Furcht kommen können.«

Jason schaute verblüfft auf den Kiesgrund des Vorhofes, dort wo sein Schwert gelegen hatte, nach dem Donnerschlag. Ein Faun musste es unbemerkt, auf einen gedachten Befehl Kirkes, entwendet haben. Es wimmelte um sie von Faunen und Silenen, die mit zitternden Spitzohren lüstern zu Medea äugten. Kirkes Blick aber ruhte auf Jason.

»Du bedarfst ja hier seiner nicht. Auch ist es entsühnt. Es ist so blank, wie nur je das Schwert eines Mannes war. Kommt herein. Das ganze Haus duftet nach Sühne, möge es Zeus im Olymp erfreuen.«

Mit einem kurzen, trockenen Lachen ging sie voran durch die Gänge. Die Luft war schwer von Weihrauch und verbrannten Opferkuchen. In einem freundlichen, hellen Gemach saßen sie auf olivgrünen Polstern nieder. Durch die weißen Fenster sah man aufs Meer, wo sich die Tritonen tummelten. Manchmal hallte ein Muschelhorn.

Nymphen brachten Krug und Becher, Mandelkerne auch und Nüsse in geflochtenen Schalen. Sie tranken. Der Wein war mit Honig gemischt.

»Nur weil Kronos vom Honig berauscht, hat Zeus ihn überwältigen können«, sagte Kirke, indem sie den Becher absetzte. »Damals gab es ja noch keinen Wein. Es wundert mich doch, dass Dionysos Einzug auf dem Olymp hielt – rüttelt nicht der Wein an eurer gerühmten Ordnung?«

»Der Wein ist das Feuer der Ordnung«, versetzte Jason kurz. Er wurde ungeduldig.

Kirke sah ihn an. »Wenn er sie nur nicht verzehrt ...«, lächelte sie. Sie nippte am Becher und fuhr fort, indem sie Jason aus schmalen Lidern betrachtete: »Du scheinst nicht nur stark und schön, du scheinst auch klug zu sein. Feuer der Ordnung? Vielleicht behütet sie das vor Erstarrung. Vielleicht bedarf Zeus des Dionysos. Er bedarf ja noch immer der alten Mächte, ernennt sie freilich zu Brüdern und Schwestern, um sie sich zuzuordnen. Und die anderen folgen seinem Beispiel: Hera, die sich die Mutter der Hekate nennt, wo jene war, als Hera noch nicht war, und doch die Tochter der Nacht ist ... Hast du dich nicht gewundert, Medea, du Vertraute der Nachtkönigin?«

Medea erschrak. Wie weit reichte der Kirke Vermögen? Hatte sie sogar ihren Traum gesehen? Denn eben wie Hera von ihrer Tochter gesprochen, das hatte sie verwirrt. Man konnte zweifeln, ob nicht Rheia und Hekate dieselben seien – aber Tochter der Hera?

Kirke hatte indessen mitleidslos fortgesetzt: »Um nicht von Aphrodite zu reden, die den Eros ihren Sohn nennt, wo er doch –«

Jason war unmutig geworden, denn er hatte Medeas Verwirrung bemerkt. Schnell fiel er Kirke ins Wort.

»Als Schutzflehende sind wir zu dir gekommen. Tief stehen wir schon in Dankespflicht. Aber wir sind auch Gäste, ermüdete Gäste, nach langer Fahrt und vielen Abenteuern. Warum trachtest du, unsern erschöpften Geist zu verwirren? Warum versuchst du mir des Olymps Bilder umzuwerfen? Gewiss hat alles sein Recht und seinen Sinn, auch wenn ich ihn nicht erkenne. Es soll mir genügen, dass Eros selbst, der Mächtige, in der neuen Ordnung wirkt.«

»Doch sprich mit Orpheus darüber«, sagte er abbrechend, »er ist vertraut mit den Oberen und den Unteren, und spricht immerfort von der Welt Fügung. Von nichts anderem spricht er. Er wird ja gleich an deiner Tafel sein.«

Mit ihrer schrecklichen Überlegenheit antwortete Kirke: »Eine liebe Nichte empfange ich heute, zum ersten Male sitzen wir Angesicht in Angesicht. Wie sollten wir nicht von unserer Familie reden, wie es Verwandte tun? Sie ist sehr weitläufig, wie du bemerkst, und etwas verwirrt, wie es bei großen Familien geht. Wir entwirren das Knäuel ein wenig. Du solltest zuhören, Jason, wo es doch auch deine Familie sein wird. Wann soll das schöne Fest der Vermählung gefeiert werden?«

»Sogleich bei der Heimkehr«, erwiderte Jason kurz. »Bei der Heimkehr —«, murmelte Kirke. »Das ist weithin. Noch seid ihr am Rande der Welt. Bei einer, die sich nicht unterwarf.«

Sie zählte die Mächte auf, die sich nicht unterworfen, die nur schwiegen und warteten, jede auf ihre Art. Auch von Kronos sprach sie noch einmal, den Zeus nicht tötete, nicht töten konnte, und der nur wartete, in seinem Turm der Zeit, auf der Insel der Seligen.

»Denke darüber nach, Jason«, sagte Kirke in offenem Hohn, »was es heißt, dass Kronos auf der Insel der Seligen seiner Stunde harrt. Du bist doch klug, brauchst gewiss nicht den Orpheus zu fragen. Auf den Inseln am Rande der Welt sitzen wir, wir Unbeugsamen. Wir Uralten. Auch dies ist eine Insel der Seligen ...«

Wie sie das Wort »Uralte« aussprach, lächelte sie stärker, und es geschah ein Zauber. Kirke war ohne Alter, wie es Göttinnen sind, blühend in der Blüte des Lebens, doch ohne Alter. Jetzt verwandelte sie sich. Sie verjüngte sich, vor den Augen der staunenden Gäste schwand alles, was Kirke war, aus dem Antlitz der Versucherin. Der mächtige Wille verging, der Spott schmolz hin, das, was erhabene Verruchtheit war, wenn die Maße galten, mit denen Jason maß, löste sich auf — ein Kirschenmund wölbte sich, die Pfirsichfarbe der Unschuld erschien auf den Wangen, in die Augen trat der feuchte Glanz der Jungfrau: Auf der olivengrünen Bank streckte sich, die Schläfe auf den Ballen der Hand gestützt, verschämt lächelnd, ein eben erwachendes Mädchen.

Kalt wie ein Messer fuhr die Angst durch Medea. Das war die Gefahr. Größer, als sie geahnt. Listiger und ganz unberechenbar. Und jeder Gedanke vor dieser da wie ein lautes Wort! Sie waren verloren.

Jason aber war aufgestanden. »Wunder über Wunder«, sagte er mit einer seltsam vibrierenden Stimme. »Wirst du mich gleich in einen Knaben verwandeln, Allgewaltige, dass ich nochmals beginne bei meinem Lehrer, dem großen Kentauren?«

Er erhob plötzlich die Arme, und jetzt schrie er: »Siehe deinen Knaben, Chiron! Siehst du mich, Chiron? Erwartest du mich am Strand von Pagasai? Ich komme. Ich bin auf dem Wege. Alles ist vollzogen. Chiron, Chiron! Siehe deinen Knaben!«

Und dann rief er noch einige Worte in kentaurischer Sprache. Da er das tat, war es, als trübte sich das Licht, wie vorhin beim Donnerschlag. Dies konnte Täuschung sein. Nur lag auf den olivgrünen Polstern kein erwachendes Mädchen mehr, sondern Kirke. Und mit einer Zornesfalte zwischen den Augenbrauen.

»Ich hätte es bedenken sollen«, sagte sie vor sich hin. Und zu Jason: »Sie sind nützlich, die alten Kräfte, nicht wahr?«

Sie hatte die Fassung verloren, ihre Stimme verriet sie. Auch war es Jason, und so etwas spürt man, als könne sie plötzlich nicht mehr in seinen Gedanken lesen. Laut sagte er: »Niemand leugnet die alten Kräfte – nur sollen sie der Harmonie dienen, welches ein anderer Name der Ordnung ist. – Dies da«, wies er rasch zum Fenster, wo ein hundsköpfiger Vogel vorbeiflatterte, »ist Missform, Irrweg, Widerspruch. Die Schöpfung kann das nicht meinen. Du solltest besser mischen, große Zauberin.«

Und ohne der Sprachlosen Zeit zu lassen, bat er nun, das Bad zu bereiten und das Ruhelager zu weisen, wie man es Gästen tut, die von weither kommen.

Mit stummen Gesten befahl Kirke den Nymphen das Notwendige. Es wurde kein Wort mehr gesprochen.

Auf dem Gang, ehe sie sich trennten, flüsterte Medea: »Du hast alles gewendet. Die Gefahr war sehr groß.«

Jason antwortete: »Ich habe ihn gesehen. Wahrhaftig, ich sah Chiron, vor seiner Höhle, und er sah mich an. Dann trübte sich das Licht. Ich habe ihn gesehen. Und sein Geist war hier, über Meere hinweg, in diesem Palast! Ich verlange nach der Heimat.«

Medea sagte: »Dahin wirst du uns führen. Du vollbringst alles. Dass man dir hilft? Wer vollbringt ohne Hilfe? Auch Kirke leiht Kraft vom Chaos.«

Glücklich und stolz trennten sie sich.

Glücklich und stolz nahmen sie an der Abendtafel Platz. Abend war es freilich nur im Gefühl der Gäste, die des Lichtes Rhythmus im Blute trugen. Hier leuchtete das Licht unvermindert, es schien eher noch heller geworden zu sein – ob das Gemüt der Kirke das Licht wandelte?

Dann war sie jetzt sehr heiter und jeder Zorn verraucht. In der Mitte der Tafel saß sie, zwischen den Dioskuren, strahlend, lachend mit weißen Zähnen. Ihre Augen, groß und wimpernlos, wanderten von Held zu Held, öfters kehrten sie zu Telamon zurück, auch ruhten sie, ohne Ausdruck, mehrmals auf Orpheus.

Heiter waren auch die Gäste. Die Löschung des Fluchs als Erstes und die Gewissheit der Heimkehr nun. Aber auch die Wohltat, den Fuß wieder auf Festes zu setzen, Bäume zu sehen, Blüten zu riechen. Aber auch die Wohltat, wieder an üppiger Tafel zu sitzen, nach langer langer Kargheit der Nahrung. Und der schwere Wein, mit Honig vermischt. Wo war hier Ränke? Wo Gefahr? Was hatten sie gefürchtet? Eine göttliche Gastgeberin hatte sie aufgenommen.

Die Tafel dampfte von Gebratenem, Gesottenem, Gekochtem, von Fischen vieler Art, feurigen Krebsen und mächtigen Langusten mit den purpurnen Fühlern, vom dunklen Fleisch des Wildes, Hirsch, Eberschwein und Bär, von kupferfarbenen Spanferkeln und dem Goldgelb der gerösteten Hähne, Vögeln groß und klein.

»Fressen und Gefressen-Werden – das ist des Lebens Tisch«, lachte Kirke, »greift zu, liebe Freunde! Sahet ihr nicht soeben des brodelnden Meeres unendliches Gastmahl? Wie das sich spießt und sägt und reißt und verzehrt? Und nicht nur Art gegen Art. Das Eigene schont nicht des Eigenen – da verschlingt der Vater die Söhne, stößt die Schwester den Dorn in den Bruder. Sind sie schuldig? Sie sind alle des Lebens schuldig. Nicht einmal Poseidon kann dort Ordnung schaffen, ohnmächtig ist auch er dort. Greift zu, liebe Freunde, werdet schuldig der Vertilgung. Zerbrecht die schönen Langusten, schlagt eure Zähne ins dunkle Fleisch meiner geliebten Hirsche. Seid unbesorgt – das Leben dauert an.«

Unruhig sahen die Gäste auf Kirke. Dies war Bosheit, abgrundtiefe Bosheit unter der Maske des Lächelns. Das hieß Gefahr. Oder war Kirke trunken? Gab es das? Gab es trunkene Göttinnen?

Kirke lachte: »Das Leben dauert an, es ist geschäftig, in jedem Augenblick, es lässt nicht nach.«

Nein, es ließ nicht nach. Das Zwitschern, Girren, Raunzen, Röhren zwischen den Bäumen draußen, in Gebüsch und Gezweig, war nicht zu überhören. Es war das Leopardenpaar nicht zu übersehen, das zwischen den Säulen der Vorhalle knurrend sich vereinigte. Es waren die Faune und Silene nicht zu übersehen, die schamlos um die Nymphen sprangen, wenn sie aus dem Festsaal traten. Auch war es, als ob die Blüten auf einmal wilder dufteten. Mit Bild, Laut und Duft brach des Lebens Lust in die Halle der Tafelnden, durch die offenen Fenster, durch die Portale ohne Türen. Pfauen schrien, vielstimmig, ihren seltsamen Klageschrei übermäßiger Lust, und da traten sie auf die weißen Fliesen der Vorhalle, feierlich mit dem mächtigen Rad aus Blau und Schwarz, Gold und Braun und dem Grün. Zwischen den Säulen blieben sie stehen, reckten die blauen Hälse, äugten zu den Tafelnden. Manchmal ging ein Zittern durch die berauschten Federn, dann klirrte es metallisch.

Kirke berührte die Hände von Kastor zur Linken, Polydeukes zur Rechten, weiß lagen die Marmorfinger auf den braunen Handrücken.

»Es ist recht von eurem Vater«, sagte sie, »seine Söhne zur Insel der Fruchtbarkeit zu schicken. Wollt ihr das Glück der Lust hier finden? Sehet euch um: Nymphen genug für die wildeste Jugend. Und am Strand die Najaden ...«

Kastor zuckte unwillig mit den Schultern, Kirke nahm die Hände zurück.

»Euer Vater selbst«, fuhr sie fort, »ist in der Lust erfahren und sehr fruchtbar. Wieviel Töchter hat er, wieviel Söhne? Amphion ist mit euch, aber wo ist Herakles? Der Stärkste der Starken ließ euch im Stich?«

»Herakles war mit uns«, sagte Jason kalt, ohne Kirke anzusehen. »Fünfzig waren wir auf der Argo. Einige riss uns das Schicksal dahin – wer vollbringt solche Fahrt ohne Verlust? Herakles hat uns verlassen in Kümmernis des Herzens.«

Warum antwortete er? Warum schwieg er nicht? Er bereute es sofort, denn Kirke spottete: »Der Starke am Herzen schwach? Vergoss er Tränen? Wer brach sein Herz? Wo klagt er jetzt?«

Jason verlor die Beherrschung. »Er hat keine Tränen vergossen, und er wird jetzt auch nicht mehr klagen. Er zieht durch die Lande, dessen bin ich gewiss, wiederum, wie er es tat, die Missform auszurotten, das Mischgezücht, die Bastarde des Chaos!«

Auf Kirkes Stirn erschien die Zornesfalte. In diesem Augenblick erhob Phrontis die Stimme. Seit des Apsyrtos Tod hatte er den Mund nicht mehr aufgetan. Bleich und fahrig hatte er sich auf dem Schiff herumgedrückt, kaum je eine Hand angelegt; verachtet von allen hatte er in der Sturmnacht laut gejammert, wortlos in wirren Lauten. Nun tat er den Mund auf. Er war trunken, auch konnte er die Augen nicht von den Nymphen lassen.

»Störe doch nicht des Festes Frieden«, lallte er mit schwerer Zunge. »Bist doch entsühnt, Jason. Alles ist wieder gut. Des Lebens können wir uns freuen. Und dies hier ist eine Insel der Seligkeit. Vielleicht dürfen wir hierbleiben?«

Kirkes Augen funkelten. »Gewiss kann bleiben, wen es danach verlangt«, sagte sie mit schmeichelnder Stimme. »Niemand wird von mir gehindert, teilzuhaben an des Daseins Seligkeit.« Dann bat sie, man solle von der Fahrt erzählen, von den Abenteuern.

Jason schwieg, auch Orpheus schwieg. Aber die anderen riefen durcheinander, sie waren berauscht, sie waren des Fluches ledig, der auch auf ihnen gelastet, sie meinten, der feige Knabe habe darin recht, dass man des Festes Freude nicht stören solle, eifrig riefen sie durcheinander.

Es gab ja genug zu erzählen von den Erlebnissen auf der Hinfahrt nach Kolchis, von Kämpfen und Gelagen mit feindlichen oder gastlichen Küstenvölkern. Da nun fiel der Name des Phineus.

Es war Telamon, der von ihm sprach. Mit Kraft des Leibes eher begabt als mit Wachheit des Geistes, bedachte er nicht, dass eben diese Geschichte hier auf dieser Insel, an dieser Tafel, in diesem Augenblick nicht zu erzählen war. Er bedachte das nicht, er spann nur, langsamen Sinnes, den Faden der Erinnerung weiter. Denn die anderen hatten soeben von des Polydeukes Faustkampf mit dem stolzen Amykos im Lande der Bithynier erzählt, einem Fürsten von großer Körpergewalt und unwiderstehlich im Zweikampf. Wie er sie alle mit höhnischen Worten herausgefordert, wie Polydeukes für die anderen den Streit gewagt und nach mörderischem Kampf mit einem einzigen Schlag gegen die Schläfe des wütend angreifenden Fürsten Gefecht und Leben des Amykos zugleich beendet hatte – das berichteten die Argofahrer, durcheinander rufend, berauscht vom Wein und von der Erinnerung an den denkwürdigen Kampf, mit der Lust der Männer an Zweikampf, mit allen Einzelheiten erzählten sie es, einander verbessernd, einander ergänzend: Wie auf diese Finte jener Ausfall gefolgt sei; wie Polydeukes vor dem letzten Schlag durch Ducken getäuscht und Amykos in die volle Gewalt des Schlages hineingerannt ...

Kirke hatte wieder die gebräunte Hand des Polydeukes berührt, ihre Finger hatten sich um die Hand geschlossen und, girrend beinahe, hatte sie gesagt: »Wunder, Wunder. Soviel Kraft in ein wenig Fleisch und Knochen. Ob diese Hand auch sanft sein kann?«

Telamon aber war mit seinen langsamen Gedanken in Bithynien. Dort hatten sie danach den Phineus getroffen, den unglücklichen Seher, der die rechte Mitte zwischen Schweigen und Künden nicht verstanden. Der Himmlischen weiteste Entwürfe hatte er unverhüllt, bis ganz zum Ende ausgesagt.

»Welcher Mensch ertrüge sein Leben noch, wenn er alles ganz bis zum Ende wüsste?« meinte Telamon hierzu. »Der Götter Weisheit duldet es nicht.«

So hatte Zeus im Grimme den Phineus geblendet und auch seinen Schutz ihm entzogen, so dass die Harpyen ihn heimsuchten.

»Es scheint ja, dass die der Sehergabe Mächtigen mit den ältesten Kräften der Welt in geheimer Verbindung sind«, sagte Telamon in seiner bedächtigen Art. »Diese sind dunkel und wollen nicht ins helle Licht der Rede gezogen werden. Hatte Phineus auch sie mit seinen Sprüchen empört? Jedenfalls nahmen sie Rache, als Zeus seine Hand von ihm abzog. Die Harpyen bekamen Macht über ihn. Sie sind ja Töchter der Nacht –«

Kirke, die sehr aufmerksam geworden war, machte eine Bewegung. Aber Telamon, wenn er sprach, ließ sich nicht unterbrechen.

»Ich weiß«, sagte er, »sie stammen vom alten Wasser ab, von Okeanos, aber ich nenne sie Töchter der Nacht, weil sie aus den dunklen, unergründlichen Bereichen sind. Ich habe an sie denken müssen, als ich zu deinem Hause heraufstieg, Kirke. Als ich die gemischten Formen sah, die fliegenden Hunde. Zwar tragen die Harpyen ein Frauenantlitz, aber sie widerten mich mehr als deine fliegenden Hunde. Ich sah sie immer nur kurz, wenn sie herabstießen und dem Phineus die Speise raubten, ich sah genug: die Bosheit, die unbeschreibliche Gier, das Mörderisch-Fresserische in Gesichtern, die weiblich sein sollten. Und wie sie alles besudelten! Wie sie Gestank hinterließen und Unrat! Ich hätte ihre Vernichtung gewünscht.«

»Wir hätten es getan«, riefen die Boreaden gleichzeitig, und Zetes setzte fort: »Wir haben sie ja verfolgt, sie kreischten, als sie merkten, dass wir ihnen durch die Lüfte folgen konnten, wir haben sie eingeholt, sie waren unsern Schwertern ausgeliefert –«

»Und?« fragte Kirke atemlos. Sie wusste von alldem nichts, sie hatte den Blick nicht dorthin gewendet, beschäftigt auf ihrer Insel der Zeugung.

»Man gerät an Grenzen«, sagte Zetes achselzuckend. »Die alten Mächte halten zusammen. Man trat uns entgegen. Wir hätten gleichwohl unser Werk vollendet, wenn sich nicht

Iris vor unsern Flug geworfen hätte. Wie hätten wir Iris beleidigen können? Zwar ist sie die Schwester der Harpyen, eine Uralte auch sie – aber sie wirkt in der neuen Ordnung. Spannt sie nicht den siebenfarbigen Bogen der Versöhnung zwischen Himmel und Erde? Taucht nicht ihr leuchtendes Zeichen in die unendlichen Wasser? Gewiss reicht er bis zum tiefsten Grund und zieht auch ihn in den großen Kreis des Zusammenklangs. Die Welt des Auges – ist sie nicht in dem vollkommenen Rund ihres Zeichens? Ist eine Farbe deiner blühenden Insel, Kirke, nicht in den siebenfachen Bogen bezogen? Hast du andre noch? Ich sah sie nicht. Gebunden zu Schönheit ist das Mächtige – das sagt das Zeichen der Iris. Und wie ihr Antlitz von Schönheit strahlte! Wie der Harpyen Schwester Reinheit atmete und Güte ...«

»Und?« frag Kirke tonlos.

»Konnten wir sie zur Seite stoßen?« nahm jetzt Kalais das Wort. »Darf man die Harmonie selbst beleidigen? Wir ließen ab. Zudem schwor sie den furchtbaren Eid bei dem schwarzen Wasser —«

»Was schwor sie?« stieß Kirke hervor. Eine fliegende Röte hatte sich über ihre Wangen ergossen.

»Sie sagte: Man dürfe nicht das Recht der Natur mit dem Schwerte spalten«, erwiderte Zetes.

»Sie sagte: In Bande aus Erz sei die Natur nun gezwungen«, sagte Kalais.

»Sie sagte: Mein Bogen ist aus Erz«, sagte Zetes.

»Sie sagte: Das Erz der Gesetze ist ganz durchsichtig, stofflos und ohne Gewicht. Die höchste Macht ist vollkommene Leichtigkeit«, sagte Zetes.

Kalais sagte noch: »Dabei schwor sie, dass nichts mehr vom Ungebändigten in die Ordnung brechen würde. Nie würden die Harpyen sich wieder zeigen. Sie schwor es bei den schwarzen Wassern. Und wie sie schwor, rollte ein furchtbarer Donner, wie wir ihn vorhin vernahmen, als Medea und Jason allein bei dir waren. Du hast den großen Eid geschworen, Kirke, auch du. Die Welt rundet sich.«

»Darum haben wir abgelassen«, beschloss Zetes. »Die Insel aber, über der wir schwebten, hieß die Insel der Wende.«

Er hielt inne. Denn Kirke war, nachdem erst die Röte in ihre Wangen geschossen, leichenblass geworden. Stille hing plötzlich um die Tafel. Von draußen kam, brünstiger noch in diesem Schweigen, das Kirren und Raunzen, das Geknurr der Leoparden. Das metallische Rascheln und der Lustschrei der Pfauen.

»In Banden aus Erz die Natur geschlagen –«, murmelte Kirke. »Den Eid hat Iris geschworen ... Insel der Wende ...«

»Ihr habt sie nicht getötet, die Harpyen?« fragte sie dann.

»Du hörtest es«, erwiderte Telamon. »Sie sind ja für immer aus der grünen Erde Bezirk verwiesen.«

»Wenn sie aber zurückkämen, so würden sich solche finden, die sie vertilgten«, fiel Orpheus jetzt ein. Er hatte sich stumm gehalten während des Mahles, nur hatte er alles genau beachtet.

»Herakles vielleicht«, sagte Orpheus, »oder Theseus, der auch den Minotauros erschlug.«

Hier stieß Medea einen leisen Schrei aus. Sie konnte die Tränen nicht wehren, die jäh aus den Augen brachen. Alle sahen zu ihr hin, und alle sahen, wie sie den Heliaden glich, in diesem Augenblick, mit den weit geöffneten Augen, aus denen die Tränen sprangen, auf die Hände fielen und über die Tafel rollten, Perlen aus Bernstein auch diese Tränen. Wieviel Gesichter der Medea hatte Jason schon gesehen! Erregung und Triumph, Angst, Zorn, Verzweiflung – alles hatte er auf diesem Antlitz gesehen. Doch niemals diese Trauer. Das ist die Trauer einer Göttlichen über der ehernen Notwendigkeit Schicksalsgang. Einer Göttlichen bin ich zugesellt, dachte er ergriffen; nie hatte er Medea so geliebt.

»So werdet ihr auch den Kentauren erschlagen?« fragte Kirke in letzter Verteidigung bitter durch die Stille. »Der von uns Alten zwischen euch lebt und euch fördert ...«

»Verzeihe, Medea, dass ich daran rührte, dass ich den Minotauros nannte«, sagte Orpheus. »Ich weiß: Er ist verleumdet worden, man raunte Abscheuliches über dieses Wunderwesen zwischen Tag und Nacht. Grausam verfuhr Theseus mit ihm, und selbst Götter haben geweint, wie du, Medea, bei seinem Fall. Ich werde ein Lied von ihm singen, das ihn rühmt. Ich

verspreche es dir, Medea. Dennoch konnte er nicht bleiben.«
Er wandte sich zu Kirke: »Was den Kentauren betrifft, so wird
auch er hinweggenommen.«

Diesmal zuckte Jason zusammen, auch in seine Augen
stiegen Tränen, stumm sahen Medea und Jason einander an.
Orpheus aber fuhr fort:

»Gelang an ihm nicht vollkommene Harmonie? Wo ist
der Bruch? Trägt nicht des Rosses Wohlgestalt des Mannes
weitatmende Brust, des Mannes kühnes Haupt? Hat das Älteste an ihm nicht Reifstes vollbracht? Dennoch muss er dahin.
Die Ordnungen stellen sich her. Reine Formen wollen sein.
Die Formen sollen, jede für sich, zur Vollendung kommen.«

Er seufzte. »Sehend bin auch ich«, sagte er, »ich weiß, dass
Chiron bald hingehen wird. Aber da er unsterblich ist und
das Vollkommenste wohl, was die Alte Zeit schuf, wird er
unter den Sternen strahlen – für immerdar. Möge Zeus mich
nicht mit Blindheit strafen, weil ich es verriet. Aber wir sagen
letzte Entschlüsse in dieser Stunde.«

Wiederum fiel eine Pause. Es raunzte und girrte in Gebüsch und Gehölz. Etwas Merkwürdiges geschah aber: Das
Leopardenpaar hatte sich erhoben, die Pfauenschar mit einem
Fauchen zerstreut, war in den Saal getreten und ließ sich nun
zu des Orpheus Füßen nieder. In Gedanken koste er die Ohren
der schnurrenden Tiere, strich er über die flache Stirn. Dabei
sagte er: »Walte nur auf deiner Zeugungsinsel, Kirke, schaffe,
Schöpferin, Uralte aus den Zeiten von Chaos und Styx!«

Wie er das Wort sagte, ging ein Rollen durch die Insel.
Erschreckt hoben die Leoparden das Haupt. Orpheus zupfte
sie, gedankenfern, an den Ohren und fuhr fort: »Schaffe nur
Leben, Kirke, sei beschäftigt, webe am Rande der Welt für
die Welt. Aber lass ab von der Unform, verhindere das Wu-
chernde.«

Er zuckte die Achseln: »Was rate ich? Du handelst. Du bist
Herrin. Nur: Wenn du die Unform zulässt fortan – sie wird
uns nicht mehr erreichen. Wenn sie aber durchdringt, durch
die Zone der brodelnden Vertilgung, die wir durchfuhren
– so werden wir sie ausrotten. Wir von diesem Schiff reinigen
die Welt von Zwittern.«

Noch einmal schwieg Orpheus. Schweiß war ihm auf die Stirn getreten. Er sprach, alle sahen es, mit großer Anstrengung. Noch einmal raffte er sich auf. Er sagte: »Niemand weiß, was Chaos und Thanatos am Beginn planten. Aber Eros hat den Tod besiegt. Es gibt nur noch, durch den Tod, Verwandlung zum Leben. Medea hat es uns gezeigt –«

Plötzlich schrie Orpheus zu den Gefährten: »Habt ihr den Widder begriffen? Was da geschah? Versteht ihr ein großes Bild?«

Orpheus war außer sich. Niemand hatte ihn je so gesehen. Er griff zu seinem Becher – wahrhaftig: Er trank Kirke zu.

»Wohin geriete die Welt«, rief er, »wenn sie uferlos wuchern dürfte? Seit des Thanatos Macht gebrochen, wohin geriete sie? Ins Grenzenlose. Chaos selbst würde an ihr ersticken. Ketten! Ketten! Erzene Gesetze, damit sie nicht birst!«

Er trank wiederum. Die Nymphen füllten ihm seinen Becher sogleich, aber er achtete ihrer nicht. Er trank Kirke zu.

»Schwester des Chaos«, rief er, »was glaubst du denn? Meinst du denn, dass wir dich verkennen? Nur dies bedenke: Eros selbst, der alles zertrümmern könnte, ist zum Olymp gegangen. Des Jünglings Gestalt hat er angenommen, und mit Ganymed spielt er das Würfelspiel, er betrügt sogar, um zu zeigen, wie er sich fügt, er, der alles kann. Dein Vater, Helios, er selbst: Hält er nicht genaue Ordnung, ließ er des Phaetons Fall nicht zu? Hätte er nicht Zeus in den Arm greifen können? Kirke, Kirke, du widerstrebst dem, was sein muss.«

Orpheus stand auf. Sein Sessel fiel um. Er stand da wie Jason am Abend an der Tafel des Aietes. Er trank einen letzten Schluck aus dem flugs gefüllten Becher, dann warf er ihn durch das offene Fenster in das Gegirre und Geraunze.

»Was glaubst du denn, Kirke?« rief er. »Dass ihr in der Ordnung nicht dennoch mächtig seid, ihr Uralten? Im Schoß jedes Mannes wohnt das Chaos. Im Schoß jeder Frau wallen die uralten Wasser. Im Herzen von allen kämpft Tag und Nacht den ewigen Kampf.«

Tod der Sirenen. Spur des Herakles.

Die Hesperiden

Es gab keinen Zweifel: Dies war endlich die Heimfahrt. Zwar würde es noch Abenteuer geben, die konnten ja nicht ausbleiben – was lag alles zwischen ihnen und dem hellenischen Land! – aber es war die Heimfahrt. Denn etwas Seltsames geschah: Die Zeit oder der Raum schrumpften. Das Tritonenmeer bis zu dem Ring aus Dampf durchfuhren sie im Nu, obwohl die Bugwelle nicht anders schäumte, als sie es tat, wenn vierzig starke Männer sich in die Ruderriemen stemmten. Kein Wind half. Schlaff hing das Segel hernieder.

Gleichwohl waren sie im Nu im Silberdampf. Und auch die Zone der Zeugung und Vernichtung durcheilten sie auf seltsame Art. Sie fuhren so schnell, dass sie kaum ein Gewimmel unterschieden – nur ein Brodeln, Zucken, Blitzen von geschuppten Leibern nahmen sie wahr, unscharf und flüchtig, wie es manchmal in Träumen geschieht. Dennoch mögen sie wohl die Zeit eines Tages zur Durchquerung gebraucht haben, obwohl sie auch das nicht empfanden, weder Hunger noch Durst verspürten und auch nicht erlahmten.

Dann waren sie plötzlich heraus. Die unendliche Fläche des Meeres lag da, glänzend zur Ferne hin, mit dem hellen weißen Rand an der Kimme, Fische waren in ihm – nicht wütende quirlende Massen, sondern ein Silberschwarm hier, ein Rudel Purpurfische dort, Delphine mitunter, die um das Schiff spielten. Auch gab es wieder Himmelzeit. Die Sonne stand im Zenith. Es war Mittag. Ein paar weiße Wolken trieben dahin. Leicht wehte der Zephyr, das Segel rundete sich. Sie waren wieder in der Welt, wie sie dem Menschen gegeben.

Alle wurden sehr fröhlich und sprangen von den Ruderbänken auf. Auch Orpheus lachte und scherzte – hatte er je des Kentauren Entrückung und seinen eigenen furchtbaren Tod prophezeit?

Man sagt, dass Seher vergessen, was ihnen in der Stunde der Erleuchtung gegeben werde, ja, dass sie nachher unwissender sind als die anderen, die Zuhörer, da sie vergaßen, vielmehr nicht wissen, was sie in Trunkenheit sprachen. Man kennt es doch, wie sie ungläubig dreinschauen und sich verwundern: Das soll ich gesagt haben?

Orpheus wurde von niemand an seine Worte in der Halle der Kirke erinnert. Ohne Verabredung schwieg jeder. Und so schien Orpheus unschuldig und ohne Erinnerung. Er hatte, als er erwachte, gelacht: »Der Wein der Kirke! Hat sie mich doch besiegt. Wenigstens mit dieser purpurnen Verführung ...«

Alle hatten gelacht, und Orpheus schien ohne Gedächtnis. Nur Medea konnte er nicht täuschen: Sie sah die abgründige Trauer auf dem Grund seiner Augen – jetzt, da sie wusste, sah sie auch eine Angst, eine kreatürliche Angst, die manchmal mit kleinen Lichtern aufflackerte und vor der künftigen Nacht zitterte, da die Mänaden den Orpheus zerreißen würden. Sie sah das alles genau, wie sie auch auf dem Augengrund von Amphion und Admet Schicksal sah. Nur war es da ganz unbewusst, gewiss hatte es ihnen niemand verraten, sie waren unwissend und ohne Aufwand des Willens heiter. Aber in den Augen stand es, schon jetzt. Es war ja schon geschehen, in der Zeit der Oberen, was hier unten noch geschehen musste. Seit ihrem Traum begriff Medea dies. Sie war Orpheus sehr zugetan. Wenn nicht Jason wäre, würde ich diesen lieben, dachte sie manchmal. Ob ich ihn gewinnen könnte?

Sie dachte auch: Was wohl in meinen Augen steht? Aber sie hütete sich, Orpheus danach zu fragen. Sie wollte nicht wissen. Sie war ja glücklich. Alle auf dem Schiff waren jetzt glücklich, da es zur Heimat ging. Und plötzlich schrie Argos am Steuer mit ausgestrecktem Arm: »Land!«

Alle sahen hin und schrien: »Land! Land!«

Nur Orpheus jubelte nicht. Er blickte angestrengt über die Wasser zu jenem blauen Hauch in der Ferne, der Land bedeutete. Dann sagte er:

»Dies ist nochmals eine Insel. Dies ist Gefahr. Die letzte vielleicht, da wir heimwärts eilen. Es sind die Inseln der Sirenen.«

Hatte er jemand erschreckt? Die Genossen wurden noch fröhlicher, lachten, und Kastor rief: »Die Sirenen! Wahrhaftig! Alle Wunder der Welt berühren wir. Welche Reise! Ob sie uns verlocken werden? Ob wir landen werden, um nie mehr in See zu stoßen? Ob sie uns verführen?«

Und Polydeukes, der nie seinem Bruder allein das Wort ließ, fügte hinzu: »Es soll mich Wunder nehmen, wie sie singen. In welcher Tonart? In der lydischen? In der phrygischen? Und die Worte? Ich bin neugierig auf die Worte.«

»Weicht nach Süden aus, bevor ihr sie hört«, sagte Orpheus. »Hernach ist es zu spät.«

Aber niemand hörte auf ihn. Hatte Kirke etwa Gewalt über sie erlangt? Und diese sollten mit Singsang Gefahr bedeuten? Lydisch oder phrygisch – man würde es anhören und winkend vorbeifahren.

Indessen bedachten die Männer nicht die Macht des Tones. Amphion wenigstens hätte nachdenklich sein sollen, wo er doch die Steine von Theben bewegt. Von allen Rätseln dieser Welt ist dies vielleicht das wundersamste, dass ein Ton, von Saiten schwebend oder aus einer Kehle steigend, dass ein Ton verführende Kraft hat. Wo am Wort immer der Sinn haftet, ein Wort ohne Sinn schon kein Wort mehr ist und ohne Wirkung bleibt, da rührt der Ton unmittelbar an das Gemüt.

Er ist ja ein Zittern im Stoff der Welt – wo er trifft, schwingt alles nach seinem Rhythmus, was aus dem Stoff der Welt gemacht ist. Er kann des Sinnes entbehren, denn er bewegt die Sinne. Die Sinne der Steine, die ja nicht tot sind, sondern voll Leben innen und voller Spannung; die Sinne der Tiere; das Gemüt des Menschen. Die Argonauten hätten dies bedenken sollen.

Sie scherzten nur – und da kam der erste Ton. War das ein Singen, das Klingen eines Instrumentes? Es war ein unendlich süßer Laut, alles Glück des Daseins schwang in ihm. Es gibt ja diese Laute: das leichte Rauschen eines Windes in den Zweigen, wenn man zur Mittagsstunde rücklings im Olivenschatten liegt. Irgendwo im Rücken schmerzt vielleicht ein Wurzelknie des alten Baumes, aber man nimmt es kaum wahr, man ist auch zu träge, sich zu rühren, man schläft nicht, aber die Lider sind zu schwer, um sich zu heben und den Blick auf die flimmernden Felder zu entlassen, man ruht in sich, die Wärme ist, großes Labsal, um einen her, vielleicht hätte man Verlangen nach dem Krug, aber der Arm ist träge – und dann plötzlich der Wind in den Zweigen, das Rauschen, Mittag, Mittag ...

Oder die Abende. An einem Baum wiederum, vielleicht ist es ein Lorbeer, man weiß es nicht, denn es ist dunkel, der Mond muss noch kommen, und die Sterne sind so weit weg und mit ihrer Ordnung beschäftigt, dass sie hier unten nicht erleuchten, nah aber ist der andere Leib, der andere Atem, oh, die Hand am Hals und das Stammeln, weil es keine Worte mehr gibt! In diesen Pausen des Glückes dann das Plätschern der Quellen, der helle Fall des Wassers aus dem Brunnenmund, drunten auf dem Dorfplatz, Abend, Abend ...

All dies war in dem einen Ton, der von weither kam, von der kaum sichtbaren blauen Wolke im Silberweiß der Kimme, der aber trotzdem nahe war und an den Sinnen riss, alle Süße des Lebens schwang in diesem Ton.

»Weicht nach Süden aus«, wiederholte Orpheus, »ehe es zu spät ist.«

Aber diesmal hörte niemand auf ihn. Schnurgerade hielt die Argo auf den Sirenenort zu, auch Argos am Steuer schien schon bezaubert. Er blickte starr vor sich hin, steuerte starr vor sich hin, immer näher kamen die Inseln.

Wie erfährt ein Mensch Langbesprochenes, Sagenumrauntes, oft in Gedanken Vorgestelltes? Er erfährt es auf die einfachste Art. Und immer anders, als er träumte. Da ist der Abstand zwischen Schiff und Eiland, der immer kleiner wird. Die Ufer wachsen empor. Man sieht, dass sie braun und grau sind, aus Felsen und sehr jähe! Man sieht, dass es viel Fruchtbarkeit gibt: blühende Baume, saftiges Grün, den genauen Fächer von Palmenblättern gegen den meerblauen Himmel. Man sieht, dass es zwei Inseln sind, eine große, längliche, und eine kleine, runde. Man sieht, dass die große gespalten ist, vielleicht sind es überhaupt drei Inseln, dass es in dem Riss, der jetzt schwarz ist, da Helios ihm Schatten auferlegt in diesem Augenblick der Himmelsfahrt, dennoch ein Rot aus dem Schwarzen glüht, von Oleander vielleicht oder wilden Geranien, die doch üppig an schroffen Hängen wuchern. Es ist wie jedes Eiland.

Es wäre wie jedes Eiland, wenn es den Gesang nicht gäbe. Aber der eben ist da, wird immer deutlicher, schon ist er mächtiger als alle Geräusche der See, und er bewegt das Gemüt. Wortlos. Reiner Klang.

Selbst Medea lauschte mit Wohlgefallen. Es war, als sänge das All selbst, es war, als wolle alle Süße dieser schönen Welt in diesem Tönen und Klingen sein. Jubel. Lust der Schöpfung. Entzücktes Dasein.

Sie war ohne Gefahr. Aber die Männer waren schon gebannt: In grimmiger Entschlossenheit hielt Argos grad auf die Felsen zu. Die wuchsen und wuchsen. Und nun wurden die Sirenen sichtbar. Lorbeer und Myrte hüllten sie ein, nur die Brüste, die schimmernden Schultern wuchsen aus dem dunklen Grün hervor. Und das Haupt, ein marmornes Antlitz von wildem rötlichem Haar umrahmt. Die Lippen waren halbgeöffnet, verlangend und wie atemlos, dabei strömte der Atem des Gesanges aus ihnen, Jubel, Lust der Schöpfung, entzücktes Dasein.

Die Männer drängten sich an der Reling, die dem Klippenhang zugewandt, kein Auge ließen sie von dem Gebüsch, in dem des Lebens Verführung sang. Medea sah, wie sich die Fäuste um das Holz schlossen, dass die Knöchel weiß wurden.

Medea drohte keine Gefahr. So war sie wie eine Nüchterne unter lauter Trunkenen: Verwundert sah sie der Männer Erregung. Sie hörte dasselbe, sah dasselbe, warum fühlte sie nicht dasselbe? Sie gedachte plötzlich des Satzes von Orpheus beim Fest zu Saram; man hatte es ihr später berichtet. Dass Schönheit sich nur dann ganz erschließe, wenn man sie mit Haut und Haar erführe, hatte er gesagt.

Wie er recht hatte! Sie gedachte der Haut und des Haares von Jason, ach ... Sie sah zu ihm hin, der, auch er, nur zu den Sirenen sah. War denn alles ausgelöscht in den Gehirnen dieser Männer? Vergaßen sie, dass hier der Tod auf der Lauer lag, gleich hinter diesen Schultern und Brüsten, hinter diesem flammenden Haar? War Begierde so mächtig, dass sie jede Überlegung erstickte? Sie war so mächtig, schaudernd gestand es sich Medea. Würde sie nicht alles für Jason tun, damit er sie so ansähe, wie er jetzt zu den Klippen starrte? Was hatte sie nicht schon für ihn getan!

Die Sirenen lachten. Das Schiff war so nahe gekommen, dass man das Lachen hörte, es war dunkel, girrend, tief aus der Kehle kam es. Kirke hatte so gelacht. In diesem Augenblick sprang Butes über Bord. In schnellen Stößen schwamm er dem Zauberufer zu.

Er stammte aus Attika, hatte den leichten fröhlichen Sinn der Söhne dieses Landes; übermütig von jugendlicher Kraft hatte er mit den Dioskuren gewetteifert, durch Scherz und Witz die langen Tage zu würzen. Seine Pflichten hatte er eifrig erfüllt, am Ruder hatte er sich als ausdauernd erwiesen, im Tanze tat er sich durch Gewandtheit hervor. Nun schwamm er davon. Wer würde ihm folgen?

Es wären ihm wohl alle gefolgt. Denn die Sirenen antworteten auf seinen Sprung mit dem dunklen, girrenden Lachen, im Chore jauchzten sie.

Aber da kam ein Klirren vom Heck. Orpheus hatte die Lyra erhoben. Wachsbleich war sein Antlitz, umrahmt von den braunen Locken, schmal und entschlossen der Mund, ehe er sich zum Gesang öffnete. Hingerissen schaute Medea zu ihm: Wie dieses Haupt sich unterschied von Argos vor ihm am Steuer – die Gier dort, die einem reifen Manne so schlecht anstand; die Augen, die nicht von der Küste ließen; das Zucken der Wangenmuskeln.

Der Glanz dagegen, der von Orpheus' Antlitz ausging, obwohl die Augen nicht strahlten, sondern, weit offen immer, gleichsam nach innen sahen, wo viel Helle sein musste. Es war, als bräche ein ungeheures inneres Leuchten durch Fleisch und Haut nach außen, röte die Wangen. Nie hatte Medea ein Gesicht so erfüllt von Geist gesehen.

Und da sang Orpheus. Er sang vom Urbeginn der Welt, von den Zeiten, da Erde, Meer und Himmel noch nicht geschieden, da sie verwirrt und zornig miteinander rangen, sich miteinander vermischten, um sich alsbald in neuem Grimme zu scheiden. Da das Feste noch nicht fest war und das Flüssige keinen Ort hatte, da die Himmel schwankten. Er sang vom Ende des Streites, da alles sich friedlich gesondert, wie das Land seine Gestalt, das Meer seine Mulden erhielt; wie die Sterne droben verankert, und der Mond seine Bahn im Äther, die Sonne ihren genauen Bogen, unverrückbar seither, begannen. Er sang, wie die hohen Gebirge und die eiligen Flüsse entstanden, mit dem Geschlecht der Nymphen zugleich und den wandelnden Tieren ...

Er sang und sang. Alles, was bei Kirke gesprochen, was in Gomar gesprochen von Chaos, Ordnung und Gesetz – all dies erklang in diesem Lied von der wohlgerichteten Welt, es erklang in klaren genauen Worten und, weil dies die Gabe des Gedichtes ist, in schönen, eindrücklichen Bildern, die man nicht wieder vergaß: Sie erklärten mehr, als es alle Gespräche konnten, auch wenn sie durch Nächte dauerten. Wenn der Ton an das Gemüt rührt – das Bild berührt beide, Gemüt und Geist.

Die Argofahrer hatten sich ihm zugewandt, sahen sein wachsbleiches Antlitz im Kranz der braunen Locken, sahen seine Hand über die Saiten der Lyra gehen. Sie hörten seine Worte – auf einer dunkel-hellen strengen Melodie kamen sie daher.

Die Melodie der Sirenen war vergessen, niemand sah mehr zu den Klippen, niemand schwamm mehr hinüber – sie waren ja schon vorbei und wandten sich erst zurück, als ein Schrei

– und drauf noch ein Schrei von dort durch des Orpheus Lied fuhr. Sie wandten sich zurück und sahen die Sirenen in Verzweiflung die Arme erheben. Aus dem Gebüsch traten sie. Es leuchtete das rötliche Haar über dem Weiß der Schultern und Schenkel wie die untergehende Sonne über den Flanken eines Marmorberges. Sie gingen unter. Ihr Anblick verführte niemanden mehr. Sie waren besiegt. Sie traten zum Rand der Felsen, mit einem Schrei warfen sie sich zwischen die Riffe. Die Wellen deckten sie zu.

Orpheus setzte klirrend die Lyra ab. »So ist auch dies getan«, sagte er. »Wir helfen, die Erde zu reinigen. Die Fresserinnen der Männer sind überwunden. Der Geist besiegt das Fleisch.«

Damit stieg er die Treppe vom Heck herab. Vor Medea, die abseits von den anderen an der Reling lehnte, blieb er stehen. Sie sahen sich an. Dann sagte Orpheus: »Ein Bild ist überwunden und ein neues gesetzt. Aber das alte Chaos rührt sich noch lange. Es wird Rache nehmen. Weiber werden mich zerreißen ...«

Er hatte nichts vergessen! Er wusste jedes Wort. Also hatte er es immer gewusst. Und er lebte mit seinem Schicksal! Wie er mit ihm lebte! »Dein Vater Apollon wird es nicht zulassen«, fiel Medea schnell ein.

»Apollon, mein Vater. Sie sagen es. Es gibt aber den Thraker Oiagros, der sich meinen Vater nennt. Er wird es wohl sein. Wäre ich sonst sterblich? Und thrakische Weiber werden mich zerreißen.«

»Vergiss es. Wieviel Schicksal schon wandelte sich wundersam. Ich kann es nicht glauben.« Medea ergriff seine Hand. »Diese Finger dürfen nicht von den Saiten lassen, dein Mund darf nicht aufhören, die Welt zu erhellen. Mir, einem Weib, hast du mein Dasein erhellt: Ich habe begriffen, dass Eros den Geist meint und nicht das Fleisch.«

»Beides«, erwiderte Orpheus mit einem leichten Lächeln. »Den Geist und das begeisterte Fleisch, beides, Medea.«

Sie redeten nichts weiter. Sie standen noch lange beieinander. Medea hielt des Orpheus Hand, und diesmal wünschte sie nicht, es sei des Jason Hand. Manchmal bewegten sich des Orpheus Finger in stummem Einverständnis. Medea war glücklich: Sie erfuhr die Süße der Gabe, die Freundschaft heißt.

Der Abend hatte schon begonnen, als die Sirenen starben. Jetzt fiel rasch die Nacht, es bestand keine Hoffnung mehr, dass Butes noch zurückkäme. Sie gaben das Kreuzen auf und wendeten den Bug zur Heimat, sie brauchten nur dem Wind zu gehorchen, der sie ostwärts trieb.

Sie sahen zu den Sternen empor und verfolgten stumm die Bewegung der Himmelsbilder. Denn keiner fand Schlaf, sie waren alle erregt, so wie es jeder ist, der ein Werk vollbrachte: Unter seine Mitbürger will er nun – gleichviel ob sie ihn loben werden oder tadeln – nur zeigen will er: Dieses machte ich zu Ende. Denn was ist ein Werk, das nicht gesehen wird?

Also bewegt sahen sie zu den Lichtern des Himmels auf. Mit einem Male waren aber Lichter auf dem Meere, tanzende Lichter, zu einem Kreis geschlossen, von der Welle auf- und niedergetragen.

Fischer waren es, die Feuer in eisernen Körben am Bug ihrer Boote entzündet hatten, die Fische lockten und in ihre Netze trieben.

Durch die Nacht rief man ihnen Gruß der Seefahrer und Segen zum Fang hinüber. Sie antworteten in hellenischer Sprache.

»Hei!« schrien die Dioskuren. »Wir sind unter Menschen. Bei Zeus, wir sind unter Menschen!«

»Wer seid ihr?« riefen die Fischer. »Woher kommt ihr?«

»Vom Ende der Welt«, rief Kastor und lachte laut.

»Unser Schiff ist die Argo«, rief Polydeukes hinterher.

Es war, als ob die Lichter heftiger schwankten. »Die Argonauten, die Argonauten!« riefen die Fischer einander zu. Und zum Schiff hinüber: »Kehrt ihr zurück? Die Welt spricht von euch. Wir glaubten euch längst unter den Sternen ...«

Das Letzte hallte schon fern über die dunklen Wasser, denn die Argo war rasch vorübergeglitten, um den Fischfang nicht zu stören.

»Man glaubt uns schon unter den Sternen«, sagte Kalais schwärmerisch. »Wir sind berühmt. Beim roten Haar der Sirenen, wir sind berühmt.«

»Argonauten nennt man uns«, sagte Zetes nachdenklich. »Wir haben schon einen Namen.«

»Nach mir und meinem Schiff heißt ihr jetzt alle«, rief Argos vom Steuer her. Man hörte, dass er bei den Worten lächelte; zum ersten Mal auf dieser Fahrt scherzte der ernste Mann.

»Hängt eine Lampe an den Mast«, sagte Jason. »Und holt Wein. Wir haben noch eine Amphora von Saram. Lasst uns trinken. Binde das Steuer fest, Argos. Es kann uns nichts geschehen.«

»Wo bist du, Medea?« fragte er dann in die Dunkelheit hinein.

»Hier«, sagte sie und tastete sich zu ihm hin. Er legte den Arm um sie. Sie merkte, dass er nackt war oder nur ein Lendentuch trug. Es war ja warm. Es musste Sommerzeit sein, da sie in die Zeit zurückgekehrt waren. Diese Wärme bedeutete weder Gefahr noch Wunder. Das Wunder stand neben ihr, das ihr Herz verwandelt. Und da es noch keinen Mond gab und die Sterne nur ferne zitterten, löste sie sich aus dem Arm, sandte sie ihre Finger aufwärts zur runden Schulter, zum Hals und zu den Wangen, auf denen sie den Flaum fühlte, von dem sie wusste, dass er rötlich war. Sie seufzte vor Glück und strich über die Schulter wiederum und tiefer über die Höhen und Täler der Rippen bis zu der Grube, in der der Magen ruht. Sie hatte Angst dabei und war zugleich auf eine übermütige Art selig. Die Nacht verbarg sie zwar, aber um sie war Bewegung, man lief ja nach dem Wein und der Lampe. Einer stieß sie an.

»Verzeiht«, sagte die Stimme des Admet.

Sie hatte die Hand nicht von der Stelle gelassen, wo sich die Rippen trennen, sie spürte, wie es da klopfte, auch ging jetzt Jasons Hand zu ihren Brüsten. Das begeisterte Fleisch, dachte sie. Und »Räuber«, flüsterte sie Jason ins Ohr.

Er erwiderte ebenso: »Nachtblume.« Dabei setzte er seine Sohle auf ihren Spann.

»Sirene«, sagte er leise.

»Wer frisst wen?« fragte Medea zurück. Sie lachten beide lautlos, an ihren Leibern spürten sie es. Sie blieben so, bis die Lampe kam.

Dann setzten sie sich in den Kreis. Medea ließ sich nieder im Kreis der Männer, trank aus der immer neu gefüllten Schale den Wein von Saram, lernte, dass Glückliche nicht trunken werden. Denn sie tranken, aufrecht und herzensfroh bis zum Morgen. Nur Orpheus war erschöpft. Er hatte erst die Wange an Admets Schulter gelehnt, dann war er herabgeglitten, sein Haupt lag, mit verwilderten braunen Locken, in Admets Schoß. Der sah vor sich hin und trank. Medea musste immer wieder zu seinen Augen sehen. Wie ähnlich sie sich sind, dachte sie.

Als der Morgen dämmerte, hielt Admet die Schale, die wiederum zu ihm gelangt war, lange in der Hand. »Diesen letzten Trunk«, sagte er dann, »auf den, der unser aller Schicksal weiß. Der es verschweigt. Der unser aller Schicksal in seiner Brust erleidet.«

Er trank in einem Zug und schleuderte das Gefäß über Bord. Zärtlich strich er die Locken aus des Schlafenden Stirn. Dann richtete er den Blick auf die Küste, die sich aus den Morgennebeln erhob.

»Ist dies Hellas?« fragte Medea mit bewegter Stimme; sie glaubte wirklich den großen Augenblick gekommen.

Jason legte die Hand über die Augen und sah scharf zur Küste. »Nein«, sagte er dann, »das ist nicht Hellas. Die Berge im Hinterland könnten es sein, vielleicht auch die Ebene davor, aber dieser weiße Strand ist nicht hellenisch. Wir haben beinahe keinen Strand zuhause. Die Ufer des Festlandes fallen jäh ins Meer, und auch die Inseln sind steil, mit kleinen Buchten voll Kies. Nein, dies ist noch nicht Hellas.«

Vor dem Grün der Bäume lief das weiße Band des Sandes am Meer entlang, so weit das Auge reichte. Es schien weit ins Meer hinauszureichen, die Farbe des Wasser verriet es, und das Lot bestätigte es. Es gab auch keinen Hafen, obwohl sie im Grün nahe dem Meer eine Stadt sahen, von Mauern und Türmen beschirmt und mit Säulen und Giebeln der Tempel, die über die Zinnen ragten.

Eine kleine Bucht gab es, ein wenig nördlich der Stadt, wo ein Fluss mündete; auf diese Stelle hielten sie zu, sie ließen die Ankersteine fallen und traten aufs Land. Auch hier waren sie von Fruchtbäumen umgeben, rot und grün und gelb schillerte es in den Zweigen; auch kamen sogleich Bauern herbei, die reines Griechisch sprachen.

Nein, dies war nicht Hellas, sondern ein Land, das die Bewohner Italia nannten. Sie selbst waren Hellenen, aber schon lange hier, nachdem ihre Vorfahren die barbarischen Stämme unterworfen hatten. Die Stadt an der Küste hieß Poseidonia und hatte dem Gott der Meere einen Tempel aus dem gelbleuchtenden Gestein der nahen Berge errichtet. Sie waren sehr stolz auf Stadt und Tempel und rühmten beide in starken Worten.

»Übertreibung ist das Wesen von uns Hellenen«, sagte Jason zu Medea, »wir übertreiben sogar in unseren Taten. Vielleicht ist das unsere Rechtfertigung.«

Medea dachte: Ihr bedürft keiner Rechtfertigung, und ihr könnt gar nicht übertreiben, es sei denn, dass Wohlform und Harmonie an sich Übertreibung sind. Wie eure Sprache schon klingt ...

Mochte dieses Land sich Italia nennen – Medea war es, als sei sie schon in Hellas. Sie war sehr glücklich. Hatte sie je Angst gehabt?

Es ritten die Dioskuren auf rasch herbeigeholten Pferden nach Poseidonia, Peleus und Telamon begleiteten sie. Sie kehrten bald zurück mit Abgesandten der Stadt, die verlegen vor Ehrfurcht waren und die Einladung für die Gelandeten überbrachten. Auch sie gebrauchten den Ausdruck Argonauten.

Das ist der Ruhm, dachte Jason. Es war angenehm, den ersten Hauch der Berühmtheit zu erfahren. Es war eine Belohnung für dasjenige, was sie durchlitten und geleistet hatten. Sie hatten doch etwas geleistet. Warum also keine Belohnung?

Sie brachen alle nach Poseidonia auf, durch das Schattengrün der Obstgärten ritten sie, nur Argos blieb zurück. Von seinem Schiff trennte er sich nie.

Die Stadt glich Saram nicht und auch nicht Gomar, von allen Städten des kolchischen Landes unterschied sie sich gewiss. Welche Heiterkeit in den schmalen, reinlichen Gassen, welch Frohsinn auf den sonnenverbrannten Gesichtern, und

dann die Tempel! Sie waren von Säulen ganz umgeben, im
Giebeldreieck erschienen die olympischen Götter, aus dem
Stein gehauen und rundherum lief ein Fries mit den Taten
der Götter.

Vor dem Bild des Poseidon spendeten sie Wein und Weihrauch und, auf Jasons Wunsch, der dabei Medea mit jenem
Blick ansah, der sie stets willenlos machte und in den süßen
Taumel stürzte, auf den Wunsch Jasons also gingen sie allein
zum Tempel der Aphrodite und vollzogen dort die vorgeschriebenen Gebräuche.

Sie blieben geraume Zeit in Poseidonia als Gäste des Stadt-
rates (es gab zwar einen Fürsten, aber seine Macht war durch
die Häupter der vornehmsten Familien beschränkt).

Der Grund des Verzuges war nicht die Wohltat, dem
Übermenschlichen entronnen zu sein und ganz schlicht unter Menschen herumzugehen; es war auch nicht das Verlangen, von endloser Fahrt auszuruhen; vielmehr hatte Jason zu
Medea gesagt: »Wir sind in die Welt zurückgekehrt, in die
wir gehören, in der wir fortan leben werden. Aus dem Maß-
losen, dem Grenzenlosen sind wir in die Ordnung und das
Gesetz heimgekehrt. Wir müssen dessen gedenken. Wir müssen dankbar sein. Wir beide, du, Medea, und ich, haben diese
Fahrt vollbracht – unser Zusammensein wird bald in das Gesetz münden. Wir wollen der Hera gedenken. Nicht nur, weil
sie mir wohlgesinnt und uns oft geholfen, weil sie Aphrodite
überredete und durch diese den Eros ... sondern weil sie ja
wacht und droben als Bild lebt, dass zwischen Mann und
Frau Satzung und Sitte sei. Ich habe dir den Bund geschworen – aus Pflicht und Dankbarkeit zuerst, du weißt es ja. Ich
habe die Gesetze geachtet, später, obwohl es schwer war, du
weißt es ja. Jetzt wollen wir Hera ehren, dankend und für das,
was bald uns binden wird. Dort wo wir landeten, wollen wir
ihr das Haus errichten mit den Säulen und ihrem Bild. Man
hat schon begonnen, die Fundamente zu legen. Nur wollte
ich deinen Rat, was auf dem Fries sein soll. Dürfen wir im
Stein von uns selbst sprechen?«

Medea konnte dies nicht entscheiden. Man fragte die Genossen, und viele Stunden wurde überlegt.

Telamon war sehr bestimmt: »Wenn wir von Taten reden wollen, so ist zuerst des Herakles zu gedenken, der Vieles vollbrachte, bevor er uns verließ, und der gewiss seither in den Ländern dieser Erde sein Dasein bewiesen haben wird. Seine großen Taten sollen da gezeigt werden, dies ist eine lange Reihe.«

»Und vielleicht sollten wir unsere Boreas-Söhne zeigen, wie sie die Bogen gegen die Harpyen spannten«, fügte er noch hinzu. Die muntren Zwillinge sahen sich gerne auf solche Art im Gedächtnis der Menschen erhalten. Alle andren aber scheuten sich, Orpheus gar wurde zornig, als man ihn mit der Lyra dort oben verewigen wollte.

»Was wisst ihr davon, was mich ein einziger Vers kostet?« rief er böse. »Kein Stein könnte das ausdrücken.«

Auch Jason war verstimmt, weil niemand ihm den Kentauren genannt hatte. Er hatte recht, und es bedurfte nur seiner Ermahnung, dass man sich der Gedankenlosigkeit schämte.

Im übrigen beschloss man, den Meistern der Stadt Poseidonia selbst zu überlassen, was sie von den Taten der Argo-Fahrer dem Gedächtnis bewahren wollten. Sie kannten ja alle Einzelheiten, denn an den Gastmählern, Abend um Abend, hatten die Weltumsegler berichten müssen, und die Stadt war voll von ihren Erlebnissen.

Obwohl sie sehnsüchtig waren, bald ganz in die Heimat zu gelangen, blieben sie doch, um wenigstens die ersten Arbeiten am Heiligtum zu überwachen, das die Ansässigen schon den Tempel der Hera Argoa nannten. Es erschien aber eines Morgens, da die Männer sich auf dem Strand nahe dem Schiffe mit Diskos und Bogen vergnügten, Thetis aus der Tiefe des Meeres.

Plötzlich stand sie hinter Peleus und berührte ihn am Arm. Er wandte sich um und erschrak. Zugleich schoss ihm vor Freude das Blut in die Wangen. Denn er hatte Thetis nicht mehr gesehen, seit sie ihn im Zorn verlassen, damals, als er sich töricht betragen. Töricht? Welcher Mann, welcher Vater hätte nicht ebenso gehandelt, wenn er zu nächtlicher Stunde erwachend seine Gattin im Hause sucht und sie am Feuer des Herdes findet, den neugeborenen Knaben über der Glut röstend wie ein junges Lamm.

Er hatte das wimmernde Kind aus ihren Händen gerissen, er hatte gebrüllt, wie die zornigen Männer ihre Frauen in Wut anzubrüllen pflegen, es fehlte nur wenig, dass er Thetis geschlagen.

Diese hatte ihn tieftraurig angeschaut und dann gesagt: »Törichter Menschenmann. Was hast du zerstört! Vom Wasser hatte er Unsterblichkeit. Das Feuer hätte ihm Unverletzlichkeit verliehen. Du hast den Bann gebrochen. Dort, wo ich Achilles hielt, an der Ferse, wird er verletzlich sein. Durch die Ferse wird er getötet werden. Der Olymp wird ihn aufnehmen, da er unsterblich ist. Unter den Menschen wird er sterben. Du hast ihn getötet.«

Damit hatte sie Peleus verlassen und nie auch nur ein Zeichen gesandt. Während des Sturmes hatte er an sie gedacht, aber nicht gewagt, ihre Hilfe anzurufen. Und nun stand sie vor ihm, in dem lichtgrünen Gewand, von dem noch einige Tropfen wie Perlen fielen.

»Lege den Bogen fort«, sagte Thetis, »und folge mir ohne Aufsehen, wie in Gedanken. Niemand nimmt mich wahr, außer Orpheus und vielleicht Jason; beide schweigen. Komm, ich habe mit dir zu reden.«

Sie wechselte mit Orpheus, der sie in der Tat bemerkt hatte, einen stummen Blick, dann führte sie Peleus über den Strand, abseits von den andren.

»Wir haben eure Fahrt verfolgt«, sagte Thetis, »wir Alten alle und die Olympischen droben. Wir haben Freude an euch gehabt. Wir haben genau hingesehen, als ihr bei Kirke wart. Sie muss sein, wie sie ist – schmäht sie nicht, auch nicht in Gedanken. Vielleicht ist sie das einsamste Wesen zwischen Himmel und Erde: Sie schafft und schafft, aber wer ist ihr Geselle? Ob Phrontis sie tröstet?«

Thetis lachte das stille silberne Lachen, das Peleus so gut an ihr kannte. Hatte sie verziehen? Spürte auch sie Einsamkeit? Er war kein Phrontis.

»Grollst du mir nicht mehr?« fragte er mit heiserer Stimme. Es ärgerte ihn, dass er sich so verriet, aber er war bewegt, erregt, er fühlte, wie eine trunkene Freude in ihm wuchs.

»Deinen Menschenmann hast du nicht vergessen«, sagte er.

Thetis nahm ruhig seine Hand. »Du weißt, wie Zeus mir nachstellte, er ist ja ewig bedacht, sich mit unsterblichen und sterblichen Frauen zu betten, und dann entführt er noch Jünglinge. Du weißt, dass er nur der Weissagung wegen von mir ließ: Ich würde einen Sohn gebären, der seinen Vater überträfe. Und dass er mir dann schnell die Hochzeit mit dir richtete. Die große Hochzeit, zu der alle Mächtigen erschienen. Unseres Sohnes wegen bin ich zu dir gekommen.«

Thetis ließ die Hand, wandte sich Peleus ganz zu und sagte: »Du schwörst bei der unsterblichen Zukunft unseres Sohnes, dass du schweigen wirst?«

Peleus nickte.

Thetis sagte: »Seine Unverletzbarkeit hast du vereitelt, er wird sein Schicksal erleiden, hier auf Erden, in einem schrecklichen Krieg, der um die Schwester der Dioskuren, um Helena, entbrennen wird. Durch die ungeschützte Ferse wird unser Sohn fallen.«

Thetis seufzte. Dann fuhr sie fort: »Davon schweige ich. Ich habe es schon durchlitten, und du wirst es erfahren. Es geht um ein anderes: Unser Sohn wird seine Bahn hier auf Erden ziehen. Kurz und glänzend wird sie sein wie die Feuerspur eines fallenden Sternes. Er wird der schönste Mann, er wird der tapferste Mann, er wird der Mann mit dem weitesten Herzen sein. Er wird hier drunten keiner Frau begegnen, die seiner würdig wäre. Er wird einen Freund haben, der seiner würdig ist, und seine Sinne werden sich an einem Mädchen entzünden, einem gefangenen Mädchen. Man wird sie ihm bestreiten, und um der Gleichgültigen willen wird sein Zorn entflammen, von dem die Sänger noch lange singen werden ...«

Thetis unterbrach sich. »Wovon rede ich?« sagte sie verwirrt. »Das alles wird geschehen, und ich möchte schon jetzt weinen. Aber darum bin ich nicht gekommen. Ich komme wegen der Frau, die seiner würdig ist.«

Sie sann noch einmal nach, ehe sie mit fester Stimme, beinahe befehlend, sagte: »Medea. Was sie zu dieser Fahrt beitrug, wisst ihr selbst am besten. Auch sie wird hernach ein Schicksal haben, das ich nicht verrate. Sie wird alles zu seinem Ende bringen, im Guten wie im Bösen, und dann wird sie zum Olymp auffahren und dem begegnen, der seine Bahn zu Ende führte: unserm Sohn.«

Thetis lächelte: »Er ist gewachsen seither, denn ihr wart nach der Zeit der Menschen lange unterwegs. Wenn ihr in Pagasai landet, wird er vor dem Kentauren herlaufen, schneller als sein Höhlenmeister, auf seinem Rücken wird er nicht mehr sitzen. – Ihr müsst aufbrechen, ihr dürft hier nicht länger zögern, sei es auch eines Tempels wegen. Ihr müsst zurück in die Heimat, auf dass alles erfüllet werde. Ich habe alles geordnet. Poseidon wird euch nicht hindern, die Winde werden euch stoßen; fahrt diese Küste entlang, südwärts, bis zur gefürchteten Enge: Skylla und Charybdis werden euch ziehen lassen, und tief in seinem Berg wird Hephaistos die unermüdliche Arbeit unterbrechen – kein Feuerregen, kein tödlicher Rauch wird euch bedrohen. Fahret hin, fahret hin, um unseres Sohnes willen brecht auf. Sage es den andern. Du darfst ihnen auch verraten, dass ich bei dir war; denn ich verlasse dich jetzt.«

»Für immer?«

»Für immer«, sagte Thetis. »Ich liebe dich wie am ersten Tag, Peleus. Aber es gibt Unwiederholbares. Wohin geriete die Welt, wenn wir Götter das nicht beachteten?«

Sie verschwand. Sie löste sich auf wie ein Morgennebel vom Meer, wenn die Sonne an Kraft zunimmt. Auf dem Strand blieb ein wenig Wasser, das rasch versickerte. Peleus sah, dass die Sohlen der Göttin keine Spur hinterlassen hatten. Nur seinen eigenen Abdruck sah er im weißen Sand, breit und schwer, wie Männerfüße sind. Er war allein. Er würde es immer bleiben. Mit der Spur der Erinnerung im Herzen würde er leben.

Den Freunden sagte er das, was er durfte. Sie eilten sogleich in die Stadt, um Abschied zu nehmen. Am Abend kehrten sie zurück, ein Zug von Poseidoniern begleitete sie mit den Gastgeschenken für die weitere Fahrt: Lämmer, Kälber und Geißen zogen sie am Strick daher, die Karren schwankten unter der Last von Amphoren mit Wein und süßem Wasser, Früchten und gelbem Weizen. Am Strand feierte man das Abschiedsmahl, bei loderndem Feuer und fröhlich zechend unter dem

Mond, der als runde Scheibe bald emporstieg. Amphion sang für Orpheus, der schweigsam war und in sich gekehrt. Peleus hatte sich abgesondert. Auf dem Strande, ganz nahe bei den Nachtwellen, die bis zu seinen Zehen liefen, saß er da und gedachte der verlorenen Gattin. Er gedachte ihres Sohnes. Er gedachte seines einsamen Lebens, das eigentlich jetzt zu Ende war. Die Lanze würde er, bei der Heimkehr, Achilles geben. Für seinen kurzen, glänzenden Erdengang.

*

Sobald am nächsten Morgen des Himmels Ostrand lichtkündend erglühte, sprangen sie auf, stiegen auf die Ruderbänke, nachdem das braunrote Segel gehisst und über die Rahe mit ledernen Riemen gespannt, nachdem sie auch alles Tauwerk geknotet und die Ladung fest verstaut.

Boreas trieb sie südwärts, die Ruder tauchten Schlag um Schlag in das friedsame Meer, schnell fuhren sie dahin.

Die Küste entlang mit ihren bewaldeten Hängen, den Fruchthainen mit den weißen Häusern dazwischen und den weitleuchtenden Tempeln auf den Vorgebirgen.

Sie landeten nirgends, obwohl begegnende Fischer sie einluden, bei ihnen zu rasten. Jetzt am Tage fragte niemand mehr, wer sie seien: Der rote Steven mit den Augen der Argo verriet sie schon von Weitem.

»Die Argonauten!« hallte es über die Wasser.

Sie tranken des Meeres Salzluft in ihre Lungen, ihre Herzen waren weit von der Lust des Fahrens, mit schmalen Lidern sahen sie die Mittagshitze auf den Klippen flimmern, an die Küsten von Hellas dachten sie und die Pansstunde in den Hainen an der See.

Es war schon Abend, als sie die Enge zwischen Land und Land erreichten. Aber die Felsen bewegten sich nicht, stumm und starr blieben Skylla und Charybdis, und der Wasser Strudel hatte Thetis gesänftigt. Ohne Not glitten sie durch den berüchtigten Seepass.

Sie hatten von den Rudern gelassen und trieben in der Brise dahin, nahe dem rechten Ufer. Da sprühte es mit Rot und Gelb und Blau aus dem tiefen Grün, Üppigkeit ohnegleichen, Überfluss des Wachstums, an Aiaia war zu denken, die Kirkeinsel, und an das blumenreiche Anthemoëssa, das Sireneneiland. Doch drohte hier keine Gefahr und keine Verführung, es sei denn die Verführung, an dieser begnadeten Küste zu landen und die Düfte zu atmen, die bis zum Schiffe herüberwehten.

Sie blieben aber standhaft. An einem Hafen fuhren sie vorbei, über dem sich in die Felsen eine Stadt genistet hatte, mit rosa Häusern, weißen Säulen und bunten Ziegeln auf den Dächern der Tempel.

Sie fragten die Barken, die längsseits kamen, nach dem Namen. Nach dem Minotauros hieß diese Stadt. Zwar hatte man die Silben vertauscht und rief: »Tauromina«, aber es war eine Stadt zum Gedächtnis des Stiersohnes der Pasiphae.

Medea war sehr bewegt. »Man hat ihn nicht vergessen«, sagte sie zu Jason. »Man erinnert ihn, den Vielgelästerten. Sicher sind es Kreter, die diese Stadt bewohnen. Sein Gedächtnis kann Theseus nicht auslöschen.«

»Er ist ja bestraft«, sagte Jason begütigend. »Dionysos hat ihm ja seinen Siegespreis, hat ihm Ariadne genommen. Und jetzt ist er an die Felsen der Unterwelt geheftet.«

»Er wird wiederkommen«, sagte Medea. »Wir werden ihm in Hellas begegnen. Ich werde ihn nicht begrüßen. Man muss auch Feinde haben. Orte, auf denen der Grimm sich sammelt. Er ist mein Feind.«

Medea sagte dies sehr ruhig, ohne die Leidenschaft, die sonst in ihren Worten war, wenn sie vom kretischen Untergang sprach. Sie stellte ein Unverrückbares fest, ein für allemal, dann schwieg sie und schaute mit Jason auf den brennenden Himmel.

Es war nämlich Nacht geworden, die Blumenküste war in Schatten versunken, aber jetzt wuchs vor ihnen der mächtige Kegel des Berges empor, in dessen Tiefe Hephaistos seine berühmten Geräte fertigte. Thetis hatte auch ihn zum Einhalten überredet: kein Aschenregen, keine verzehrende Lava brach aus dem Krater, nur die ewigen, nie verlöschenden Feuer der göttlichen Arbeit glühten tief drinnen, in ihrem Widerschein trieben Nachtwolken dahin, und es war, als hätte ein Brand den Himmel erfasst.

Schweigend fuhren sie an dem stummen Feuer vorbei, sie fuhren die ganze Nacht. Am Morgen waren die Ufer auseinandergetreten, die Weite des Meeres tat sich wieder auf, und sie hätten jetzt nach Osten lenken müssen. Es wehte aber der Boreas, zäh, unnachgiebig, ohne zum Sturm zu werden, aber doch unüberwindlich. Selbst der Anruf seiner Söhne verhallte ungehört, mit schäumendem Bug jagte die Argo gen Süden.

Neun Tage und neun Nächte ließ Boreas nicht ab. Wieder wurde es warm, glühend heiß schließlich – zu einem Rand der Welt wurden sie nochmals gestoßen. Welch Ratschluss war das? Welche Prüfung war nochmals für sie entworfen? Hatten sie nicht alles vollbracht? Galt das Wort der Thetis nichts? Konnte es Uneinigkeit unter den Göttern geben?

Solange man in der Tat ist, in den Werken, im Vollzug, im Schicksal also, so lange erträgt man alles, auch das Unvermutetste, das Widrigste, das Gefährlichste. Aber wenn die Spannung gebrochen ist, wenn man glaubt, die Dinge zu ihrem Ende gebracht zu haben und man schon ganz in der Heimkehr ist, das heißt: in der Betrachtung des Geleisteten, im Stolz vielleicht, sicher aber in einer sanften Erschlaffung von Herz und Hirn – wenn es dann ein Nochmals gibt, dann wird es schwer.

Niedergeschlagenheit regierte an Bord. Mit müden Augen sahen die Männer auf eine flache sumpfige Küste, weiter drinnen im Lande gab es baumlose Berge und bis zur Kimme den gelben Sand der Wüste, auf dem die Luft tanzte. In die Lagune wurden sie noch getrieben, dann hörte der Wind plötzlich auf, kein Zweifel, diese Landung war gemeint. Als sie den Kiel der Argo durch das Schilf zogen, schwirrte es von Fliegen, Wolken von Fliegen.

Wenn sie auch entmutigt waren, sie taten das Notwendige, sie erkundeten die Gegend bis zum Rand der Wüste, sie suchten nach Zeichen, was diese Landung bedeute, sie fanden nichts. Es gab nur Sumpfgetier, das vor ihnen davonhuschte, es gab Vögel, die schnarrend über das Schilf abstrichen; es gab die Stachelgewächse, die Disteln und Domen, dort, wo der

Sumpf zur Wüste wurde. Die Eidechsen gab es dazwischen und die Schlangen.

Auf der Suche nach dem Sinn dieser Landung verloren sie Mopsos. Er trat auf eine Schlange, fühlte den kurzen Schmerz, aber achtete nicht der zwei winzigen roten Punkte auf der Wade. Bis er zusammenbrach, und dann war selbst Medeas Hilfe vergebens. Er starb unter Krämpfen, sein Leib schwoll an und färbte sich schwarz. Noch bevor der Abend fiel, begruben sie ihn hastig im heißen Sand.

Die Opfer brachten sie zwar, die Weinspende und das Totenbrot, aber die Waffentänze unterließen sie und die Gesänge; selbst Orpheus schwieg. Sie waren zu mutlos.

Denn an welchem Rande der Welt waren sie jetzt? Welche Uralten walteten hier, unsichtbar, ungreifbar? Warum traf es den Mopsos, der Apollon gekannt hatte und den Flug der Vögel deuten konnte?

In seiner Heimat hatten die Menschen zu ihm aufgesehen, und er hatte ihnen geholfen; in diesem Kreise freilich war er im Schatten des Orpheus gestanden – wer könnte sich gegen Orpheus behaupten? Gleichwohl hatte Apollon Mühe an ihn gewandt und ihn belehrt; wenn er hier fiel, so mussten Geister Macht haben, die dem Maß widerstrebten. Alle dachten an Kirke. Am Rande der Welt ist das Maßlose mächtig. So dachten sie wohl, ohne es zu sagen. Dennoch irrten sie. Alles war ganz anders. Die Welt ist nicht zu erklären. Nur Orpheus weiß sie – und wird bewusstlos. Sie irrten.

Es waren nämlich die Boreaden davongeflogen, da alle verzweifelten: Nicht einmal Wasser gab es zum Trinken, und die Krüge der Poseidonier waren leer. Hatte man nicht geglaubt, in wenigen Tagen in Hellas zu sein? Salzwasser gab es hier, und Brackwasser, und die Wüste. Der Wein machte trunken, und in der Trunkenheit wuchs nur die Verzweiflung. So waren die Boreaden davongeflogen, obwohl der Vater sie nicht trug; ohne Scherz auch, sie waren plötzlich emporgestiegen und rasch in der gläsernen Luft verschwunden. Mit glänzenden Augen kamen sie zurück.

»Wasser!« riefen sie noch aus der Höhe. Und: »Rettung! Wesen! Leben!«

Sie hatten eine Oase entdeckt, Palmen, Zisternen, einen Weiher gar und trinkende Lämmer. Auch Mädchen in weißen Gewändern zwischen den blauen Schatten der Bäume.

»Wunder, Wunder«, sagte Jason bitter. »Palmen, Zisternen, rinnende Wasser ... Nur – wir andern können nicht fliegen. Hebt denn Medea empor, tragt sie zu den Weißgewandeten. Uns aber lasst verschmachten. Wir sollen wohl, nach unbegreiflichem Ratschluss, ruhmlos und ungesehen von den Menschen hier unser Leben enden. Vielleicht sind schon andere bestimmt, aus dem verwitterten Rumpf der Argo das Goldene Vlies zu ziehen und es in die Heimat zu bringen. Vielleicht sind wir unnütz, nachdem wir das Aufgetragene getan. Vielleicht ist der Weltenplan so grausam ... Hört nur, wie die Schakale bellen, sie warten auf unseren Tod.«

Es lagen die Lämmer und Färsen von Poseidonia offenen Maules, mit keuchenden Flanken auf dem Grund. Auch lagen manche der Fahrtgenossen hingestreckt, das Gewand um das Haupt geschlungen, taub und dumpf den Tod erwartend. Die Schakale konnten sie nicht mehr schrecken, die Boreaden nicht mehr aufrichten, in der fürchterlichen Hitze dämmerten sie dahin.

»So nehmt schon Medea und fliegt davon«, schrie Jason zornig.

Orpheus schüttelte den Kopf, schwieg aber und sah vor sich hin. Er hatte die Lippen aufeinandergepresst, als müsse er mit Gewalt seine Worte unterdrücken. Einmal blickte er kurz zu Medea hin. Die gab ihm den Blick zurück, und dann sagte sie: »Orpheus hat recht. Niemand wird hier sterben. Helios wird seine Enkelin nicht töten. Dies hier ist keine Prüfung mehr, die Prüfungen sind hinter uns. Es ist eine Mahnung wohl, noch einmal, bevor wir in die Zonen der Mäßigung für immer rückkehren, noch einmal die Mahnung, wie mächtig die Mächte des Alls sind. Keiner erträgt sie unverhüllt. Ihr jammert schon und erwartet den Tod, wo doch Helios hoch über uns ist. Wenn er niederkäme ...«

»Auf«, rief sie laut, »auf, auf! Zu den Zisternen, den Palmen und den blauen Schatten. Sind die Boreas-Söhne nicht geflogen, ohne den Wind, der sie trägt? Wir werden die Wüste durchqueren, ohne Wasser, das uns tränkt. Man kann, was man will.«

Sie wartete keine Antwort ab. Ein Tuch, eines der hauchdünnen, duftigen, mit Vögeln und Blüten bestickten, die sie von der Königin von Gomar erhalten, warf sie über den Scheitel, knüpfte es um die Fülle der schwarzen Locken, dann tat sie den ersten Schritt in die flimmernde Unendlichkeit des sengenden Sandes.

Es ist keiner zurückgeblieben. Alle sind sie ihr gefolgt. Selbst Argos ließ die Argo. Und das Goldene Vlies? Hier gab es niemand, der es hätte rauben können.

Wenn man später die Argonauten fragte, wie sie diese Wanderung überstanden, so hatten sie keine Antwort. Sie murmelten nur: »Medea«. Und: »Sie ging uns voran. Sie sah nicht um. Durst und Hunger kannte sie nicht. Der Glut achtete sie nicht. Konnten wir uns von einer Frau beschämen lassen?«

Die Boreaden nämlich, die doch Wasser hätten bringen können, wenigstens Wasser für die geborstenen Lippen – sie vermochten es nicht. Sie hatten wohl versucht, sich abermals zu erheben, aber nichts trug sie. Sie waren an den Grund gebunden, wie jeder Sterbliche. Ratlos und erschreckt sahen sie einander an. Kann man nicht, was man will? Oder darf man nicht wiederholen? Gibt es vielleicht nur Pausen im Gesetz, seltene Pausen, in denen allein man fliegen kann? Um dann aufs neue gebunden zu sein, wie alle? Sie waren gebunden jetzt, und litten mit den Genossen. Und Medea führte sie.

Es war ein furchtbarer Marsch, keiner begriff, wie Medea noch immer weiter trieb, sie waren alle längst am Ende der Kraft, ihre Sinne verwirrten sich, sie waren bereit zu sterben, jetzt und hier, ruhmlos und ungesehen von den Menschen, mochten die Schakale an ihnen nagen ... Aber stumm ging Medea ihnen voran. Durften sie sich von einer Frau beschämen lassen?

Und dann waren doch schließlich die Palmen da, man roch die süßen Wasser, Vögel kamen angeflattert, und in den blauen Schatten bewegten sich weiße Gestalten. Mädchen waren es, Jungfrauen. Sie legten die Hand über die Augen und sahen den Wanderern entgegen.

Im Augenblick, da diese den Hain betraten, erlitt Medea eine Ohnmacht, Jason fing sie auf, legte sie an den Fuß einer Dattelpalme, Nymphen sprangen herbei und gossen aus irdenen Schalen kühles klares Wasser über die Stirn der Bewusstlosen. Auch den Männern reichten sie das entbehrte Nass.

Orpheus trank einen tiefen Zug, dann begrüßte er die Weißgewandeten, die Herrinnen dieses Ortes, es waren Drei, mit stummen Gesten hatten sie die Nymphen gelenkt.

»Holde und schöne Geister«, sprach sie Orpheus an. »Gebieterinnen«, nannte er sie und »Hüterinnen der Frucht«.

»Wäret ihr nur ein wenig eher gekommen«, erwiderten die Jungfrauen, »Herakles war hier. Er sucht euch an allen Rändern der Welt.«

»Schüttet das Wasser fort«, sagten die Jungfrauen, »nehmt von den Früchten, sie stillen den Durst und geben euch neue Kraft. Herakles erschlug die Schlange, er nahm selbst von den Früchten, sie gehören jetzt der Welt, die eifersüchtige Schlange ist nicht mehr. Kostet von den Früchten.«

Es waren die Hesperiden. Und die Erschöpften sahen jetzt auch den Baum im Kreise der Palmen. Im dunklen Grün funkelten die runden Früchte wie rotes Gold. Und keine wachende Schlange hing mehr in den Zweigen. Die Erschöpften griffen zu: Glatt und glänzend war die Schale außen, weiß und pelzig innen, sie ließ sich leicht lösen und gab des Fruchtfleisches Kugel frei, golden und purpurn auch dies, saftig und süß.

»Labt euch«, sagten die Hesperiden, »und nehmt von diesen Früchten mit in die Heimat. Auch Herakles tat es.

»Wo ist Herakles?« riefen die Dioskuren.

Die Hesperiden wiesen nach Westen. »Zu unserm Vater Atlas«, sagten sie, »zum äußersten Ende der Länder, wo er die Säulen des Himmels stützt. Ich habe ein Werk dort, sagte er uns. Er verriet nicht, was. Ob er ihn wohl von seiner Last befreit? Er hat ja auch unseres Vaters Bruder befreit.«

»Prometheus? Er hat Prometheus vom Felsen gelöst, die Ketten gesprengt? Er war in Kolchis?« Atemlos fragte es Medea. Wahrlich: Dies war eine Wende der Zeiten, wenn selbst Zeus von seiner dunklen grausamen Rache lassen musste. Wie wird es jetzt in Kolchis sein, wenn die Schattenwand über Stadt und Palast nicht mehr von Titanenschmerz widerhallte? Wenn nicht mehr Schrei und Kettenklirren die Nächte zerriss? Auch in Kolchis musste das Leben sich ändern. Wahrlich, es war die Wende der Zeiten.

»Er war auch in Kolchis«, sagten die Hesperiden. »Er suchte euch ja überall. Dabei verrichtete er seine Taten. Um die Welt zu reinigen. Von schwarzem Hass aus der Titanenzeit, von Ungeheuer, Drachen, Schlangen ...«

Die Argonauten sahen sich an.

»Man müsste ihn finden«, sagte Telamon in seiner langsamen Art. »Wo er doch nicht weit sein kann. Wie erreichen wir ihn, Medea?«

»Wir suchen ihn«, riefen die Boreaden aus einem Mund. Schon hatten sie ihre Niederlage vergessen. Der Gedanke an Herakles überwältigte sie. Sie dachten, wie jede Jugend, nur das Nächste, und, siehe an, da flogen sie schon, ihr Ungestüm trug sie davon, wie rasche Vögel verschwanden sie in der flimmernden Wüstenluft.

Die Hesperiden, weiß und schlank, sahen ihnen nach. Medea sah ihnen nach. Die Genossen der Argo sahen ihnen nach. In diesem Augenblick begriffen sie zum ersten Male ganz, wer sie waren. Der gute, wärmende Stolz stieg in ihnen auf, den Jason einmal gefühlt hatte, damals, bei der Stierprobe. Sie empfanden jenes Wachsen des Atems in der Brust, wie ihn der Mann erfährt, der weiß, dass er etwas geleistet hat. Sie gedachten der Unbilden nicht mehr und nicht der verhangenen Zukunft. Sie erkannten, erworben zu haben, was einzig des Mannes Lebensgrund ist: eine Spur zu hinterlassen. Sie erkannten es, weil sie auf des Herakles Spur gestoßen.

Höhlenhochzeit. Lied des Orpheus. Der Triumph

Die Boreaden hatten Herakles wohl gesehen. Am Rande der
Wüste, wo die Gebirge begannen zum Felsenende der Welt
emporzuwachsen, schritt er dahin, mit Löwenfell und Keule.
Er war allein. Hylas hatte nicht zurückgefunden.

Zetes und Kalais flogen nahe genug heran, dass sie ihn
hätten rufen können. Es war aber in seinem Dahinschreiten
eine solche Einsamkeit, dass sie keinen Laut wagten.

Die Einsamkeit des Peleus war anderer Art. Er hatte damit
zu leben, dass er verlassen worden und nie eine Frau ihm die Erinnerung auslöschen konnte. Wer bei einer Göttin gelegen ...

Auch Orpheus begriffen sie. Wer die ganze Welt liebt, in
wessen Brust Blume, Tier und Mensch noch einmal im Liede
erzeugt wird, wer das bunte Leben selbst umarmt, bleibt einzeln. Denn welche Schulter er auch berührt, in welchen Schoß
er sein Haupt auch legt – immer wird er das Ganze meinen,
wenn er sich ans eben Nahe schmiegt, und das Berührte wird
fühlen: Er meint nicht mich, ich bin nur ein Anlass, die Welt
zu lieben.

Die Boreaden hatten dies genau verstanden. Gleichwohl war es ihnen vollkommen fremd. Wie alle Jugend glaubten sie, schnelle Entzückung, schneller Zugriff, Löschung des Durstes sei der Liebe Wesen. Von Medeas endlicher Einsicht waren sie noch weit. Orpheus ahnten sie. Herakles flößte ihnen Ehrfurcht ein.

Sie wussten, wie er da ins Gebirge wanderte, dass nicht die Liebe ihn einsam machte. Was der heute verlor, konnte er morgen zehnfach haben. Der Überwältiger. Nein, der Mann dort unten war einsam durch seine Taten. Von Handlung zu Handlung ging er. Nirgends ruhte er. Es galt ja die Welt zu reinigen. Der dort unten war eingeschlossen in seine Aufgabe. Er führte aus, damit Orpheus singen konnte.

Die Rätsel des Herzens sind jungen Männern noch ein Spott. Sie springen, bis sie in die Schründe der Seele stürzen. Aber den Täter verstehen sie mit allen Fibern: So möchte ein jeder sein. Und wenn man gar schon Teilhaber von Taten ist, wie die Boreaden, wenn man den seltsamen Rausch der Leistung schon gespürt, dann hat man Ehrfurcht vor dem, dessen Löwenfell um die Schultern bereits eine Sage ist. Sie dachten beide den Satz – den sie einander später gestanden: Da geht Herakles über die Erde.

Sie haben ihn nicht angerufen, sie sind zurückgekehrt. Die Genossen fanden sie schlafend; auch sie selbst überfiel die Müdigkeit, und sie legten sich in der Palmen blaue Schatten.

Als sie erwachten, war ein Wunder geschehen, das letzte Wunder dieser Fahrt. Regen war gefallen, nicht auf die Schlafenden, aber weit im Umkreis der Oase. Kräuter sprossten, grünes Gebüsch war aufgeschossen, an den Zweigen leuchteten die vielfarbenen Blüten. Es war wie beim Rheia-Wunder im mysischen Land. Auch das Bett eines ausgetrockneten Flusses, durch dessen braunes Geröll sie lange Zeit und verzweifelnd gezogen waren, quirlte von geschäftigem Wasser. Alle Vögel im Haine zwitscherten.

Dem Fluss sollten sie bis zur Küste folgen, sagten die Hesperiden, er brächte sie nahe bis zur Landestelle. Auch sollten sie nun Früchte und Reiser vom behüteten Baum nehmen.

»Es ist der Wille«, so sagten sie, »dass die Welt sich mit vollkommenen Dingen fülle. Wir haben nichts mehr zu hüten. Und die Schlange ist tot.«

Sie sagten es ruhig, ohne Trauer, sehr freundlich. Aber der Abschied war in den Worten.

Als die Weltenwanderer später noch einmal umsahen, erhoben die drei Jungfrauen grüßend die Arme, und dann verwandelten sie sich, vielmehr: traten sie zurück in die stummen Formen des Alls. Hespere trat in eine Pappel, Eritheis in eine Ulme, Aigle aber in den Stamm einer Weide, die über die Quelle herniederhing, aus der die Argonauten zuerst getrunken. Holde, schöne Gebieterinnen, Geister des Wachstums, seid gegrüßt.

Die Argo fanden sie unversehrt – wer außer Herakles dränge auch in solche Ferne? Unberührt lag das Schiff im Rohr. Die Lämmer, Färsen und Geißen waren wiedererstanden und sprangen mutwillig am Ufer des nahen Flusses herum, man musste sie einzeln fangen. Die Schläuche und Fässer wurden mit Wasser gefüllt, das Segel gehisst, und wiederum ging es davon.

Wiederum das Meer. Die Aufgänge und Untergänge der Sonne. Die Farbenspiele der Wogen. Die fliegenden Fische und das Dahintreiben von kleinen, weißen Wolken im Blau des Himmels.

»Werden wir es je noch an Land aushallen?« riefen die Dioskuren und sprangen über Bord. Prustend tauchten sie auf, schüttelten die nassen Locken und schrien: »Wir wollen Tritonen werden. Verzaubere uns, Medea!«

»Ich bin nicht Kirke«, gab Medea lachend zurück. »Auch seid ihr so viel hübscher.«

Fröhlich winkten die Dioskuren aus dem Wasser, sanft wehte der Südwind, immer häufiger strichen Vögel am Mast hin, und da sahen sie eines Abends, als es schon dunkel geworden, Lichter zur Rechten. Das musste Hellas sein. In dieser Nacht schlief niemand. Mit halbgerafftem Segel trieb die Argo langsam dahin.

Bei den andern stand Medea an der Reling. Ihr Herz klopfte ungestüm. Diese Schatten gegen den Sternenhimmel waren hellenische Berge; diese Lichter hier und dort, das Hundegebell, das Muhen der Rinder – all das bedeutete Hellas. Sie waren angelangt. Unterwegs hatte sie sich oft an diesem Augenblick gestärkt. Wir müssen überstehen, hatte sie sich mit zusammengebissenen Zähnen gesagt; eben noch in der Wüste hatte sie dies unablässig gedacht. Überstehen für die Zukunft, die Glück hieß. Jetzt, da es soweit war, erschrak sie. Dunkel fuhr ihr der Gedanke durch den Sinn, dass ein Weg mehr sein könne als ein Ziel. In Verwirrung tastete sie nach Jasons Hand.

Stumm und andächtig lehnten sie aneinander, bis der Morgen die Küste enthüllte, die bewegte hellenische Küste mit den Riffen und Golfen, den weißen Tempeln auf den Vorgebirgen, den Gipfeln aus grauem Gestein, die im Lande drinnen aufstiegen, den grünen Wäldern in den Tälern, mit den Fischerbarken, die aus den Morgenbuchten schwärmten.

Heute aber warfen sie die Netze nicht aus, sie hatten das Schiff erkannt, über die Wasser hallte es: »Die Argonauten! Die Argonauten!« Von den Felsen kam das Echo zweimal, dreimal zurück.

»Die Berge selbst rufen euren Ruhm«, sagte Medea zu Jason. »Die Berge deiner Heimat.«

»Die Berge unserer Heimat«, erwiderte Jason. »Und höre nur, was die Fischer uns zurufen. »›Agathe tyche‹, wünschen sie uns, glückliches Schicksal. Das ist ein hellenischer Gruß. Das Glück – es war mit uns. Es wird mit uns bleiben.«

»Wenn wir es festhalten«, sagte Medea und sah Jason voll an. »Wir wollen es festhalten.«

Sie winkte zu den Barken hinab, die der Fische vergessend um die Argo strudelten, lachend vor Glück winkte sie mit einem Tuch der Königin von Gomar. Und da hörte sie zum ersten Male auch ihren Namen. »Medea!« riefen die Fischer. »Medea!« Und Antlitze hoben sich ihr entgegen. Es waren verbrannte, von Wind und Sonne verwitterte Antlitze, aber blaue Augen leuchteten aus ihnen, und in einer stolzen Geraden führten Stirn und Nase zu den üppigen Lippen.

»Woher kennen sie meinen Namen?« fragte Medea. Sogleich hatte sie ihre Frage vergessen, denn sie sah auf die Stirn von Jason, die von Wind und Wüste gebräunte, auf den schmalen Rücken seiner Nase sah sie, auf die roten Lippen. Sie hatte ihre Frage schon vergessen.

»Ruhm der Taten verbreitet sich«, sagten die roten Lippen.

»Und wie lange sind wir unterwegs, nach den Maßen der Menschenwelt?«

»Der Ruhm hat Zeit gehabt und so weiß er, dass an dieser Fahrt dein Name haftet, Medea.«

»Mein Name haftet nur an deinen Lippen«, sagte Medea, ohne von ihrem Blick zu lassen. »Du bist vorbereitet von deinem Kentauren-Meister. Du bist ausgesandt. Du hast vollbracht. Habe ich geholfen? Ich war nur eine Brücke, über die du gegangen bist. Getan hast du alles.«

Sie sprach einzig, damit die Lippen sich bewegten, auf die sie starrte.

»Brücke, Brücke«, sagte Jason. »Spiel mit Worten. Ich habe die Welt gefördert. Und du hast Anteil daran. Zu Recht rufen sie unten deinen Namen.«

»Du hast bei Fürstinnen geschlafen«, sagte Medea, »und bei wem sonst noch, ich weiß es nicht. Aber hast du so wenig von Frauen gelernt? Hast du so wenig von der Liebe begriffen? Erinnerst du die Nacht, da wir am Mast standen, ich habe vergessen, welche Nacht es war, es gab so viele, aber sie liefen um uns, deine Gefährten, den Wein zu holen und die Schale, für den Rundtrunk, erinnerst du dich, wie wir uns da berührten? Jetzt ist es Morgen, der Heimkehrmorgen, ich darf dich nicht berühren, weil es alle sehen würden, die Genossen hier, die Fischer drunten, aber ich berühre dich mit Worten, meine Augen sind auf deinen Lippen ... Wegen eines Lippenpaares kann man die Welt fördern.«

»Unbändige«, sagte Jason. »Willst du mich an diesem Morgen toll machen? Schau mich nicht so an, sieh lieber zur Insel dort vor uns. Sieh, wie die Zypressen vor dem Rosenhimmel stehen. Es ist Scheria. Die gastfreien Phaiaken bewohnen sie. Bei ihnen wollen wir ausruhen. Und dann nach Pagasai fahren. Sieh doch, wie schön das Eiland ist.«

Aber Medea sah nur immer Jason an. Erst als sie in das Hafenrund einliefen und das Geschrei um sie herum zunahm, wandte sie den Blick ab.

Trotz der frühen Morgenstunde drängte sich viel Volk auf der Mole, das ihnen entgegenjubelte. Jasons Name erklang und der von Medea. Im Takelwerk der großen Segler aber hingen Dolden von braunen Knaben. »Orpheus, Orpheus!« riefen sie im Chor.

Der stand neben Argos am Steuer. Jetzt lachte auch er. Und er erhob die Lyra zum Gruß, dreimal ging seine Hand über die Saiten, durch die plötzliche Stille sandte er drei rauschende Akkorde zu der Jugend von Hellas droben im Takelwerk.

»Orpheus, Orpheus!« schrien die Knaben. »Jason!« rief die Menge auf der Mole, und: »Medea!« In einem Tumult der Begeisterung gingen die Argofahrer an Land.

Es war wie der Einzug zu Saram. Nur traten sie hier unter Gleichgestaltete, und die Laute der Heimat umschwirrten sie. Auch die Vögel der Heimat umschwirrten sie, und die Blüten der Heimat waren um sie, als Medea und Jason durch Gärten und Haine zur Burg des Inselfürsten emporstiegen. Auch die Früchte waren in den Zweigen da, neben den Blüten, denn an dieser gesegneten Küste gab es keine Pause der Jahreszeiten: Im milden Wind wiegten sich die Äste, blütenbunt und früchteschwer – Birne reifte an Birne, Apfel rötete an Apfel, Traube dunkelte an Traube, da leuchtete der Purpur von Granatäpfeln, dort das Violett der Feigen, und an allen Hängen der Oliven Silberschatten.

So also war Hellas. »Hier werde ich glücklich sein«, flüsterte Medea Jason zu. »In Poseidonia ahnte ich es, hier weiß ich es. Ich habe eine neue Heimat gefunden.«

Sie war wie betäubt von Glück. Mit allen Sinnen nahm sie die Bilder der neuen Welt in sich hinein. Frühlingsland, Frühlingsland murmelte sie vor sich hin.

Es kamen ihnen jetzt Boten der Burg entgegen, sie zu begrüßen, denn ihr Einlaufen war dort nicht unbemerkt geblieben, auch waren ihnen gewiss flinke Knaben vorausgeeilt. Und da erhob sich, nach einer letzten Biegung des Weges, die Befestigung vor ihnen, mit Mauern und Türmen aus riesigen, unverkitteten Granitquadem. Schildträger, Speerträger. Die Vorhöfe. Der Palast. Durch ein vergoldetes Tor traten sie in weite, lichtdurchleuchtete Galerien. Oben von blauem Gesimse gekrönt, gaben sie durch weiße Säulen den Blick auf kleine Innenhöfe frei. Päonien, Rosen, Lilien blühten da um Marmorbecken, in denen springende Wasser ihr Spiel trieben. Die Wände der Galerien waren mit Platten aus getriebenem Erz verkleidet. Taten des Poseidon sah man dargestellt, Najaden, Delphine, Segler auch und die Verrichtungen des Fischfangs. Der Fürst Alkinoos war ja ein Enkel Poseidons, das Meer brandete um die Insel – des poseidonischen Elementes Reichtum priesen also die ehernen Wände.

Vor den Durchgängen und Pforten standen silberne und goldene Hunde. Hephaistos selbst hatte sie zur Hochzeit des Alkinoos und der Arete gefertigt, als ewig-junge, unsterbliche Wächter; so bedeutete den Gästen der Palastbote.

Dann traten sie in das geräumige Megaron. Bunte Teppiche und gestickte Kissen in Fülle. An den Wänden auf marmornen Sockeln goldene Jünglinge mit Fackeln in den Händen. Die spendeten wohl das Licht für die abendlichen Feste.

Ein braungelockter, stattlicher Mann stand auf und umarmte Jason schweigend. Auch Arete stand auf und legte die Arme um Medea.

»Sei gegrüßt meine Tochter«, flüsterte sie mit bewegter Stimme.

Es war gut, von dieser umschlungen zu werden: Güte strahlte ihr Auge, Güte war im Druck der Hände auf Medeas Schultern. Ja, dies war Heimkehr.

»Seid gegrüßt«, sagte jetzt auch Alkinoos und trat zurück. Er wies auf einen jungen Mann und ein eben erblühendes Mädchen von großer Schönheit. »Dies ist Nausikaa, und dies ist mein Sohn Nausithoos – sie werden euch treue Freunde sein.«

Alkinoos ergriff eine Schale und brachte das Weinopfer. Dann klatschte er in die Hände und ließ Früchte bringen, Nüsse, süßes Backwerk und gemischten Wein.

Gewiss galt es nun zu erzählen. Aber wo beginnen bei dem unendlichen Stoff? Jason hielt sich ans Jüngste. Wie sie des Herakles Spur gestreift, berichtete er, und dass drunten in der

Argo Reiser und Früchte vom Baum der Hesperiden geborgen seien, man möge von diesen für die Gärten und Haine der Insel das Gastgeschenk annehmen. Dann sprach er von Phaetons Sturz und der Trauer der Heliostöchter. Medea war aus ihrer seligen Betäubung erwacht. Sie sah auch nicht auf Jasons Lippen, sondern seitlings zu Alkinoos. Ihre Sinne waren jetzt gespannt. Sie spürte ein Unausgesprochenes, ein Zögern, ein Besorgtes an dem Inselfürsten; vielleicht war es auch Nausikaa, die durch das Spiel ihrer Hände geheime Unruhe verriet, während sie doch Jason gebannt lauschte. Warum auch war nach Umarmung und Weinspende keine Botschaft zu den Gefährten im Hafen gesandt worden?

Medea hatte sich nicht getäuscht, sie brauchte nicht lang auf die Antwort zu warten. Denn plötzlich erhob sich erneutes Geschrei im Hafen, aber kein Jubel, kein Willkomm: Das war Zorn und Warnung, das war Kriegsgetöse.

Alkinoos war ans Fenster getreten, winkte mit dem Haupt, und da sah sie denn, was sie am wenigsten erwartet hatte: Auf der Reede kreuzten, im Sund zwischen Insel und Land fuhren daher die schwarzen, schlanken Schnabelschiffe aus Kolchis.

Alkinoos wandte sich um. »Nicht nur Herakles suchte euch«, sagte er traurig. »Auch die Männer deines Volkes, Medea, durchfuhren die Weltmeere nach euch. Sie waren schon einmal hier. Ich glaubte sie nicht so nahe.«

Er winkte seinen Kindern, die Halle zu verlassen, dann erst setzte er fort: »Sie suchen nicht nur die entflohene Tochter. Sie sprechen von Untat. Von Brudermord. Und sie drohen mit Gewalt. Ich habe euch gleichwohl als Gäste aufgenommen. Ich sollte euch schützen. Aber wollt ihr, dass die Sohne dieser Insel ihr Blut lassen, wenn ihr schuldig seid? Ihr müsst jetzt sprechen.«

Medea stockte der Atem. Sie wagte nicht, Jason anzusehen. Nun warf er doch seinen Schatten, der tote Bruder. Wie hatte sie ihn gefürchtet! Wie oft hatte sie unterwegs gedacht: Jetzt holt er uns ein.

In der Nacht des Sturmes war sie bereit gewesen, sich zu opfern. Sie hatte wirklich gewünscht, Poseidons Woge möge sie von der Qual befreien. Aber man hatte ihr Opfer nicht gewollt. Und durch alles waren sie hindurchgekommen, selbst durch die Wüste ...

Jetzt aber, eben in der Stunde, da sie zum Leben bereit war, zum Glück bereit war, eben jetzt, da sie glaubte, es sei geleistet, da holte sie der Schatten ein.

Eine Verzweiflung ergriff sie, wie sie sie nie gekannt. Sie stürzte vor Arete zu Boden, umklammerte ihre Knie und begann von Kirke zu stammeln. Von der Lösung der Schuld – nach Kirkes eigenem, weitem Gesetz. Aber auch nach dem Gesetz des Zeus – die Opferhandlungen waren dort vollzogen worden, die Sühnemittel verbrannt, alle Riten vollzogen.

Freilich, wie sie so stammelte, fuhr es ihr durch den Sinn, dass sie selbst nichts getan, dass Kirke nur, und mit leichter Hand, spöttisch sogar, das Vorgeschriebene erfüllt. Hatten sie Buße getan? Sie hatten mit Kirke gekämpft, gewiss, aber nicht um der Seele Reinheit. Große Worte hatten sie gebraucht, um große Dinge war es auch begangen, für eine Ordnung hatten sie gekämpft, gegen Nacht, Chaos, Unmäßigkeit. Sie hatten darüber vergessen, den Schatten auf der eigenen Seele zu tilgen.

Blitzschnell schoss dies alles durch Medeas Hirn. Und so sprach sie von dem, stoßweise, heftig, zornig beinahe, was sie nie zu nennen wagte: von dem Mord. Wie sie wirklich geglaubt, die Verwandlung vollbringen zu können. Sie nannte den Widder.

»Holt einen Widder«, rief sie, »ich werde es zeigen!«

»Es wird dir gelingen oder nicht gelingen«, sagte Alkinoos ernst. »Dennoch hast du deinen Bruder gemeuchelt.«

»Ich habe ihn getötet«, sagte Jason fest. Die Hand hatte er an den Schwertgriff gelegt. »Ich war berauscht. Aber auch die Taten im Rausch zählen. Und ich wusste, was ich tat. Es galt das große Ziel, die Aufgabe. Jener Jüngling stand im Wege. Man muss für hohe Dinge auch das Eisen gebrauchen können.«

»Das ist ein gefährliches Wort«, fiel Alkinoos ein. »Wer kennt die Wege des Schicksals? Wer von uns kann entscheiden, dass es nur den einen, den mörderischen Weg gibt?

Konnte Apsyrtos seinen Sinn nicht ändern? Bist du der Sprache nicht mächtig? War Orpheus nicht bei euch, der Kolcher Sinn zu besänftigen? Gab es nicht viele andere Wege?«

Alkinoos sprach mit großem Nachdruck. »Kein Ziel, keine Aufgabe scheint mir hoch genug, deshalb das Wunder des Lebens zu vernichten.«

Er wandte sich von Jason ab und sah Medea an, die sich noch immer an Arete klammerte.

»Wenn Jason fehlte, so werden die Götter ihn strafen, entsühnt oder nicht entsühnt«, sagte er. »Aber die Schiffe da draußen kreuzen nicht Jasons wegen. Sie fordern die Tochter für den Vater.«

Es klang, als habe Alkinoos die Entscheidung schon gefällt. Eine besinnungslose Angst riss an Medea. Die Trennung von Jason ... Sie rang mit den Tränen, die ihre Stimme erstickten. Und da sie des Aufruhrs in ihrer Brust nicht Herrin wurde, Zorn auf sich selbst, Zorn auf Alkinoos sie überwältigten, geriet sie völlig außer sich. Die wilde, kolchische Jungfrau brach in ihr durch. Sie ließ von Arete, warf sich ganz zu Boden, schlug mit der Stirn auf den Boden, und mit hämmernden Fäusten schrie sie: »Nie! Nie! Nie! Was ich tat, geschah um seinetwillen. Ich lasse ihn nicht. Wie könnte ich noch leben ohne ihn. Nie! Nie! Nie!«

Ihre Schreie gellten durch den Palast. Jason wollte zu ihr treten, aber da richtete sie sich auf. Ihr tränenüberströmtes Antlitz mit den zerrauften schwarzen Locken wandte sie ihm zu. Sehr ruhig, mit einer Stimme, die von weit herkam, sagte sie: »Man muss für hohe Dinge auch das Eisen gebrauchen können. Töte mich, Jason, wo du am Ziel bist und ich nur das letzte Hemmnis. Es braucht nicht hier zu sein. Führe mich fort, irgendwohin in die Haine von Hellas und töte mich. Wenn du mich liebst, tötest du mich. Die Götter werden dir verzeihen, denn du richtest nur eine Mörderin, die dich verführte. Tue es, Jason. Bitte.«

Sie versuchte aufzustehen, aber ihre Kräfte gehorchten ihr nicht – sie fiel zurück.

Jetzt brach auch Arete in lautes Schluchzen aus. Jason kniete bei Medea und strich ihr das Haar aus der Stirn.

»So hast du mir getan«, sagte er, »an dem Morgen nach Saram. So tue ich dir jetzt. Nichts wird uns trennen.«

Alkinoos war zur Tür gegangen und hatte Nausithoos und Nausikaa gerufen. Befangen traten die Geschwister ein.

»Es geschieht hier ein großer Schmerz, meine Kinder«, sagte Alkinoos. »Führt unsere Freunde in ihre Gemächer, damit sie ruhen und Kraft sammeln. Ich muss mich mit der Mutter beraten.«

Jason richtete Medea auf, am Arm Nausikaas ging sie davon. Er folgte dem Sohne. Es wurde kein Wort mehr gesprochen. Es wurde kein Blick mehr gewechselt.

Starr lag dann Medea auf den bunten Kissen ihres Gemaches. Ruhe war nicht gegeben. Und woher noch Kräfte nehmen? Nachdem der Schlag fiel, als alles überstanden schien? In der Nacht des Sturmes hatte Medea Angst gekannt, und Verzweiflung. Aber nicht diese bleierne Hoffnungslosigkeit. Sie konnte nicht einmal mehr denken – dumpf und stumpf brütete sie vor sich hin. Bis am Ende doch Müdigkeit von der Fahrt an der Schattenküste mit den Lichtern, dem Hundegebell, bis die Erschöpfung des Herzens übermächtig wurde. Sie schlief ein.

Sie erwachte durch Nausikaas Eintritt. Das Mädchen hatte gerötete Wangen. Sie huschte zu Medeas Lager, setzte sich auf die Kante und flüsterte, heiser vor Aufregung, ihre Geheimnisse. Sie hatte den Vater und die Mutter belauscht. Zwar schämte sie sich dessen – gab es etwas Niedrigeres als hinter Vorhängen und Türen zu lauschen? Aber es war wie ein Zwang über sie gekommen.

»Wenn ich es nicht getan hätte, wäre es ein Versäumnis gewesen«, sagte Nausikaa eigentümlich bestimmt. »Immer in den großen, dunklen Stunden, wenn die Geschicke der Menschen sich verwirren, sind es wir Frauen, die Rat schaffen. Du hast Jason in Kolchis beigestanden, Ariadne half Theseus auf Kreta, ich musste dir helfen. Du trägst ja Schicksal wie ein Mann, du Argonautin.«

Wie mich das Mädchen ansieht, dachte Medea, dieses blonde Kind mit den Pfirsichwangen. War es nicht Orpheus, der gesagt hatte, alle auf der Argo setzten ein Bild, jeder das

Seinige. Sie war eine Argofahrerin, Dunkles und Helles hatte sie getan, ja sie hatte wohl ein Bild gesetzt. Wie auch immer. Unter dem Blick des eifrigen Mädchens erkannte sie sich selbst. Man weiß untrüglich, wer man ist, wenn einen die Jugend ansieht.

»Was also haben die Eltern beschlossen?« fragte sie ruhig und freundlich; sogar der verhasste Ariadne-Vergleich konnte sie nicht kränken. Sie war dem blonden Kind gut. Wie seltsam, dachte sie noch, dass uns Schwächeres Kraft gibt. Zugleich war es ihr, als höre sie des Orpheus Stimme; »Der Jugend Glut, Medea. Die reinste Flamme. Eine Flamme ohne Rauch.« Ja, sie glaubte ihn zu sehen – so wie Jason auf Kirkes Insel Aiaia den Kentauren gesehen – drunten auf den Steinen der Mole sitzend, den Knaben die Lyra erklärend, in gespielter Strenge auf einen braunen Finger klopfend, der vorwitzig an den Saiten riss.

»Sie haben lange beraten«, erwiderte Nausikaa. »Aber jetzt ist der Bote zu den kolchischen Schiffen fort. Einen Tag und eine Nacht gilt das Gastrecht für jeden, hat Vater sagen lassen, morgen würde er entscheiden.

»So ist noch alles offen?« fragte Medea schnell.

«Ach, nein.« Nausikaa errötete noch tiefer, ein Purpur ergoss sich über die Wangen bis in den Hals. Sie suchte nach Worten. Dann flüsterte sie, mit gesenkten Lidern: »Wenn du noch Jungfrau bist, so hat dein Vater Recht auf dich, und die Kolcher werden dich erhalten. Teiltest du aber Jasons Lager, so wird dich niemand vom Gatten trennen, schon um des Kindes willen nicht, das vielleicht in deinem Schoß ...«

Das Letzte hatte Nausikaa beinahe unhörbar gesagt. Medea strich ihr sanft über die schmalen, unruhigen Hände, dann sprang sie auf. Sie trat zum Fenster, sah auf die schnellen Schnabelschiffe im Sund, und ohne sich umzuwenden, sagte sie: »Es muss gehandelt werden. Der Mittag ging längst vorüber, ein Abend bleibt noch und eine Nacht. Du kannst nicht wissen, was da entschieden wurde. Hast du vertraute Mägde?«

Eine Weile gab es keine Antwort. Dann sprach Nausikaa, stockend zuerst, bewegter später, trotzig-stolz zuletzt. »Ich war nicht untätig«, sagte sie. »Ich habe den Bruder eingeweiht. Der ging zu Jason. Jason hat befohlen, dich ruhen zu lassen. Er selbst ist drunten bei den Genossen. Sie bereiten die Hochzeit vor.«

Medea fuhr herum. Sie sah Nausikaa an, die bis zur Tür zurückgewichen war, an dem Pfosten lehnte und Medeas Blick aus aufgerissenen blauen Augen ohne Furcht erwiderte.

»Ja«, sagte Nausikaa. »Alles wird vorbereitet. Nicht hier oben und nicht drunten, obwohl Jason die Argo wollte. Aber wir meinten, für euer Fest gebe es nur einen Ort.«

Sie stockte einen Augenblick, erschrocken von ihrer eigenen Kühnheit. Denn was redete sie, das erwachende Mädchen, zu dieser wilden, großen, dunkel-schönen Frau? Da aber Medea mit keiner Bewegung verriet, was in ihr umging, sie nur unentwegt ansah, musste sie wohl fortfahren: »Es ist doch die Höhle hier, wo die Amme Makris den Dionysos säugte, ihn mit Honig labte und mit Öl salbte, nach Honig und Öl duftet die Grotte noch heute. Sie ist nicht weit von hier über die Hügel hin. Die Mägde werden dich im Abend geleiten. Jason will es so.«

Noch einmal stockte sie, um dann zu vollenden: »Der Vater sieht nichts und hört nichts. Morgen wird er auf der Agora seinen Spruch fällen. Die Mutter aber hat dir Gewänder geschenkt und Schmuck. Alles liegt nebenan – willst du es sehen und wählen?«

Langsam ging Medea auf Nausikaa zu. Sie legte ihre Hände auf die schmalen Schultern. Sie sah dabei, dass ihre Hände von der Fahrt verbrannt waren, rissig auch, voller Schwielen und Wunden wie die einer Werkfrau. Denn sie hatte den Gefährten das Essen bereitet. Sie hatte darauf bestanden trotz vieler Widerrede.

»Kleines Mädchen«, sagte Medea, »du hast das große Herz der Jugend. Du wirst einmal einen Mann sehr glücklich machen.«

Sie küsste Nausikaa auf die Wangen, dann nahm sie die Hände fort.

Sie sagte: »In großen Stunden kann man nur das Nächste tun. Zeige mir die Gewänder und den Schmuck. Und schmücke mich für meines Lebens Höhe.«

»Wenn ich darf …«sagte Nausikaa mit weiten Augen.

»Wenn du möchtest«, sagte Medea. Sie gingen ins Nebengemach.

Dort fiel die Wahl schwer. Denn die Webekunst der Phaiaken war berühmt, bis nach Kolchis war ihr Ruf gedrungen, und Medea hatte oft gewünscht, ein Tuch der Insel zu erwerben. Hier nun lag vom Gerühmten das Erlesenste, Farbe an Farbe.

Nausikaa sparte nicht mit Urteil. Hierbei erwies sie sich schon ganz Frau, der Sache hingegeben, eifrig, sicheren Auges, starrköpfig gar und Medea widerstreitend. Es dauerte lange, ehe sie sich einigten. Und nachdem Medea gebadet, die Glieder geknetet und Rosenöl in die Haut gerieben hatte, das Haar auch geordnet und in goldenem Netz gefangen war, fiel das schließlich gebilligte Gewand über die Schultern: Es war meergrün, mit silbernen Streifen wie von Wellen. Dazu legte Medea ein Halsband von Bernstein an und goldene Sandalen.

Nausikaa ordnete noch einige Falten, dann trat sie prüfenden Blickes zurück.

»Sieh dich nur im Spiegel an«, sagte das Mädchen stolz, »du bist bereit für deines Lebens Höhe. Medea von Kolchis – Gattin des Jason.«

»Psst!« machte Medea schnell. »Berufe nichts. Zu oft schon ist immer Neues zwischen die Erfüllung getreten.«

Diesmal aber trat nichts mehr dazwischen. Über die Hügel der Insel Scheria ritten sie auf Maultieren, Medea, Nausikaa und die Mägde. Im lauen Wind nickten die Zweige voller Blüten und Früchte, es duftete nach Jasmin, nach Lavendel und Thymian. Von drunten kam die Salzluft und das Rollen der Brandung.

Der Tag, der Tag, endlich der Tag, dachte Medea, nur dass es in Eile sein muss und im Verborgenen … Alles geschieht anders, als man es erträumte. Wenn es geschieht.

Dennoch irrte sie, wenngleich es jetzt geschah und hier, überstürzt zudem. Es füllte sich nämlich der Pfad mit Bauern, Fischern, Kundigen der Handwerke. Von allen Seiten strömten sie herbei. Widder zerrten sie am Strick, Geißen,

Kälber und mutwillige Fohlen. Andere trieben Esel vor sich hin, beladen mit verschnürten Ballen, Zeugnisse der Webefertigkeit gewiss. Auch schaukelten große Henkelkrüge an den Flanken der Tragtiere, Wein und Öl, Gaben, Gaben. War das Fest überstürzt beschlossen, die Kunde war rasch von Mund zu Mund gegangen, und die Insel brach auf, die Feier des öffentlichen Geheimnisses zu begehen.

Man grüßte Nausikaa mit fröhlichem Anruf, man jubelte Medea zu, dichter zog sie den Schleier vor das Gesicht, da sie zum zweiten Male an diesem Tage den Tränen nahe war. Erfüllung, Erfüllung.

Die weiße Sichel des Strandes erschien jetzt, Feuer loderten auf ihm in der einfallenden Dämmerung, Rauch und Ruch von geröstetem Fleisch trug der Wind heran: Die Opfer hatten schon begonnen. Der Pfad senkte sich gemächlich, die Menge nahm zu, das Geschrei nahm zu, drunten drängten sich Männer, Frauen, Knaben und Mädchen. Und alle riefen: »Medea, Medea!« Tasteten auch nach dem Saum ihres Kleides.

Sie sah noch das Halbrund der Höhle, in geringer Höhe über dem Strand strahlte es in einem opalenen Blau, blühender Lorbeer wucherte am Eingang; sie atmete den Lorbeerduft, das Holz, den Ruch der Opfer, dann hob sie Peleus vom Maultier.

»Kaukasusmädchen«, sagte er, »dunkles Sonnenkind, Wagerin, Förderin der Taten. Unsrige.«

Seine Stimme war rau, und seine mächtigen Arme pressten sie im Hinabheben, wie ein Vater seine Tochter umarmt, wenn er sehr bewegt ist.

Medea nahm kaum noch wahr. Zerstreut sah sie die aufgerissenen blauen Augen Nausikaas vor sich, zerstreut hörte sie die Worte des Mädchens, das an einem Tuch nestelte.

»Was könnte ich dir geben, du Große, Schöne, Mächtige?« sagte das Kind. »Nur diesen Myrtenkranz aus des Vaters Garten. Man sagt, dass Demeter selbst den Strauch pflanzte, als sie unsere Insel die Saat des Kornes lehrte.«

Ach, wie ist der Mensch in sich selbst gefangen. Medea hatte keine Augen für Nausikaas Augen. Sie hatte kein Herz für des Mädchens übervolles Herz – das eigene klopfte ja zum Zerspringen. Sie ließ sich den Kranz auf den Schleier drücken, zerstreut sagte sie: »Dank, Dank, gutes Kind«, dabei suchten ihre Augen Jason. Aber es drängte sich um sie, es rief ihren Namen, es haschte nach dem Saum ihres Gewandes – Peleus musste sie durch die Menge führen.

Das freigehaltene Rund. Der Kreis der Argonauten mit Schild, Schwert und Lanze ringsum. Der schnellgefügte Altar und der Priester. Jason.

Jason, endlich. Lorbeer im Haar, in den Purpurmantel gehüllt, barfuß war er, aber Goldstaub schimmerte auf Fuß, Wade und Schenkel. Ober er am ganzen Leibe golden war?

Sie hatte keine Worte mehr, kaum Atem. Stumm ließ sie alles geschehen: die Sprüche des Priesters, das große Opfer für Zeus und Hera, die Flammen durch die Nacht, denn es war Nacht geworden, die Anrufungen der Treue ...

Wie sollte ich nicht treu sein, dachte sie, als die Formel erklang, wo er doch macht, dass ich bin? Wer wird sich selbst untreu?

Sie nickte nur, zerstreut, und erst als die Schale Weins zum Doppeltrunk gereicht wurde, fand sie Worte. Vielmehr: ein Wort. Denn der Mensch, wenn er den Dank an die Welt, wenn er das Glück und das Einmünden in die entworfene Harmonie sagen will, sagt nur den Namen des geliebten Wesens. Also sagte sie: »Jason!« Und sie legte ihre Finger auf seine Finger am Fuß der Schale. Auch trank sie von der Stelle des Randes, den seine Lippen berührt hatten.

War dies das Siegel? Denn das Volk von Scheria schrie auf, und die Argonauten, im Kreis um das Paar, den Altar und den Priester, schlugen mit den Schwertern an die Schilde.

Es war das Siegel. Denn von allen Hängen kamen Nymphen herab, nicht achtend, dass alle sie sahen. Später wurde gesungen, es seien Nymphen vom Gipfel der meliteischen Berge gewesen, Töchter des Stromes Aigaios und zahlreich solche von den Fluren der Insel.

Medea sah nur pfirsichwangige Mädchen, lauter Nausikaas, die sie umdrängten, zum Pfad drängten, Veilchen streuten und Rosenblätter. Gerne folgte sie ihnen, denn Jason hielt jetzt ihren Arm, die paar Schritte stieg sie empor, ein Lorbeerzweig schlug ihr ins Antlitz, dann öffnete sich die Höhle.

Sie war nicht mehr blau, obwohl es wie von Lazuli noch an den Wänden schimmerte, sie war aus Gold. Denn unverhüllt, leuchtend in aller Kraft seines Ruhmes, lag über den Grund gebreitet, von Lorbeerzweigen umrahmt und Mandelblüten, lag da das Goldene Vlies.

Die Nymphen waren nicht gefolgt, niemand war gefolgt, sie waren allein. In der Höhle des Dionysos. Im Licht des goldenen Widders.

Jason bückte sich und löste Medeas Sandalen. Er richtete sich auf, schleuderte die Goldriemigen in die Nacht hinaus und rief mit lauter Stimme: »Für die Treueste.«

»Komm!« sagte er dann leise. Sie traten auf das Goldene Vlies. Sie sahen sich an.

»Zwischen den Leichen an den Ästen von Kolchis verstand ich, dass du das Leben bist«, sagte Jason.

»In der Nacht des Sturmes begriff ich, dass ich dir verloren bin«, sagte Medea.

»Man ist im Unglück verloren oder im Glück. Worin sind wir verloren?«

»Du weißt es. Warum soll ich antworten?«

»Weil ein Jeder gerne das Wort ›Glück‹ hört.«

»Unsagbares Glück!«

»Warum liebst du mich?«

»Wegen des roten Flaumes an deinen Wangen.«

»Ich habe ihn nicht geschoren für diese Nacht.«

»Ich sehe es.«

»Darum liebst du mich? Wegen eines Hauches von Mannbarkeit an meinen Wangen?«

»Du weißt es besser. Aber wir verlieren uns immer an Zeichen, die das Ganze verraten.«

»Was ist das Ganze?«

»Sprichst du von der Welt?«

»Ich spreche nur noch von dir und mir.«

»Dann ist es die Welt selbst, wie sie sich meint. Sie will sich in dir und mir. Sie wollte sich schon längst.«

»Worauf warten wir dann?«

»Auf das, was der Mann in solcher Stunde tut.«

»Auf das Geringe? Auf das, was Jeder jeden Abend tut?«

»Es ist nicht das Gleiche, wenn Jason es tut. Es gibt Grade.«

»Welche Grade, Medea?«

»Grade der Welterfüllung. Es gibt den Namen Jason.«

»Und was sagt der Name?«

»Des Mannes Vollkommenheit.«

Jason lachte: »Du bist trunken von dieser Stunde. Wenn du die Schatten meiner Seele wüsstest ...«

Medea antwortete fest: »Ich habe sie erfahren. Wer ist ohne Schatten? Sprich nicht von den meinen! Aber jetzt sind wir im Licht.«

Jasons Zehen rissen an den Zotteln des Vlieses. Es war, als flutete doppelter Glanz über ihn: Seine Wangen wurden ganz golden. Medea stieß einen leisen Schrei aus, wankte und klammerte sich an Jasons Arm.

»Dies ist zuviel für einen Tag«, hauchte sie. »Glück der neuen Heimat, Flug der Gedanken in die goldene Zukunft, Sturz in die Nacht der Verzweiflung, Erfüllung dann, Schwur und Bündnis.«

Sie konnte es nicht helfen: Die Tränen rannen ihr jetzt aus den Augen, lautlos, unaufhaltsam, nicht zu verbergen. Sie tropften gar auf Jasons Arm.

Jason sagte: »Ich habe mit Königinnen geschlafen und mit vielen Frauen. Du weißt es. Diesmal ist alles ganz anders. Von Anbeginn an. Du hast mich gewonnen. Mühsam, du weißt es, mit deinem großen Herzen. Tag nach Tag. Ich habe gelernt, dass Liebe Treue ist. Das habe ich gelernt.«

Medeas Lippen waren auf Jasons Arm. »Ich bin eine brünstige Hindin«, murmelte sie zwischen den Küssen. »Sonst nichts. Ich bin trunken von dir.«

»Wer wäre nicht trunken in der Hochzeitsnacht?« sagte Jason hart. »Habe ich Hypsipyle je so gespart oder eine der anderen Frauen? Ich tat ihnen, was ein Mann dem Weibe tut. Und sie litten es gerne. Wir aber sind vereinzigt, gesegnet und zueinandergefügt nach dem Recht der Götter und der Menschen. Gleichwohl rede ich Worte, Worte stehend auf dem Preis unserer Vollbringung. Warum? Weil alles anders ist. Tiefer. Weil die Worte tasten, suchen, weil sie sagen wollen, was sie nicht können ...«

»Beim Hades«, rief Jason. »Was rede ich?«

Er riss den Myrtenkranz von Medeas Haar und schleuderte ihn zu Boden. Er riss den Schleier ab und warf ihn zu Boden. Er riss an dem meergrünen Gewand und schleuderte es auf der Grotte Grund. Er stieß wild hervor: »Nie habe ich dich gesehen. Jetzt will ich dich sehen.«

Mit geschlossenen Augen ließ Medea alles geschehen. Als sie die Lider öffnete, sah sie, dass Jasons Wangen im goldenen Widerschein des Vlieses purpurn waren.

»Ich habe dich gesehen, als du nach der Stierprobe den Fluss abwärts triebst«, sagte sie. »Ich habe dich gesehen, wenn du mit den Gefährten in die blaue See sprangst. Ich habe dich in den Nächten der Versuchung gefühlt. Jetzt will ich dich sehen. Im Licht des Vlieses. Golden. Weil du einer der Goldenen bist. Du siehst mich – bin ich ausgeliefert?«

»Löse nur die Spange«, sagte Jason. »Und sieh mich. Wenn ich bin, wie du bist, werden wir schweigen.«

Medea tat den halben Schritt und löste die Spange an der feuchten Brust. Der Mantel glitt von den Schultern.

»Ich brauche dich nicht zu sehen«, flüsterte sie.

»Sage mich dann«, antwortete Jason rau. »Ich bedarf der Worte. Die Anderen stöhnten nur. Sage mich.«

»Deine Haare«, sagte Medea.

»Deine Stirn, oh, deine Stirn«, sagte sie.

»Deine Brauen.«

»Und deine Wimpern.«

An den Lippen gab es keine Worte. Darum fragte sie, in einer Pause: »Muss ich deine Lippen nennen?«

»Nein!« sagte Jason. »Prüfe sie.«

Aber Medeas Mund war schon dort, wo der Hals in die Schulter tritt. Sie schlug die Zähne in die Haut, und da fielen sie, wie in jener Nacht durch den Spalt des Zeltes. Nur fielen sie diesmal auf das Goldene Vlies, das sie in Licht hüllte, schattenlos, von allen Seiten sprühend.

»Deine Schulter habe ich gesehen«, sagte Medea atemlos, »in der Nacht des Raubes. Sie glänzte, als das Tuch sich verschob. Jetzt sehe ich dich ganz.«

»Was siehst du?« murmelte Jason mit geschlossenen Lidern.

»Die Stelle, wo dein Herz schlägt. Nur diese, Jason!«

«Warum küsst du sie nicht? Küsse sie! Gleich wirst du keinen Atem mehr haben.

»Eitler!« sagte Medea. Aber sie legte die Lippen auf jene Stelle und verharrte dort.

Denn des Orpheus Lied war nicht zu überhören. Zwar hatten sie, gefangen in sich selbst, nicht gemerkt, dass Poseidon einen Nebel erweckt und der Grotte Eingang verhüllt, auch wussten sie nicht, dass Nausikaa, die Wange an des Orpheus Knie gelehnt, draußen vor der Höhle, ihrer gedachte – aber des Orpheus Lied hörten sie, und solange es dauerte, ließ Medea nicht von der Stelle, wo Jasons Blut schlug.

Orpheus nämlich sang. Für die da drinnen in ihrer Seligkeit? Für Nausikaa, mit der Wange an seinem Knie? Für die Knaben, die in Scharen um ihn auf den Blöcken alter Bergstürze hockten, vom Widerschein der Opferfeuer zuckend erhellt: andächtig, verwegen, voll von geheimem Aufbruch schon? Er sang:

Es ist der Sonne goldner Bogen.
Der heiße Mittag mit der Biene Schwirrn.
Es sind die grünen, sind die blauen Wogen
An einer Stirn.

Es ist ein süßer Duft wie Mandelblüte,
Ein weißer Fuß auf buntem Muschelstrand.
Es ist die Pfirsichwange, ist die Güte,
Die schmale Hand.

Es ist der Leib, vor dem die Mädchen zittern,
Der Mund, an dem der Knabe sich berauscht.
Es ist der Spender von Gewittern –
Und Gott, der lauscht.

An eigner Wange nahen Atem spüren ...
Aus großem Glück an einer Locke zerrn ...
Den Finger über feuchte Flanken führen
Im Abendstern.

Die Wimpern stumm an eine Achsel legen ...
Durch Haare gleiten im erlauchten Spiel ...
Ein andres Herz zu schnellem Takt bewegen
Ist dieser Erde Ziel.

Schöpft roten Wein aus der Lekythe,
Ruft Rausch, da sich die Welt bewies:
Es sind die Liebenden des Lebens Mythe
Auf Goldenes Vlies.

*

Sieben Tage haben die Feste gedauert, am Strand, im Hafen, auf der Burg. Die Waffentänze der Männer. Die Wettkämpfe der Knaben. Die Reigen der Mädchen.

Die Opferfeuer erloschen nicht, durch die Nächte fuhren die roten Flammen, es war, als stehe die Insel in Brand.

Auch die Krüge leerten sich nicht, die Trommeln verstummten nicht, die Liebenden ließen nicht ab. Es raunte und lachte im Gebüsch der Gärten, zwischen den Felsen am Meer. Und den sterblichen Männern versagten sich die Nymphen nicht. Selbst die Kolcher begannen, zögernd zuerst, lautkehlig später, sich in das Fest zu mischen.

Denn sie hatten, nach des Alkinoos Spruch auf der Agora, nicht das Schwert gezogen, keinen Kampf erweckt: Sie hatten gebeten, hier bleiben zu dürfen – nicht um des Aietes Zorn, obwohl auch deswegen, sondern weil sie Hellas gesehen und nicht mehr heimkehren konnten zu den dunklen Geistern und den Wäldern des Kaukasus. Es war ihnen gewährt worden, und nun gingen sie, auch sie, durch die Feste am Hafen, in der Stadt, am Strand. Sie erregten schließlich doch noch Streit, indem sie nämlich, nachdem sie getrunken, Medea rühmten und riefen: Sie habe alles vollbracht. Wer denn sei Jason? Indessen wurde der Zwist mit weiterem Wein beschwichtigt.

Die Argonauten tafelten oben, in der Halle des Alkinoos, beim Licht der Fackeln in den Händen der goldenen Jünglinge. Orpheus hat nicht mehr gesungen, er war in sich gekehrt, auch trank er wenig. Nur am Hafen sah man ihn beredt: Er unterwies die Knaben in der Kunst der silbernen Saiten, auch lehrte er sie das Lied, das er zu Saram gesungen.

Sieben Tage haben die Feste gedauert, dann lief die Argo zu ihrer letzten Fahrt aus. Zum letzten Male sprangen die Fische um ihren Steven, füllten die Winde ihr rostbraunes Segel.

Die Klippen, Riffe, Vorgebirge des Peloponnes glitten vorbei, einmal, als der Kurs nordwärts gesetzt wurde, war es, als zittere im Silber der Kimme ein fernes Blau. Kreta?

Die Küste lag jetzt links, die Inseln nahmen zu, kleine erst, dann Aigina. Dort verließ Telamon das Schiff, das umschwirrt war von den Booten, Jubel und Lieder zu Ehren des heimkehrenden Fürsten schallten von allen Seiten. Auch zeigte sich Aigina selbst, die dem Zeus des Peleus und des Telamon Vater geboren, einen Augenblick erhob sie ihr blauweißes Haupt aus den Fluten, lächelnd und mit den Augen grüßend, nur die Enkel sahen sie.

Telamon hatte nur wenig Worte. »Nun jedem das Werk an seiner Stelle. Und jeder für sich. Die Welt beginnt«, sagte er rau.

Ja, die Welt begann, die Welt Hellas. Die Leben entfalteten sich. Die Schicksale begannen, nachdem das Sternenschicksal erfüllt.

Es standen nämlich auf der Mole von Pagasai die Fürsten von Hellas mit ihren Kriegern, mit ihren Frauen und Töchtern. Sie standen da im Schein der versinkenden Sonne, am zweiten Tage nach Telamons Abschied, und sahen die Argo an, die langsam nähertrieb. Sie hatten ihr blumenumkränzte Barken entgegengesandt, Jubel und Lieder hallten auf den Wassern, es regnete Blütenkränze und Lorbeer auf Deck. Hoch aufgerichtet aber, über den riesigen Augen der Argo am blutroten Steven, stand der Vollbringer der Fahrt, sein goldener Helm verhüllte das Haupt, nur den Mund gab er frei. Niemand sah das Lächeln der schmalen roten Lippen, das Lächeln des Siegers. Denn ganz im Goldfeuer stand er da: Es flammte an seinen Schultern, es zuckte um seinen Leib von dem, das er umgetan, von der Mühefahrt Lohn und Triumph: dem Vlies.

Eben jetzt hauchte die sinkende Sonne Purpur über das Flimmern und Flirren der Sage, die, um eines Mannes Schulter geschmiegt, zu Hellas kam.

Da schrien sie auf. Es schrien die Jubelnden in den Booten. Es schrien die Fürsten, Könige und Töchter. Durch des Helmes Spalten sah Jason, wie Pelias den Mund öffnete und die Hände ausstreckte.

Ich bringe sie dir, Poseidonsohn, dachte Jason, deines Vaters Frucht aus der Widderbegattung, ich bringe dir der wandernden Sterne Sinnbild, ich bringe dir den Frühling unserer Welt.

Zugleich ergriff er Medeas Hand und riss sie empor in das Licht aus Purpur, Blau und Gold.

»Wir beide«, murmelte er, »wir beide.«

Auf den Wassern war es still geworden, die auf der Mole waren verstummt: Sie sahen den Mann in Gold an und die Frau, die Schwarzhaarige im Liliengewand, sie blickten auf die verschlungenen Hände, die zur Sonne wiesen.

Durch die Pause schwang Gesang von Nymphen – auf allen Hügeln waren sie erschienen und sangen Lob. Die Argo trieb näher. Namen klangen auf. Es riefen die Mädchen jene, auf die sie so lange geharrt, um die sie so lange gebangt.

»Admet!« rief die Schmale, Braungelockte an des Pelias Seite. »Admet!«

Und er rief zurück: »Alkestis!«

Amphion rief: »Niobe! Tochter des Tantalos. Wo bist du?«

Aus der Menge trat die Jungfrau, hochgewachsen, voll erblüht, marmornen Antlitzes und sehr stolz.

»Amphion!« rief sie zurück.

Die Schönste von allen, der Leda Tochter, Helena, sie stand auf den Stufen, die von der Mole zum Wasser führten, ein wenig abseits von den anderen, einzig die Schwester Klytämnestra war neben ihr. Sie rief nicht, sie winkte nicht, sie warf nur das Haupt mit den üppigen roten Haaren zurück und lächelte den Dioskuren zu. Klytämnestra blieb ohne Bewegung – ihre Augen gingen wohl zu den Brüdern, doch gab sie kein Zeichen, auch nicht als jene Übermütigen, und gleichzeitig wie immer, schrien.

»Unsere Brüder! Nicht einmal diese Fahrt konnte sie zu ernsthaften Männern machen«, lächelte Helena.

Klytämnestra antwortete nicht. Starr sah sie vor sich hin. Sie war harten Sinnes, und nie wusste man, was in ihr umging.

Es donnerte aber ein Klappern von Hufen auf den Steinen der Bucht. Und er, auf den Jason in des Triumphes Stunde am heißesten gewartet, den er schmerzlich vermisst, und dessen er in schneidender Angst mit des Orpheus Wahrspruch gedacht, er, Chiron, jagte heran, um die Felsen der Bucht stob er, ins Wasser stürmte er, dass der Schaum ihm die Brust netzte.

Nicht auf seinem Rücken wie ehedem: Neben ihm, leichtfüßig, braun und schlank, flatternden Haares, lief Achill.

Jason breitete beide Arme aus.»Meister! rief er. »Höhlenmeister! Entwerfer der Taten! Siehe: Ich habe vollbracht.«

Chiron antwortete nicht. Er hob nur grüßend seine Rechte. Achill aber, an seiner Seite, rief:»Deine Lanze, Vater! Wirf sie! Prüf mich!«

Peleus schleuderte die Lanze. Pfeifend flog sie zu des Sohnes Haupt. Der duckte sich nicht. Er warf den Arm empor, packte die Furchtbare in der Luft, wirbelte sie herum, hielt sie, hielt sie, und stampfte lachend im Wasser. Über seinem Haupt wirbelte er sie, als sei sie ein Rohr.

»Nun, Vater?« rief er. Dann sah er Chiron an. Jetzt lachte der Kentaur. Tief aus der Brust, Schaum in Haar und Bart. Dröhnend.

Medea aber heftete den Blick auf dieses Bild. Orpheus, die Hand an der Lyra, stand hinter ihr. Atmend schaute er. Denn nun begann Hellas.

Es heften auch wir den Blick auf die Bilder des großen Lebens. Immerdar.

Geleitwort

Diese Darstellung der Lebensfahrt des Jason: mit seinen Gefährten erst, im Schattenglanz Medeas dann, stützt sich auf
die »Argonautika« des Apollonias Rhodios (295–215 v. Chr.).
Für die Berichte von einigen Göttertaten, Götterlieben diente
die neue »Mythologie der Griechen« von Karl Kerényi als
Quelle. Die Beschreibung der Phaiakenburg folgt dem sieb-
ten Gesang der »Odyssee«. Dies mit voller Absicht. Denn die
»Odyssee« selbst ist eine Umdichtung des viel älteren Argo-
nautenepos, das – eben durch seine Neugestaltung – verlo-
renging. Die Homeriden nennen ihre Vorlage ausdrücklich
(13. Gesang, Vers 70).

Auch der alexandrinische Dichter Apollonias muss, als er
um etwa 260 sein Epos schrieb, wenigstens Teile der »Argonautika« gekannt haben. Sie sind wie erratische Blöcke in seinem Werk verstreut. Immer handelt es sich dabei um älteste
Mythologien oder Riten. Apollonios mag nicht auf sie ver-
zichten, doch sind sie ihm unbequem. Er leitet sie regelmäßig
mit den Sätzen ein: »Einige erzählen«, oder »Die Sänger erzählen« ... Und er bricht, nachdem er den Stoff ohne die bei
ihm sonst üblichen Ausschmückungen erzählt hat, jedesmal
unvermittelt ab.

»Davon aber will ich nicht weiter sprechen«, sagt er dann.
Apollonias hatte es nicht leicht mit dem großen Vorwurf.
Denn, aufgeklärten Sinnes, glaubte er nichts von Göttern,
Nymphen, Wundern und Erscheinungen. Allein die hohen
Bilder entzündeten seine dichterischen Kräfte. Er hatte reiche
Mittel – gleichwohl reichte er nicht an die Bilder heran, da
ihm das Entscheidende, die religiöse Einsicht, fehlte.

Es muss das alte Argo-Epos von großer Kraft gewesen sein.
Schon die »Odyssee« hat nicht mehr die gleiche Ursprüng-
lichkeit, vieles wirkt zufällig und arrangiert.

Was hat Odysseus im Grunde bei Kirke zu suchen? Und wie erscheint die große Urzauberin am Rande der Welt bei ihm? Als eine Hexe, die Männer in Schweine verwandelt. Welches man bereits in alexandrinischen Zeiten im plattesten modernen Sinne deutete.

Es ist indessen zwingend, wenn Medea, die Sonnenenkelin, zur Sonnentochter über die Wogen reist. Entsühnung bei der Uralten suchend, in deren Reich ja keine Schuld besteht. Auch ist des Göttervaters ernstes Spiel – durch Medea die unbändige Kirke in die notwendige Ordnung hereinzulisten – ein entscheidender Grund zur Argofahrt nach Kirkes Insel, die wir heute Capri nennen. Der Leser der vorliegenden Seiten trifft da auf einen der Deutungsversuche, um derentwillen die Erzählung der alten Sage wiederum unternommen wurde.

Im griechischen Mythos drückt sich ein Weltstoff aus, meist derjenige einer Weltwerdung. Die Argo singt von einer Menschenweltwerdung.

Sie sagt unwidersprochen einen Astralmythos aus: Um das Jahr 2000 wanderte die Sonne im Frühlingspunkt aus dem Haus des Stieres in das des Widders. Nun mag man die astrologische Bedeutung des astronomischen Faktums bezweifeln. Unbestreitbar ist, dass alle antiken Kulturen, mit den Augen immer am flimmernden Nachthimmel, diese Wanderung sahen: Religionsrevolutionen, Evolutionen waren die Folge.

Die Argofahrt will, dass des goldenen Widders Fell nach Hellas gebracht werde. »Nur wer das schutzbild birgt in seinen marken ...

Zugleich aber zeigt der Mythos eine Initiation: Die fünfzig Helden der Argo erfahren, indem sie den Sternenwillen ausführen, zugleich stellvertretend für das ganze Volk die Einweihung in die Wunder des Lebens. Wenn eine Menschenwelt gestiftet werden soll: Die Stiftenden müssen zuvor in den Schöpfungsfeuern geläutert sein, zum zweiten Male geboren sein.

Noch beim späten Apollonios träumt dem Jason, dass »man der Mutter die Schuld gemeinsam zu entrichten habe, die so mühevoll sie alle solange im Leibe getragen.« Die Mutter aber ist die Argo. Und sie leben denn auch, heimgekehrt, die dunkel-verschlungenen Menschenschicksale: Jason und Medea zumal, Admet und Alkestis, Amphion und Niobe ...

Die Bilder der erwachenden Menschenwelt warteten auf der Mole von Pagasai: Helena nämlich und Klytämnestra; Achill auch, der des Vaters Lanze lachend in der Luft fing. Er war des Chirons Sohn mehr als der des Peleus. Wie Theseus, Jason und so manche andere Stifter der Neuen Welt. Er führte Späteres zum sinngebenden Ende. Jason führte dieses zu Ende. Kein anderer konnte Herr der erlauchten Fahrt sein, als der schon Initiierte, der in des Chiron Höhle Neugeborene, als Jason. Und konnte ein solcher an eine Geringere fallen als an Medea, die so in seine Taten geriet, dass niemand mehr weiß, wer sie tat?

Vom Kentauren aber wird noch zu reden sein, jenem tiefsten Tagtraum der Hellenen; von seinen Gesprächen mit Medea und seiner Sorge um Jason. Von seiner Verwundung durch Herakles, durch Unglück, und seiner Entrückung. Von Achilles auch. Und von der Erfüllung einer Weissagung, die Orpheus in leidvoller Hingerissenheit verriet. Des Orpheus Schicksal auch: Bilder, Bilder ...

Diesmal haben wir von dem gesprochen, was ein Mann der Liebe verdankt: nicht Geringeres als die Schöpfung einer Welt.

Positano, im Mai 1952
Wolfgang Cordan